ファイナル・ウイッシュ

ミューステリオンの館

西澤保彦

☆星海社FICTIONS

星海社

Book Design　円と球
Font Direction　三本絵理＋阿万愛

ファイナル・ウイッシュ

ミューステリオンの館

西澤保彦

Yasuhiko Nishizawa

☆星海社FICTIONS

目次

ARUHI

これは、なんだ？　ここは、どこだ？

ほんのついさっきまで繁華街の雑踏のなかに居たはずが。いきなり夜のネオンや、飲食店の換気扇から吐き出される脂《あぶら》っぽい臭気、通行人たちのざわめき、車のクラクションなど、それらすべてが消えてしまった。

まるで唐突に電源を切ったテレビ画面の如く。いっさいの無。一瞬のうちに。

なにがどうなっているのか、まったく判《わか》らない。いま自分の身にいったい、なにが起こっている？

眼は瞑《つむ》っていないし、周囲が漆黒の暗闇というわけでもない。なのに、ただ澱《おり》のような鈍色《にびいろ》のカーテンがどんより拡がる以外、なにひとつ物体を視認できない。

全身がすっぽり水中深く沈んでいるかのように、もがいても藻搔いても両手は、なにもつかめず。両足は虚空《こくう》を蹴るばかりで、地に着く気配が無い。

優に半世紀以上に及ぶこれまでの人生のなかで、かつて体験したことのない、この悪夢めいた奇妙な浮遊感覚。いや、これはもしかして落下しているのか？

あ、そうか。私も、ついに地獄へ堕《お》ちたのか……と。そう思った。

いや、比喩でもなんでもない。文字通りの冥府《めいふ》。閻魔《えんま》の庁である地獄、という意味で言っている。

生前の非道な所業《しょぎょう》の懲罰のため、私は現世からこの異様な混沌《こんとん》へと堕とされてしまったのか、と。真剣に、そう思った。

そんな己《おの》れの正気を疑ったりはしない。むしろそう解釈すると、すっきり合点《がてん》がいく。

なにしろ私は、ひと殺しだ。

それまでろくに言葉を交わしたことすらなかった若い娘の生命を、無慈悲に奪った。しかも、自分の息子の周辺にうろちょろ出没する彼女が目障《めざわ》りだったからという、たったそれだけの、くだらない理由で。

などと言うとちょっと、勘ちがいされるかもしれない。私こと井俣広輝《いまたひろき》とは、よほど息子に対して、愛情をはきちがえた類《たぐ》いの異常な執着心を抱く男なのだな、と。

微妙に、ちがう。私は自分以外の他者の禍福《かふく》や生死などを基本的には、いっさい顧《かえり》みない人間だ。それは相手が親や子どもなどの血縁であろうと同じ。

以前いじめ問題を考察するテレビ討論番組かなにかで知った、ゲミュートローゼという言葉がある。ドイツ語で、情性欠如者《じょうせいけつじょしゃ》と訳されるらしい。他者に対する思いやりや良心、同情、憐憫《れんびん》の情などを、いっさい持たない人格タイプを指す。

私がまさに、これに該当する。専門的知識も無く安易に断定してはいけないかもしれないが、いわゆる冷血漢《れいけつかん》の類いであることは、まちがいない。

そもそも一九九〇年生まれの息子、土志田蒼弥《としだそうや》と私は、この三十四年間という長き歳月を通じて、両手の指で数えられるくらいしか顔を合わせていない。

　おそらく世間は誤解しているだろう。私が息子誕生からわずか一年も保たずに土志田茉莉《としだまり》と離婚したのは、蒼弥が別の男の種である疑惑が浮上したからだ、と。如何《いか》にもよくある愛憎ドラマよろしく。だが。

　あいにく、それはいっさい関係ない。私とて、ことの当初より、茉莉が自分と婚約したからといって、それを境《さか》いに彼女が元愛人との関係をすっぱり清算した、などと信じられるほどおめでたくはない。

　昔の勤め先である学校法人の理事長だった鞍留滋《くらとめしげる》が、茉莉を私に押しつけたのは単に世間体を取り繕《つくろ》って家庭争議を避けるためで、決して彼女への未練が無くなったからではない。一目瞭然だ。従って蒼弥の実の父親が鞍留滋かもしれない、という可能性なぞ私たちにとっては疑惑どころか、むしろ了解事項だった。

　ＤＮＡ鑑定など、親子関係確認の発想がまったく湧かなかったのも、技術的精度の裏打ちに乏《とぼ》しい一九九〇年だったからとか、時代的な背景が影響しているわけでもない。なにしろ現在に至るまで息子の血液型にすら無関心で、把握していないくらいだ。

　私があっさり妻子を棄《す》てて家を出たのは、自分がつくづく他者との調和や共生には向かないタイプである、と見切ったからに過ぎない。夫として、そして父親としての責任感や愛情なぞ、薬にしたくもない。

　元妻や息子がどこでどうしていようが、それこそ生きていようが死んでいようが、当方の日常への影響が及ばぬ限り知ったこっちゃない、と。いや、知ったこっちゃないはず、だったのだが。

還暦を超えたあたりから私にも、いろいろ心境の変化が生じてきた。離婚と同時に私立学校の臨時講師も辞めて以降、実に三十余年もの長期にわたって寄生虫の如く引き籠《こ》もっていた実家で、両親が近年相次いで死去したことも小さくない。

口数は少なく行動的とも言えないくせに、無駄な存在感だけはたっぷりの邪魔臭い父親が居なくなったのは正直せいせいしたし、母親もまあ似たりよったりの鬱陶《うっとう》しさだったのだが。掃除や洗濯、調理など家事全般をやってくれる者を失ってしまうと、途端に生きてゆくのがめんどくさくなった。

両親の年金収入を当てにできなくなったのも痛い。よっぽど、ふたりの生存を偽装して不正受給してやろうかとも思ったが、それはそれで、なんだかめんどくさい。

不思議なもので、いつ人生の店仕舞いをしてもいいと自棄《じき》的になり始めると、そのいっぽうで己れの死後の始末《しまつ》について、やたらに気に病むようになった。矛盾しているようだが、単に加齢に起因する複雑な心境などといったあやふやなものではなく、具体的にそのきっかけとなった出来事がある。

一年ほど前だったので、二〇二三年の二月頃だったか。長年ずっと音信不通状態だった息子の土志田蒼弥の生存が、図らずも確認されたのだ。

ある日の午後。買物ついでに繁華街をぶらついていた私はコンビニへ入った。初めての店舗で勝手が判らず、トイレを探していて、ふとコピー機が眼に留まる。正式名称は知らないが、天蓋《てんがい》の部分が撥《は》ね上げられたままになっており、ハガキほどのサイズの白い紙片《しへん》が置かれていた。

なにげなしに手に取り、ひっくり返してみる。市内の某矯正歯科《きょうせいしか》クリニックの名前と連絡先の印字が、先ず眼に入った。そして「歯列矯正施術費として」との項目。誰それ様という宛名と、七桁の金額が記入され、収入印紙が貼られている。領収書のようだ。従業員が通りかかったので「忘れ物だよ」と、ひとこと声かけしておいてから私は、さっさとトイレに入る。

用を足して戻ってみると、黒いタートルネックに黒のスリムジーンズの細身の若い男が居た。先刻とは別の従業員に「どうもありがとう」と軽く頭を下げ、店を出てゆこうとしているところだ。

私は考えるよりも早くその、推定二十歳前後くらいの優男《やさおとこ》のあとを尾《つ》け始めた。歩きながら首を捻《ひね》ってしまう。はて。自分はあの男の、なにに反応したのだろう?

このとき、新型コロナは新型インフルエンザ等感染症から五類感染症にはぎりぎり移行しておらず、男は大きめの感染防止用マスクを着けていた。従ってその顔に、ピンときたわけではない。

仮に街なかですれちがっていたとしたらせいぜい、その眉毛や睫毛《まつげ》の整え方など眼もとの手入れ具合がいまふうのアイドルっぽく、ホストかなにかかなとか思うのが関の山で、すぐに普通に忘れていたはず。なのに。あ。そうか。

名前だ。あの忘れ物の領収書。『土志田蒼弥様』とあった。てことは、つまり、あの男は私の息子、蒼弥だ。

さすがに名前の字面で即座に、それと察知できなかった己れに少しばかり呆れてしまった。が、蒼弥に最後に会ったのは、彼が中学生の頃。二十年以上も昔だ。ほんとうなら三十三歳になる（その時点では）息子のことを当初、二十歳前後くらいかな、なんて極端に若く見ちがえてしまったとしても、まあ無理はない。

かように本来はなんの関心も無いはずの蒼弥を、なぜ私は急に尾行し始めたのか。これが例えば、十年くらい前の邂逅《かいこう》だったとしたら、息子の姿を認めた次の瞬間にはもう、その事実を忘却していただろう。

だがこのとき、自分以外の他者に対する、おそらくは生まれて初めて、と称しても過言ではないほど深い執着が私のなかで芽生えていた。それは、両親の死と前後して急激に体調不良を覚えるようになった、すなわち己れの死を意識するようになったから、なのは疑い得ない。

そうか、すっかり忘れていたが、私には息子がいたんだ。己れの遺伝子を次世代へ引き継いでくれる者が、ちゃんと存在しているじゃないか、と。

身心ともに日々衰え、為す術《すべ》も無く朽ち果ててゆくだけの虚《むな》しさと恐怖に怯《おび》えていたところへ、ふいに差してきたそれは、ひと筋の光明だったのだ。死という絶対的な虚無を超克《ちょうこく》できる望みはこれしかない、という。

藁《わら》にも縋《すが》りつきたい心情、というより、我ながら偏執的で狂気を孕《はら》んだ精神状態に陥った。そんな気がする。だからこそ。

だからこそ、蒼弥の住居がくだんのコンビニの近所のワンルームマンションであることを突きとめると同時に、その部屋へ出入りしている女性の姿に、私は小さくない不安と脅威を覚えたのである。元妻の土志田茉莉が息子の身の周りの世話のためにでも通ってきているのかと思いきや、ちがう。

遥かに若い、息子と同年輩くらいの娘。何者だ、この女？　蒼弥とはいったい、どういう関係なのか、と衝動的に、彼女の身辺調査に乗り出した。その段階ですでに私は、正常ではなかったのだろう。

本職の探偵ではあるまいし、尾行に手慣れているわけもないので、最初は蒼弥の部屋から出てきた彼女を追いかけようとして、いきなりタクシーに乗られ、まかれてしまったりもしたが。ほどなく郊外寄りの住宅街に在る二階建ての家屋を突き止める。

かつては店舗兼住宅だったのが、現在は廃業しているようで、玄関の庇《ひさし》の上の部分の空白はどうやら看板を撤去した跡らしい。普通ならこの界隈の住民でもない限り、なんの店だったのか見当がつくまいが、私はすぐにピンときた。あ。ここはもしかして、クリーニング屋だったのでは？　と。

なんとも奇妙な巡り合わせだったが、その家の住所、そして表札の『多久《たく》』という苗字に私は心当たりがあったのだ。三十年以上も昔、未だ個人情報管理に対する世間の意識がゆるゆるだった時代、勤務先の学校の生徒名簿の『保護者の職業』の項目に、それは記されていた。〈多久クリーニング〉と。

早速、近所の住民とおぼしき高齢の女性をつかまえて「ちょっとすみません、私は〈広《ひろ》富学園《とみがくえん》〉の者なのですが」と現役教職員のふりをして、聞き込みする。

「多久美那子《たくみなこ》さんのお宅は、こちらでまちがいないですよね？」

「美那子ちゃんなら、とっくに、ここには住んじゃいませんよ。もう何年も全然、顔を合わせていない。あ。そういえば最近、昔の同級生とだったかしら、やっと結婚したって聞いたわよ。あの娘も、もう五十？　のはずだけど、まあまあ、なによりなにより。小さい頃から女優さんみたいにキレイでしょ。あれだけ目立つと、逆にオトコどもに引かれちゃうのか、それとも自分の理想が高すぎちゃうからかはともかく結局、独り身で終わるのもまあまあ、ありがちで。てっきり美那子ちゃんもそのパターンかと」

「おっと、まちがえた。私が言っているのは美那子さんではなく、もっと若いお嬢さんのほう、なんですが」

「エリナちゃん？　あの娘も、ずーっと実家暮らしで、お嫁にゆく気配が全然なさそうだけど。だいじょうぶなのかしらねえ。以前は家業を手伝っていたようだけど、それも、ほら、新型コロナのせいで。代々続けてきたお店を、お父さんが畳んじゃったでしょ」

こちらが合いの手を挟む隙も与えず、まくしたててくる。「お父さんも未だ隠居には早い歳だけど、エリナちゃんのほうがもっと心配だわ。さっさと身をかためないと。たしかもうすぐ三十も半《なか》ばのはず。でも、あれかしらね、やっぱり。彼女が小さい頃、双子の弟のケイちゃんが水の事故で亡くなったり、それが原因で夫婦仲がおかしくなったお母さんが、お父さんとは別のオトコといっしょに、どこかへ逃げちゃったりしたことで負った心の傷を、いまも引きずず。ん。あれ？」

なにやらスキャンダラスな家族史を語りかけたところで、ふと首を傾《かし》げる。「エリナちゃんて〈広富〉の出身だったっけ？　たしか以前、県立高校を中退した、とかなんとか聞いたような気が」

不審げなのはポーズばかりで、如何にもゴシップ系お喋りが大好きそうな婆さんは、無警戒かつ無尽蔵に個人情報を駄々《だだ》洩《も》らし。それによると、蒼弥の部屋に出入りしている娘は多久家の長女、エリナ。

彼女の父親、つまり世帯主は多久《たく》龍吾《りゅうご》。私が〈広富学園〉の臨時講師時代に教えたことのある、多久美那子の兄だ。

つまり多久エリナという娘は、あの美那子の姪《めい》……か。うーん。なんてこった。よりにもよって、蒼弥のやつ。

私はその後、ほぼ一年間近くにもわたり、外出の合間を縫《ぬ》って息子の住居のほうへ足を伸ばし、周辺をじっくり監視した。結果的にそれほど時間がかかったのは、単に要領が悪かったのと、持病のための病院通いが生活の大半を占めるようになったからだ。

長期間の監視の結果、多久エリナの出入りの頻度からして、彼女と蒼弥はかなり親密な関係のようだ、と判明した。加えて息子は、どうも定職に就いている様子が無い。いっぽうのエリナ嬢は夜の接客業で、店ではかなりの稼ぎ手らしい。自分の眼で給与明細を確認したわけでもないのに「らしい」と推測できるのは、繁華街を闊歩《かっぽ》する彼女の姿がいつ如何なるときにも颯爽《さっそう》、かつ潑剌《はつらつ》と女王さま然としているからだ。

いずれにしろ我が息子が、そんな彼女のヒモである現状は容易に想像がつく。そもそも蒼弥の生存を確認するきっかけとなった、あの矯正歯科クリニックの領収書にしたって、七桁もの施術費を、無職の息子が自分で払えるはずがない。おそらく多久エリナに出してもらったのだろう。

蒼弥が金銭を当てにできる人間は他に居ない。ほぼ一年間にわたる尾行と監視の過程で判明したのだが、彼の母親で私の元妻の土志田茉莉は二〇二一年に死去している。新型コロナ感染による肺炎だったという。蒼弥が多久エリナと関係が出来たのがそれ以前なのか後なのかまでは不明だが、たとえ唯一の家族は失っても、その代わりとなる金蔓《かねづる》を、しっかり確保しているわけだ。

ただ、どうも尾行していて、蒼弥がクリニックへ通う様子が見受けられない。歯列矯正なんて二、三年はかかるはずだが。あの領収書は施術がすべて終わった後での支払いだった、ということなのか？　まあ私とて息子に四六時中《しろくじちゅう》、張りついていられるわけもない。こちらの監視と通院のタイミングとが、たまたま重ならなかっただけなのだろうが。

多久エリナという娘も相当男に入れ込む質《たち》なのか、それとも気前がいいだけなのかはともかく基本、蒼弥の言いなりのようだ。一般的に歯列矯正は、身体的に柔軟性に富んだ子どもの時期ならば推奨できても、成長が止まって顎《あご》がうまく拡げられないおとなにとってはいろいろリスクが高く、やめておいたほうが無難だ、と言われる。

単に考え方の相違なのかもしれないが、普通ならば多久エリナは、無益な出費になりかねない、と出し渋ってもおかしくない。それを唯々諾々《いいだくだく》と、七桁もの金額を立て替えてやるなんて。彼女もたいがい従順だが、ヒモとしての我が息子は相当な凄腕なのか。

その生きざま自体は私にとって、別にどうってことはない。ほんとうに血がつながっているかどうかはさて措《お》き、蒼弥もきっと父親によく似たクズ男っぷりなのだろうな程度の感慨以外、特に気に留めたりしなかっただろう。ただし、この事態が数年前の話であったならば、だ。

仮に私が死んだとしたら、遺産はすべて蒼弥のものになる。直系の相続人の存在とは、現在ほぼ天涯孤独の身となっている私にとって、死という虚無の重みを多少なりとも軽減してくれる癒し、という意味に於いて自分でも驚くほどに、ありがたい。それは偽らざる心境だ。が。

彼が独り身ではない、となると話は全然ちがってくる。ましてや問題の息子の彼女が、かつて私の、もっとも苦手な生徒だった、あの多久美那子の姪っ子ときては。考え得る限り最悪の巡り合わせではないか。

苦手などと言いつつ、その多久家の住所や美那子の名前を三十年以上もの歳月を経て即座に憶《おも》い出したことからも明らかだろうが、要するに当時の私は、多久美那子という娘に強烈に魅了されてもいた。

特に問題行動を起こしたりしないものの、やんちゃで物怖《ものお》じせず、言動がおとなびている。アニメ作品の美少女キャラはだしのツインテールの髪形は、そのエキゾチックで派手めの顔だちに一見不釣り合いなようでいて、絶妙の華やかさを醸《かも》し出したりと、なにかにつけてやたらに目立つ。加えて成績は学年トップという、それこそ青春ドラマの類型的ヒロインそこのけなギャップ萌え。

そんな美那子に惹《ひ》かれていた男は、もちろん私に限らない。生徒や教職員を問わず、数多く居ただろう。ただその大半は、彼女がかなり歳上の社会人男性と交際しているらしいとのまことしやかな噂に畏縮《いしゅく》してか、高嶺《たかね》の花として遠巻きにする感が強かった。

他の男たちのことは知らないが、少なくとも私にとって多久美那子という娘は、当方の男子としての根源的なコンプレックスをいろいろ刺戟《しげき》してくる、厄介なタイプだ。

といってもむろん、彼女のほうからなにか仕掛けてくるわけでは全然なく、こちらが勝手に劣等感に塗《まみ》れていただけ。講師と生徒という関係だからといって個人的接触の機会がさほどあるわけでもないのだから当然だが、こちらも二十代後半の若造《わかぞう》だったという事情も相俟《あいま》って、まるで官能の目覚めに翻弄される思春期の如き劣情やら飢餓感やらを終始、煽《あお》られっぱなし。

そんな彼女に対する苦手意識を、この年齢にしてもなお払拭、克服できていない己れにいささか呆れもするが、ともかく。多久美那子とは私にとって憧憬恋慕《しょうけいれんぼ》と憤怒憎悪《ふんぬぞうお》とが複雑に渾然一体《こんぜんいったい》となった、この世でもっとも忌避《きひ》すべき女性の筆頭なのである。

さて。ここで各方面からツッコミの雨あられとなるのは必至だろう。曰《いわ》く、いくら血縁だからって美那子とは完全に別人格である多久エリナへ、謂《い》われなき敵意を向けるなんて如何《いかが》なものか、とか。いまは親密そうでも、彼女が蒼弥と必ず内縁関係や夫婦になるとは限らないではないか、とか。いやいや、そもそも息子が他人と共有するのを回避すべく画策しなければならないほどアナタの遺産って莫大な相続額になるの？　とか。

すべてごもっとも。特に遺産のくだりに関しては我ながら噴飯《ふんぱん》もの。未だかろうじて借金が無いのは奇蹟、というレベルだ。

もともと両親の死後は、なけなしの貯金の切り崩しで生きている。そこへ医療費がかさんだりして生活は苦しくなるいっぽうで、この二〇二三年の師走《しわす》には、ついにスマートフォンも解約せざるを得なくなった。新聞購読なんてとっくの昔に止めているうえ、電気代の節約のためにテレビはもちろん、ほとんどの家電のコンセントを抜きっぱなし。

かくも社会不適応で困った父親が死去したところで息子に、まともな反応を期待するほうがどうかしている。相続放棄はもちろん、遺骨すら引き取ってはもらえまい。

その厳然たる現実を前にして、というより目を背《そむ》けて、私ときたら、蒼弥の相手の女性の素性《すじょう》が気に喰わない、などと虚しくも狂った独り相撲に腐心するばかり。精神的拮抗《きっこう》が崩れた己れの暴走を止めることができない。赦《ゆる》せないものは赦せないのだ。

なんとか多久エリナを蒼弥から引き離す方法はないものか、と。私は真剣に模索するようになった。できれば、自分の意向や策略であるとは誰にも悟られないかたちで。

そしてついに、二〇二四年の一月、私は多久エリナをこの世から除去することに成功した。つまり彼女を殺してしまったのだ。

その選択肢しか無い、と最初から思い詰めていたわけではない。ただ結果的に、そうなっただけ、というか。そもそも多久エリナに対する殺意があったか否かも我ながら、いまひとつ明確ではない。とはいえ、過失致死だとか傷害致死だとか言い換えてみたところで、中味は同じことなのだが。

繁華街の雑踏に紛《まぎ》れて多久エリナを尾行するのが半ば習慣化していた、ある夜。〈アナザビジョン〉という、カラフルでサイケデリックなデザインのロゴ入りショーウインドウの前を通りかかった。

臨時講師時代、職場の飲み会の折《おり》に何度か通りかかったことがある。昭和の終わりのバブル期で、その頃はたしか水商売御用達の貸衣装店だった。それがいまは夜間営業のパフェ専門店にさまがわりしている。飲んだ後の締めにパフェを喰らうのが昨今の流行りらしい。時代が変われば変わるものだ。業態が昔とは異なる以上、店舗の大きな窓をショーウインドウと称するのは厳密には正しくないのかもしれないが。

私はそのショーウインドウ越しに店内を窺《うかが》うふりをしつつ、ふいに訪れた千載一遇《せんざいいちぐう》のチャンスに、考えるよりも早く反応した。そっと足早に物陰から忍び寄り、多久エリナを背後から突き飛ばしたのだ。

乗客降車寸前のメーター稼ぎで急加速したとおぼしきタクシーに、彼女は轢《ひ》かれた。その華奢《きゃしゃ》な身体が、鈍い衝撃音とともに空中へ撥ね上げられた、まさにその瞬間。

視界が暗転し、私の意識はこうして丸ごと異世界へと連れ去られてきた、という次第だったのだ。重ねて強調させてもらうが、これらはすべて文字通りの出来事で、レトリックでもなんでもない。

はっと我に返ると、全身を不可思議な鈍色に包み込まれている。気体とも液体ともつかぬ異空間で、自分が佇立《ちょりつ》しているのか、それとも横臥《おうが》しているのかも判然としない。

私は本能的に察した。ここは神か悪魔か、いずれにしろ人知の及ばぬ、超越者の見えざる手によって引きずり込まれた審判の場なのだ。多久エリナの生命を奪ったその罪で、私は裁かれるのだ、と。

理屈ではない。これは如何なる合理的精神の持ち主であろうとも、そう解釈するしかない、異常極まる状況だった。

あ。あ。そういえば……ふいに私は憶い出した。まずいぞ。ま、まずい。

多久エリナだけではなかった。二十年余りも昔のことだから、うっかり忘れていたが、私はもうひとり……そうだ、もうひとり、殺していたんだっけ。

かつて同僚だった福森孝吉《ふくもりこうきち》という男を……てことは刑罰も二倍に増えるのか？　それと

も、ひとり殺そうが、ふたり殺そうが、量刑は同等なのか？　いずれにしろこれは、やばいぞ。さぞやお怒りの閻魔さまに、どんな酷い目に遭《あ》わされるんだろうか、と震え上がっていた、そのとき。

（いやいや、ちがいますよ）と、そんな声が聴こえた。聴覚で捉えた、というより直接、頭のなかで響く感じで。

（ここは、いわゆる地獄ではない）

女の声のようだが、なんだかニュースを読み上げる生成ＡＩっぽい。（でもまあ、ことと次第によっては、ある種の地獄の沙汰《さた》になりかねないかも、ですが）

「ど。どういうことだ。ここが地獄ではないのなら、少なくともあんたも閻魔さまってわけじゃないいんだね？」

（判りやすいように、わたしのことはＭＣとお呼びください）

「ＭＣ、って。え。司会者って意味の？」

（だいたいお察しのとおり、井俣広輝さん。あなたは召喚《しょうかん》されたのです）

こちらの質問を、しれっとスルー。（この異次元の、西暦一九八九年の世界へと）

そのひとことでスイッチが入ったかのように、それまでただ鈍色に澱《よど》むだけだった視界が一転。フルカラーに変容した。

各物体が彩色とともに輪郭を得てゆく。小振りのコーヒーテーブルを挟んで、椅子二脚の簡易応接セットとベッドが現出。

全身に重力を感じると同時に、足が床につき、私は垂直に立っていた。周囲を見回してみると、八畳ほどだろうか、のっぺりとしたビジネスホテルの客室といった趣き。

ただし窓が、ひとつも無い。その代わり、というわけでもなかろうが、壁に大きなテレビが掛けられている。その位置加減がまた、ベッドに仰向けに寝そべったら視聴にちょうど良いアングルになりそうで、ますますビジホ感が漂う。

しかし待てよ。MCは先刻、ここは一九八九年とか言ってなかったか？「おいおい。三十五年も前の世界には未だ、こんな薄型でワイドビジョンの、推定43インチ機種は存在していないんじゃないの？」

（なるほど。あなたは、ここが異次元空間ではあるにせよ、とにかく一九八九年の舞台設定なのだという状況を、すでに受け入れておられる。なかなか順応力がお高い。たいへんけっこう）

「いや、別に受け入れた、ってわけじゃなくて、だな」

再度周囲を見回してみたが、MCと名乗る者の姿は影もかたちも無い。ただ音声のみ、ご託宣《たくせん》の如く降ってくる。

室内の間取りがビジホ的だとしたら、さしずめ壁掛けテレビの裏がユニットバスかな、と見当をつけ、行ってみた。扉を開けると、はたして洗面台だ。

その鏡のなかから若い男が、こちらを見返してきている。ふさふさ真っ黒な頭髪。ふっくら張り詰め気味の頬《ほお》。

私だ。しかも、まさしく三十歳前後の若造の頃の。「うえっ」と思わず変な声が出た。驚く、というより、気持ち悪い。

それでいて、いま身に着けているのが多久エリナを抹殺《まっさつ》した際、すなわち二〇二四年のあの日と同じ服装だというのがなんだか、ちぐはぐというか。同じ井俣広輝でも、若い風貌には微妙に、そぐわない趣味だ。

「な、なんだこれ。なんなんだ、これは。どうしてこうなる」

(ずばり。ファイナル・ウイッシュです)

「は?」

(いわゆる最後の願い、ってやつね。詳しくご説明いたしましょう。そもそも人間というのは、みなさま、それはそれはたいへんな艱難辛苦《かんなんしんく》の一生を送られるわけですから。そのいまわの際くらい、叶えたい望みをなんでもご希望通りに、叶えてさしあげようじゃありませんか、と。はい)

「え、と。それはなにか。選ばれし者のみに与えられる秘密の特権とか、そういう」

(いえいえ。ファイナル・ウイッシュとは年齢や性別、人種をいっさい問わず。万人に保障される権利であります)

「どこの誰の、どんな願いも叶えてくれる、って? 魔法かよ。そんな、幼稚園児の無茶ぶり以下な話、見たことも聞いたこともないんだが」

(当然でしょう。叶えられたひとって、もうお亡くなりになっているんだから。生き返って世間のみなさまに自分の体験談を開陳《かいちん》、流布することなぞ不可能。なのでこの一世一代の特典に関しては、みなさまにはあまり、というか全然、周知されておりませぬ）

「知られていないのなら、どこの誰にも起こりようがないはずじゃないか、こんな珍奇な現象。願おうにも願いようがない」

（ファイナル・ウイッシュを成立させるための必要手続は、たったひとつ。しかも至ってシンプル。それはご自分の最後の願望を、さながら一本の映画の如くストーリー仕立てで練り上げておくこと、です）

「なにを言っているのか、よく判らん」

（ちゃんと心の準備をしておいてね、って話です。それもただ漫然と、こんなふうにできたらいいなあ、なんて、ふわっとしたものではなくて。プロットを、しっかりと組み立てておかねばなりません。さながら一本の小説の如く。例えば、ですよ。コイツだけは赦せない、自らの手で殺してやりたい、という相手のひとりやふたり、どなたにもいらっしゃるはず。ひょっとしたら、もっとたくさん。五人とか十人くらい居るかもしれない。冥土の土産に、そいつら全員、まとめて始末してやる。そうお望みならば、その舞台や出演者たち、そして小道具に至るまでをすべて、こちらのほうでご用意、ご提供させていただきます。その代わりシナリオについては、ご本人がきちんと書いておいてくださいね、と。ざっとそういうことです）

「シナリオを書いておく、って。えと。それはちゃんと紙に、という意味？」

（例えば日記とか遺書とか、文字通り書き留めておきたいのなら別にそれでもかまいませんが。書面やデータには残しておかずとも、空想というかたちで、ご自身のなかでストーリーを完成させておけば、それでOKでございます。ただしディテールを、しっかり詰めて。例えば十人なら十人、全員を孤島のような隔絶状況の一ヶ所に集めて。ひとり、またひとりと処刑してゆくストーリーだとするならば、標的たちの名前、性別、年齢などのプロフィルはもちろんのこと。それぞれの殺され方やその順番などを含む、微に入り細を穿《うが》つ作り込みを、きっちりと）

「ちょ。まて待て。するとなにか。いわゆる某そして誰もいなくなった的な大量殺戮劇をお膳立てしてやるのが、ファイナル・ウイッシュなる企画の全貌である、と……」

（いやいや。いま申し上げたのは、あくまでもいち例です。別に某アガサ・クリスティ的ジェノサイド趣向でなければご希望は受け付けられません、などと言っているわけではない。どんな内容でもご自由です。ただ願望レジュメをなるべく詳しく、かつ明確に準備してくれていれば、それでOK。ご当人の死の瞬間に、すべて叶えられます）

「死の瞬間に、って。そんなの、どんなに美味いものを喰おうが、どんなに気持ちいいことをしようが、なんにも味わえないし、なんにも楽しみようがないじゃないか。もう死んじゃってるんなら、さ」

（ですから、さきほど申し上げました。ここは異次元である、と。時間の流れが現実世界とは異なるのです。詩的にまとめさせていただけるならば、さよう、瞬間のなかに永遠を閉じ込める、とでも表現いたしましょうか。たとえこの館のなかで何ヶ月、何十年を過ごそうとも、それらはすべてご当人の主観のうちに収められる。いっぽうその間、元の世界でのあらゆる物質現象は静止したまま。一秒たりとも、一ミリたりとも、時間も物体も進まないし、動かない。お判りですか？）

かくもビジホっぽい安普請《やすぶしん》の部屋を「この館」と称するのは誇大広告感が漂うが、いまツッコミを入れるべきはそこじゃないんだろうな。「元の世界で死亡する寸前、そのほんの一瞬のあいだにこちらの時空で、言うところのファイナル・ウイッシュがセッティングされる。その舞台が進行している間、元の世界での時間は流れない。さしずめストップモーション機能ってところか」

（やはりあなたは呑み込みが早い。たいへん助かります。おっしゃるとおり。なので、最後の願いの内容が、例えば年単位の長丁場シナリオであろうとノープロブレム。すべてご当人の思うがままに叶えられます。どうですか。ことほどさように超お得な、人生最初にして最後の目玉特典であるにもかかわらず、その権利を行使する方って、実は少ないんですよねえ。人類のほとんどの方々が、ちゃんとリクエストの具体的な青写真を用意せずに死んでしまうものだから）

「あたりまえじゃないか。そもそもそんな特典が自分に与えられているだなんてことを、普通は誰も知らないんだから。そりゃあ心の準備のしようもない」

（そのせいか、ほんとに叶うなんて夢にも思ってはいないものの日々、不毛で昏《くら》い情熱に裏打ちされた妄想に細かく、かつ執拗に拘泥し続けずにはいられないタイプ。すなわち世間一般的にはマニアックとかパラノイアックとか偏見を受けがちな方々のみ、ご臨終の際にひと知れず、文字通り異次元の恩恵に与ることができる、と。まあざっと、そういう仕組みなわけなんですね、これが）

どうでもいいが、さきほどからずっと、なんだかヘタな落語の演目でもたらたら聞かされているみたいな、ずいぶんとひとを喰った語り口だ。その声音が、まるで洋画の女性ナレーションの吹き替え並みにクールで恬淡《てんたん》としているものだから、よけいに珍妙で挑発的な雰囲気。

「普段から自分の殻に閉じ籠もり、埒《らち》も無いファンタジーと戯れているやつほど人生最後の願いで、ほんのひとときの特典にせよ、良い目をみられる、って寸法か。いや、でも。まてよ」

口に出して改めて考えてみたが、私はそんな非現実的な妄想と常日頃から戯れるようなタイプではない。明らかに、ちがう。

たしかに年齢が年齢なので、叶うのならば若々しい健康体を取り戻し、肉欲やら食欲やらさまざまな官能と悦楽に心ゆくまで耽《ふけ》ってみたいとか。そんな回春の夢想にかられたりすることだってたまには、まあ無いわけではない。が、それにしたって。

なんで一九八九年なんだ？　二十九歳という年齢に、なにか意味があるのか？　それとも……「平成元年に、印象に残るような出来事でもあったっけ。普段から特にその年を、それほど懐古したりしていたような覚えは、どうも無いんだが」

(勘ちがいをされている)

「え?」

(さきほど申し上げましたよね。あなたは召喚されたのだ、と)

「え、えと……」そういえば、そんな言い方だったっけ。「しょうかん、てことは」

(あなたは、この作品のプロデューサーではない。井俣広輝は、ここへ呼ばれたほうのメンバーのうちのひとり、なのです)

「呼ばれたほう、って。それは、おい。それって、どういう」

(そろそろ、召喚された他の方々もご紹介することにいたしましょう)

「は。え。てことは、ここには他にも?」

(個室のドアはオートロックなので、室外へ出る際には、どうぞキーをお忘れなく)

ドアの魚眼レンズの横のフックに、シリンダー錠のキーホルダーが掛けられている。なんだこりゃ。どうもビジネスホテルのイメージを引きずっているせいか、いまどきカードキーじゃないのかよと、さきほどの横長薄型テレビとは逆のちぐはぐさ。

そんなことはどうでもいい。私以外にも、この異次元空間へ連れてこられた者たちが居る? どういう状況なんだ、これは。なにが始まるんだ、いったい。

それに私自身が「呼ばれたほう」だとしたら、ここは誰か別人が主宰《しゅさい》するファイナル・ウイッシュの舞台だ、ってこと?

奇特にも普段から人生最期の願望シナリオをきっちり書き上げていたやつがいて、そいつのいまわの際のリクエストに従い、私を含む人間たちが強制的に、現世からここへ招集された、と。ＭＣの説明を丸々鵜呑《うの》みにするならば、どうやらそういう状況らしい。

私はこの事態に巻き込まれた側であり、主役ではない。端役《はやく》としてキャスティングされた、ということか。

だとすれば現実世界、すなわち二〇二四年の時空に於いて、私は未だ死んでいない。従ってこの、なんだかよく判らない茶番劇が終了次第、ちゃんと元の世界へ戻れる。諸々そういう理解でいいんだよな？

疑問をひとつ、またひとつ。なるべく理詰めで自己解決を試みてゆくが、いっこうに、すっきりしない。それどころか逆に困惑が、ますます大渋滞を引き起こすばかり。

（ダイニングホールで、みなさまの顔合わせを行いますので。ご足労ですが、どうぞ。階下のほうへ）

無意識にキーホルダーを手に取り、シリンダー錠をズボンのポケットに入れる。ＭＣに促されるままになっている己れが少々忌《い》まいましかったものの、ここで手をこまねいていても埒があかない。

円筒状のドアノブに手をかけようとして、ふと視線が横へ流れた。通路を挟んで、ユニットバスの扉と向かい合ったクローゼット。その引き戸が少し開いていて、隙間からなにか、きらり、と光るものが覗いている。

眼の高さ辺りで半月形を描くそれは、中世が舞台の洋画の戦闘シーンで、鎧甲冑《よろいかっちゅう》姿《すがた》の兵士たちが繰り出す大振りの斧の刃のようにも見えるが……オブジェかなにかか？　金属質な輝きに不穏な気持ちにかられたが、詮索《せんさく》は後回し。

部屋の外へ出てみることにした。足もとで廊下の床が少しずつ面積を拡げてゆくのを確認しつつ、ドアをそろり、またそろりと用心深く前へ押し出し。なるべく静かに後ろ手に閉めようとした、その動作に被せてくるかのように、カチャリと。

ドアが開く音が廊下に響きわたった。私の部屋とは明らかに別の。

思わず及び腰になって、視線を右のほうへ巡らせる。まるで待ちかまえられていたかのように、彼女と眼が合った。

私のすぐ隣り。いや、厳密には右斜め向かいの部屋だ。そのドアからいま、まさに出てこようとしている女性。

先端がくるんと巻き気味のセミロングヘアに、蜻蛉《とんぼ》の複眼のような、時代を感じさせる特徴的なフレームのメガネ。小柄ながら、むちむち肉感的かつバランスのとれたシルエット。見まちがえようもない。

土志田茉莉だ。しかも匂いたつような色香むんむんで、女盛りの頃の。

あ。そ、そうか。もしもこの舞台がほんとに一九八九年なら、いま目の当たりにしている茉莉は二十七歳なわけだ。かくも若々しい姿かたちで彼女が登場するのはある意味、当然か。

ちょうどこの頃、私は茉莉と深い関係になり、翌年には蒼弥が生まれる。つまり、眼の前に居るのは未だ出産前の彼女……う、うわわ、なんてこった。

さっき二十九歳の自分自身を鏡のなかに認めたときだって驚きはしたものの、いまいち実感が伴わないというか。半信半疑だった。しかし、こうして三十五年も昔の茉莉と対面させられるともう、ぐうの音も出ない。

そう、あなたは観念して、この異次元空間のすべてを受け入れるしかないのよ……と。こちらを凝視《ぎょうし》してくる彼女の鰓《えら》の張った表情が、そう諭し、迫ってくるような気がした。MCの代弁者さながらに。

もちろんそれは私の錯覚に過ぎず、茉莉は茉莉で困惑しているのだろう。メガネの奥の双眸が、まん丸く膨らんでいる。

ただ、それにしては本来、ぽってり頽廃的《たいはいてき》なフォルムに緩んでいるはずの唇を彼女は、その厚みを削り取らんばかりに真一文字に引き結んでいる。茉莉があまり周囲には覗かせたことのない底意《そこい》を孕んだ面持ちで、これが私に若干の違和感をもたらした。

なんと言えばいいのだろう。たしかに茉莉も驚くことは驚いているけれども、二十九歳の私と遭遇するこの局面を彼女はある程度、予想していたかのような……とはいえ、仮にこの時点で茉莉がMCから、先刻の私と同じ説明を受けているのだとしたら、さほど不自然ではないのかもしれない。

なんとなれば前述通り、私と茉莉の関係がスタートしたのが一九八九年で、そういう意味では特別な年だったと、まあ言えなくもない。当時、臨時講師として勤めていた〈広富学園〉の実質的独裁者である理事長の鞍留滋は、私の母親とは古い知り合いで、その縁でずいぶんと職場では引き立ててもらった。

私如き若輩者《じゃくはいもの》が茉莉との仲を取り持ってもらえたのも、その鞍留滋による世話焼きの一環……というのはもちろん表向きの逸話で。学校事務員として就職以降ずっと個人的に寵愛《ちょうあい》していた彼女を、鞍留滋が態《てい》よく厄介払いした、というのが実情だ。

当初、一九八九年と聞いても私は、その因縁には即座に思い当たらなかった。すでに茉莉という女性の存在が自分にとって遠いものに、もっとあけすけに言うならば、無価値に成り下がって久しかったからだ。

それは茉莉のほうだってお互いさま、ってところだろう。ただ、私という男本人にはなんの未練が無くとも、かつての愛人の鞍留滋に後押しされる、もっとあけすけに言うと半ば強制されるかたちで私と関係を持ち、あまつさえ出産や結婚にまで至った過去を己れの人生最大の汚点と捉え、未だに屈辱的な心情を彼女が曳《ひ》きずっている可能性はある。

そのため今回の異常事態が発生した際も、一九八九年が舞台だとＭＣから知らされた茉莉は、真っ先に若い頃の元夫、すなわちこの私と対面する展開もあり得る、と覚悟していた。そんなふうにも考えられる。

茉莉は、つんと顎を尖《とが》らせるようにして、眼を逸《そ》らせた。肩で風を切るような物腰で、わざとらしくこちらを無視したまま、私の眼前を通り過ぎてゆく。その横顔。

なんだろう？　どうも誰かに似ているような気が……と、ぼんやりその後ろ姿を見送っていて、はたと思い当たった。

そうか、蒼弥だ。蒼弥に、そっくり。

私のほぼ一年間にも及ぶ息子の尾行監視活動の最中、二〇二三年の五月八日から新型コロナは新型インフルエンザ等感染症から五類感染症へ移行した。それに伴い、街なかでは感染防止用マスクを着用しない通行人たちの数も徐々に増え、私もようやく遠目ながら、成人した息子の全体的な容姿を視認できるようになった。その段階では未だ、まったく思い当たってもいなかったのだが。

三十五年ぶりに、二十七歳の茉莉を改めて見て、驚いた。顔の造作が、思わず鼻白《はなじろ》んでしまうくらい蒼弥と似ている。もちろん母子なのだから当然といや当然なのだろうが、それよりも、もっとショッキングな事実に思い当たった。それは。

他でもない、私が自ら手を汚してまで、それまでろくに面識も無かった多久エリナという娘を抹殺した動機だ。決して彼女本人に原因があるわけではなく、単に蒼弥にまとわりつく邪魔者を排除したかっただけ、と。単純にそんなふうに自己解釈していて、それも決してまちがいではないものの、どうやら己れの深層意識下にはもっと根源的、かつ生理的な拒否反応が滾《たぎ》っていたようである。

それこそが茉莉だ。元妻に対する、私の激しい忌避感に他ならない。

これまでその自覚がまったくと言っていいほど無かったため、一旦思い当たってみると我ながら恐ろしいほどに根深く、もはや憎悪と称すべきかもしれない。逆に言えば、茉莉がそれだけ私にとって特別な存在であることの証左《しょうさ》でもあろう。蒼弥の母親だからこそ、なのか否かの分析はさて措き。

そうなのだ。多久エリナという娘は私に、茉莉を想起させる。顔の造作が似通っているというより、なにか個人的コンプレックスを刺戟してくるという意味で私にとっては、きっと同じタイプの女性なのだ。

仮に蒼弥が多久エリナに惹かれた要因は彼女が母親と似ているからだとしたら、それをむしろ自然な流れだと看做《みな》す向きは世間一般的に少なくなかろう。敷衍《ふえん》すれば、多久エリナというろくに知りもしない人間を私が衝動的に殺《あや》めてしまったことにしても同様に、深層心理下に於ける茉莉への加害代償行為だった、つまり自然な流れで当然の帰結だった、という見方もできるのではないか。

我ながら論理に飛躍があるような気もするが、なにしろいまは頭が混乱している。茉莉に対する暗雲の如き、どす黒い害意《がいい》をただ持て余すばかり。通路から階下へと続くスケルトン階段を降りようとしている彼女から、なんとか眼を逸らせた。

仮にこの再会の相手が六十近くの歳老いた姿かたちの茉莉だったとしたら、こんな狂おしい愛憎表裏一体的でアンビバレントな加害衝動なぞ、微塵《みじん》も生じる余地は無かっただろう。それは確実だ。

なのに同じ女でも三十五歳も若いという、ただそれだけの相違で、途端に彼女に対して無関心ではいられなくなる。そんな即物的な現金《げんきん》さ、浅ましさが我ながら可笑《おか》しいやら、忌まいましいやら。

気を執《と》りなおそうと私は周囲を見回した。ここは体育館の屋内プールかなにかか、と見《み》紛《まが》うばかりに広く、天井の高い造り。

通路の手摺《てす》りに、ぐるりと長方形に囲まれた眼下の立方体の底には水ではなく、吹き抜けの広間。これがMCの言う、ダイニングホールらしい。

個室内はビジホのイメージだが、共有スペースは豪奢《ごうしゃ》とまではいかないものの、まあそこそこ。シティホテルっぽい雰囲気、と言えなくもない。上階部分に、ずらりと並ぶ各部屋のドアを数えてみると、私の分も含めて全部で十室。

そのあちらこちらが開いたり閉められたりして、男や女がぞろぞろと姿を現してきている。そして先刻の茉莉と同じくスケルトン階段を降り、ダイニングホールへ向かう。

彼や彼女たちもやはり、MCによってこの異次元空間へ召喚された連中なのか。どれどれ、どんなやつらが集められているんだろ。私も階段の降り口のほうへ向かいながら、眼を凝《こ》らそうとした、そのとき。

ちょうど真向かいから通路を歩いてきていた若い娘がふと、こちらを見るなり、ぎくりと足を止めた。私のほうも一瞬、ぎょっと身が竦《すく》む。

彼女は〈広富学園〉の制服こそ着ていなかったが、まちがいなく私が勤めていた頃に生徒だった娘だ。大きな瞳に高い鼻の、おとなびた風貌。ツインテールの髪が特徴的な、魅惑のスレンダーボディ。

多久美那子だ。しかも、いま一九八九年ってことは、高等部三年生のときの。

眩《まばゆ》いばかりに、ぴっちぴちの女子高生である彼女が、いま私の眼の前に。

＊

まさか……あれは。

あの犯人は、まさかほんとに、夫の藤縄章介《ふじなわしょうすけ》だった？　ほんとに？

あの黒いひと影。繁華街の雑踏のなか、エリナちゃんへ背後から、そっと忍び寄ったかと思うや、彼女を歩道から車道へと突き飛ばした、あのひと……そして。

ちょうどそこへ走ってきた自動車に、あえなく轢かれてしまったエリナちゃん。街なかのひといきれを引き裂く悲鳴を上げたのは彼女か、それとも他の通行人か。

鈍い衝突音に、耳障りなブレーキ音や怒号が重なる。エリナちゃんの身体が夜空へ撥ね上げられるよりも早く、そのひと影は身を翻《ひるがえ》し、暗い路地へ逃げ込んだ。

そんな一連のシーンの残像が動画のコマ送りさながら、あたしの網膜に焼き付き、離れない。そして、その一瞬。

すべて混沌とする風景のなかの一部分が、そこだけハサミかなにかで円く、くり抜かれたかのようにフォーカスされる。豆粒ほどの小さなサイズの、男の顔。

あたしと眼が合った。ほんの一瞬だけ。向こうもこちらを視認したかどうかまでは不明だが、たしかにあれは。あの男は。

やはり、あれは章介だ。まちがいなく。あたしの夫の。しかし、なぜ？

どうして章介が、あたしの姪っ子の多久エリナを殺したりする？ あんなふうに、巧妙に交通事故を装って。

なぜそんな、とんでもない真似《まね》を夫は。いや、判っている。彼の動機なら、実は、よーく判っている。あたしには。

章介が義理の姪っ子を手にかけた理由。それは唆《そそのか》されたから。ていうか、期せずして、操られるかたちになったから。

でも章介本人に、その自覚は無い。

そもそも彼に、あることないこと吹き込んだ張本人のあたし自身からして、夫を血迷《ちま》わせて凶行に走らせてやるぜ、なんて意図していたわけじゃない。全然ちがう。

「あのね。絶対に信じられないだろうな、と思うんだけどさ」

そう秘密めかして切り出したのは先月。新型コロナが新型インフルエンザ等感染症から五類感染症へ移行して半年ほど経った、二〇二三年、十一月。

めずらしく章介は自宅に居た。どういう気まぐれなのか、あたしといっしょにテーブルで、夜食を囲んで。

「これ、マジなの。ほんとにマジ」

なるべく軽めの雑談ふうを心がけたのに、あまりうまくいかず。ひょっとして呼吸困難かなにかで死にかけてんの？　なんて半笑いで自分自身にツッコミを入れそうになるくらい、無駄にアンニュイな声音になってしまった。でも結果的には、それが却って章介の興味をそそったようでもある。

「だってさ、この眼で見ちゃったんだから、ばっちり」

こちらの意味ありげな呟《つぶや》きを章介は、違法なオンラインカジノのバカラに夢中になりながらも、スルーはしなかった。「ふーん。見た？　って、なにを」と、ややおざなりではあったものの、ちゃんと反応を示してきたのだ。

さらに「預金通帳」とのあたしのひとことで、章介はスマートフォンから顔を上げた。視線をこちらへ向けてくる。夫とこんなふうに真正面から向き合うのも、ずいぶんひさしぶりだなあ、くらいのアングルで。

「兄の銀行の預金通帳の残高。九桁あった。九桁。いや、そうでしょ。信じられないでしょ、マジで。びっくりだよね」

「ちょい待ち」

眼を丸くした章介。すぐに警戒心もあらわに眉根《まゆね》を寄せる。「残高、って。そもそもどういうわけで、お義兄さんの通帳なんかを、美那子が見たりした？」

「先月さ。病院への送り迎えをしてもらったんだ、兄の車で」

肝心のあなたがさ、たいせつな妻をいつも放ったらかしなものだから、その代行でね、と言外に皮肉を込めてやった。多分、通じちゃいないだろうけど。

「待合室で一旦座ったと思ったら、すぐにお手洗いへ行った。椅子にショルダーバッグを置いたまま。あ、もちろん龍吾が、ね」

章介が眼を細め、小首を傾げたのは、単に話の続きを促すくらいのつもりだったんだろう。でも普段から義家族に対する彼の無関心さが無関心さなものだから、ひょっとしてあなたのその表情は「多久龍吾」をきちんと自分の義兄の名前であると認識していない、ってこと？　なんて勘ぐったり。

「ふと見たら、そのショルダーバッグの口が開いていて。なんの気なしに。ほんとに、なんの気なしに覗き込んでみた。そしたら預金通帳が入っていて。あら、兄さん、こんなものをいつも持ち歩いてるのかと、ついつい好奇心で」

「こらこら、いくら兄妹つったって。プライバシー、な。プライバシー」

「なんだか気になっちゃったんだ。表に、決済用口座って印字してあって」

「けっさい、って。なにそれ」

「あたしもよく知らないけど。たしか利子がつかない代わりに、預金が保険で全額保護されるやつ、だったっけ。ペイオフ対策かなにかで。とにかく通帳を開いてみたの。そしたら、入金はたった一回のみで、その金額がなんと、九桁の」

先ず右掌《みぎて》を大きく開き、眼の高さに掲げたあたしは、さらに左手の指でピースサインをつくり、両方を重ね合わせてみせた。

「なな。え。な、七億円ってこと？　通帳の残高が？　うっそ。マジで？」

「さっきから、そう言ってるじゃん。マジです、って」

「で、でででても。お義兄さんがなんで、そんな大金を」

「判らない。宝籤《たからくじ》じゃないかな」

「当てちゃったんだ？　うわ。ほんとに当てちゃったんだ」

「多分。たしかめたわけじゃないよ。でも兄は株とか投資は全然やらないひとだから。そんなことしか思いつかない」

「すげえ」

喘《あえ》ぐように感嘆を洩らす章介の眼は黄色く底光りしていた。「お義兄さんて、何歳だっけ。もうすぐ還暦？　でもこれで老後は安泰だな。そっか、道理《どうり》で。家業を畳んだ後、仕事を探すでもなく、お気楽そうに毎日、ぶらぶらしているはずだよねえ」

こちらがあれこれ細部を捏造《ねつぞう》して補足するまでもなく、章介のほうで勝手に納得してくれて、とても助かる。

「でしょ。これでもしも、いま兄が急死したりしたら、エリナちゃんもまあ、びっくり仰天だよね」

「どゆこと？」

「だって、そうでしょ。父親の遺品を整理していて、そんなお宝な通帳が出てきたりしたら。もう腰を抜かさんばかりに」

「いやいや、父娘なんだから。エリナちゃんは、もう知っているよ、さすがに。お父さんが宝籤を当てたことくらい」

「賭けてもいい。知らないね、絶対。龍吾はたとえ家族にだって、自分の手の内を明かしたりしないもの」

「え。そう？　お義兄さんて、そういうひとかねえ。そんな、秘密主義的なイメージは無いけどな、全然。少なくとも、おいらには。至って裏表の無さそうなおひと柄で」

「八方美人というか、ひと当たりが良いから騙されているだけだよ、みんな。例えばさ、気づいてる？」

意味ありげに声を低めてやった。「龍吾がゲイだ、ってこと」

「いや。そうなの？」

「言っておくけど、マジだから。これも」

「でもさ、ちゃんと女性と結婚していたんだろ？　おいらは一度も会ったことないけど、エリナちゃんの母親と」

「多少バイ寄りかも、だけど。晴夏《はるか》さんの失踪事件以降、シングルファーザー歴が早くも二十年超え。なのに兄は再婚どころか、浮いた話のひとつも聞こえてこない」

「だからって安易に、そういう趣味だから、とは断定できませんぜ」

「それこそがつまり、ほんとの自分を絶対に見せない、ってことじゃん」

「どういう脈絡でその結論なのか、よく判らんのだが。うーん。でもまあ、言われてみれば以前から薄々、そんな気がしないでもない感じ、ではあったかも」

こちらの断定的な口調に気圧されたのか、章介は掬《すく》い上げるように、いささか挙動不審気味に、視線を泳がせる。「じゃあお義兄さんてそういう、己れの手の内は家族にも晒《さら》さない、用心深い性格で。他人に洩らしちゃいけない秘密は洩らさない。たとえ相手が自分のひとり娘であろうとも、なな……」

そこで言葉が途切れた章介の唇は、明らかに「七億円」と言いかけたかたちで止まっていた。少なくともあたしには、そう見えた。つまり、うまくいったのだ。まんまと、こちらの思惑《おもわく》通りに。

あたしは夫を騙くらかしてやった。そう。この宝籤云々の話は、病院の待合室で兄の預金通帳を盗み見たというくだりも含めて徹頭徹尾、デタラメなのである。「決済用口座」なんて、おそらく世間知らずな章介にとっては耳慣れないであろう単語をわざわざ持ち出したのも、細かい肉付けをすることで煙に巻き、よりそれらしい信憑《しんぴょう》性《せい》を担保してやろうとの意図に過ぎない。

龍吾の同性愛的指向にしろ昔から、ときおりそんな印象を受ける、という程度の話で、確証があるわけではない。これもただ、兄が七億円もの大金を掌《しょう》中《ちゅう》に収めながらもエリナちゃんにすらその秘密を保っていられる慎重な性格である、という架空の設定を、もっともらしく補強するため。

ではなぜ、わざわざこんな、くだらない作り話を夫に披露するのか。それは新型コロナのせい。より正確に言うなら、その後遺症のせいだ。

あたしが新型コロナに感染したのはこの前年、二〇二二年。職業柄、ワクチンは受けられる限り打っていたのに、なんで？　と不条理感を覚えたものの、症状がそれほど重くなかったため正直、まったく深刻には捉えていなかった。が、二週間ほどで完治したと安堵《あんど》した後に地獄が待ち受けていた。

熱は無いのに朝、倦怠感でベッドから起き上がれない。声を発するのさえしんどくて、日常生活をまともに送れない。慢性疲労症候群だと診断され、通院を余儀なくされたあたしは力仕事はおろか、笑顔を保つことすらままならず、ついには介護士の仕事を辞めざるを得なくなった。

そのうち新型コロナは新型インフルエンザ等感染症から五類感染症へ移行。正常な営みを徐々に回復してゆく世間とは裏腹に、このあたしは寝たきりとまではいかないものの、日に日に自分が夫の章介にとって邪魔なお荷物と化してゆく不安と恐怖に苛《さいな》まれるばかり。

これは決して被害妄想ではない。いま章介は、なんとかうまく離婚へ持ってゆくかたちで、あたしをお払い箱にしてやろう、と口実を探り、機会を窺っている。

彼にはその前科がある。前科という表現が適切か否かはともかく、齢五十二（この時点で）にして章介は、すでに離婚と再婚を三回もくり返している猛者だ。

彼とあたしは私立〈広富学園〉で同級生だった。在籍中の十代の頃から藤縄章介は、とにかく抜群に歳上の女の受けがいい男で、初体験の相手は、当時の学校の某女性教諭だった……などと、まことしやかに噂されていたほど。

　生涯ヒモ人生が既定路線だったようで、高校卒業後は、せっかく現役合格した医科大学を中退。二十歳そこそこで最初に結婚した女性は、八歳上の国際線ＣＡだったそうな。そして二番目の妻も、ひと廻り歳上で、おまけに小学生の子持ちの、ヨガのインストラクターときちゃう。

　自分は働くでもなく、ただ甲斐性のある歳上女性に可愛いペット扱いで養ってもらえる才能にだけは、ずば抜けて恵まれた男。それが藤縄章介クオリティ。

　いずれの結婚生活も十年近く保ったそうだが、破局の原因も両方、ほぼ同じ。妻側の義家族の高齢化や健康問題が浮上した途端、章介はその介護の協力や同居を、めんどくさいから嫌でーす、とばかりに拒否し、逃げ出したってわけ。そんな身勝手な理由で別れるなんて、普通はそれなりに揉めそうなものだけど、この男は天性の女たらしというのか、修羅場を巧妙に回避する才覚にもなかなか長《た》けていた模様。

　それぞれのことの詳細はさて措き、似たような経緯が二度続くと、さすがに本人も歳上妻に懲りたのか、章介が三番目にくっついたのは二十も歳下のキャバ嬢だった。この若妻には柄にもなく相当入れ込んでいた章介だったが、彼女に別の想いびとが出来た途端、自分のほうがあっさり棄てられてしまう。

　この痛手はかなり深かったようで、あたしが章介と結婚できたのって、その彼の傷心の間隙をうまく縫えた成果、という側面もあるんだよね。歳上妻から一転、歳下妻への極端な振り幅の反動で、かつての同級生の女、すなわちこのあたしにいわゆる「ちょうどいい感」を見出した、って次第。

もちろんあたしのほうから機敏かつ積極的に動いたことも大きかった。中学時代からずっと章介に恋慕し続けてきた身としては、そのとき五十歳近くにもなって巡ってきたチャンスはまさに千載一遇。絶対に逃してはならない僥倖《ぎょうこう》だったのだ。

こうして改めて思い返すと、なんと純情一途な、ていうより、ちょっと馬鹿なんじゃねえの、と我ながら泣けてくる。中等部高等部を通じて学校の友人たちから好みの男性のタイプを訊《き》かれるたびに、実は藤縄章介クンがどストライクなのと知られるのが嫌さに「うーん、そだね。お付き合いするなら絶対、歳上で頼りがいのある社会人男性かな」などと公言していた己れが哀れだ。

もちろん章介は、そんな当方の思春期から続く健気な思慕なぞ知ったこっちゃない。数々の女性遍歴を経て辿り着いた結論として、多久美那子という個人の魅力に目覚めてくれたりしたわけでも全然ない。

要するにバツ三でもなお再婚しようという章介にとって、あたしはちょうど都合のいい相手だった、というだけの話。結婚歴も無ければ、連れ子も居ない。両親もすでに他界している。それでいて彼にはベタ惚れ。とくればもう、養ってはもらいたいけど扶養家族とか煩わしいコブ付き女は真っ平御免だ、という章介にとってこれ以上は望めない、お手頃物件だったってわけ。

それは換言すると、家事や仕事を続けられなくなり、なんなら近い将来、要介護にもなりそうな妻なぞ、もはや自分にとっては足手まといだ。用済みで、リストラの対象でしかない、ということ。

章介はそういう、至って判りやすい真性のクズ男で、ほんと、そんな薄情で最低な夫なんざ、こっちから願い下げじゃ、と啖呵《たんか》のひとつも切ってやりたい。できるもんなら。だけど、あたしにそれは無理。

惚れた弱み、とは微妙に異なる。長年の煩悶《はんもん》の片想いの末、曲がりなりにも夫婦になれたその男を自ら手放すなんて、もったいないじゃん、ていう。実質的には貧乏性とか惰性《だせい》とか称したほうが正確かも、だが。

章介本人に対する固執のみならず、健康に不安をかかえた身としては、この年齢で夫に見棄てられたりしたらもう、人生の悲惨な末路しか想像できない。不条理を通り越して、もはや恐怖だ。

かといって、アタシを棄てちゃイヤ嫌ん的な泣き落としや訴えなぞ、効果のかけらも期待できない。こんなとき章介のような鉄面皮《てつめんぴ》を引き止められるネタがあるとすれば、それはずばり金。それしか無い。そこで思いついたのが、そう。兄の龍吾の高額宝籤当選なる作り話だった、というわけ。

外野からあれこれツッコミを入れられるまでもない。我ながら姑息にもほどがある。けれど、株にしろ投機にしろ、あたし自身が思いがけず大金を手に入れちゃいました、なんて駄法螺《だぼら》は、おいそれとは真に受けてもらえないに決まっている。

その点、龍吾の話だということにすれば、たとえ章介が厚かましく本人に直接「おめでとうございますう、お義兄さん。いやあ羨ましいな。超高額当選したんですって？」とか訊いたところでバレる心配は無い。兄が「いや、当たるもなにも、そもそも買っていないよ、宝籤なんか」と、いくら正直に否定しようとも、欲に目が眩《くら》んだ章介は頑として信じようとはするまい。なので、ね。

万事うまくいった、と思ったんだ、あたしは。ほんの一瞬。でも、甘かった。

義家族が桁ちがいの財産を手に入れたとの虚偽により、夫の気持ちを自分のもとにつなぎ留めようという目論見は、たしかに外れはしなかった。だが章介の反応は、こちらの予想の遥か斜め上を跳び越え……いや、ある意味それは彼の性格上、当然の帰結だった、と言うべきなのか。

龍吾が死んだら、その遺産を相続するのはひとり娘のエリナちゃんだ。でも彼女が父親よりも先に死んでいた場合、他に身寄りのない龍吾の遺産はすべて彼の妹である、このあたしが相続することになる。

章介にしてみれば、もちろん妻のモノはすべて自動的にオレのモノ、だろう。これ以上は無いくらい、自明の理だ。その単純明快、かつ問答無用の図式を手っとり早く完成させるためならば夫は、殺人すらも辞さない人間である……などとは、さすがにあたしも夢にも思っていなかった。

当然ながらその悪行は、一回きりでは終わらない。こうして交通事故を装い、エリナちゃんを抹殺してしまった章介は絶対、次に龍吾を狙うだろう。どういう方法でかはともかく、殺して、その後は。

死去した兄の遺産を相続したあたしが自然死するまで待ってくれる、なんて悠長さを夫に期待するのは、まさに肉屋で野菜を買い求めんとするが如し。章介は最後の仕上げに、四番目の妻の息の根を止める。

すべては、あたしが蒔《ま》いてしまった種だ。ほんとに……ほんとうに、すべての意味に於いての元凶は、このあたし。

あたしがうかうかと夫に授けてしまったのは、不条理で無意味な殺人の動機だけではない。その絶好の機会も、だ。章介の犯行の瞬間の現場にあたしが居合わせたのは、決して偶然ではない。

エリナちゃんには、いま結婚を考えている男性が居て、彼女のバイト先のマネージャーだという。その彼氏に、父親の龍吾を紹介するために一度、ふたりの勤め先のお店へ招待することにした、と。

その話を兄の龍吾から聞いたあたしはうっかり、問題の初顔合わせの日時と場所を、章介に洩らしてしまったのだ。「そこってどんなお店で、エリナちゃんの彼氏ってどんなひとなのか、興味あるな。あたしも、ちらっと覗きにいってみよっかな。野次馬根性で」みたいな軽いノリで……まさか、その情報をきっかけにして夫が犯行を決意する、だなんて夢にも思わず。

多久一族皆殺しというミッションをコンプリートしたあかつきには、七億円という特大の棚ぼた餅を独り占めできる……とばかり章介は思い込んでいる。

だが、それは特大のマボロシ。文字通り絵に描いた餅に過ぎないんだ、という笑えない現実をなんとか彼に知らしめて、これ以上の愚かな凶行をストップさせなければ。

＊

な、なんだナンだ、いきなり。いったいコレって、なにが起こったの？

え。死んじゃった？　ひょっとして。

まさか、ボク、え？　死んじゃった、ってことなの、これ？

街のなかを歩いていたら、誰かに背中を押されて、車に轢かれて……え。そ、それっきり？　それっきりなの？　ええーッ？

な、なんで突然、そんな、脈絡も無い、悲惨で不条理な目に？

そのときのボクは、通院している矯正歯科クリニックで月に一度の矯正ワイヤー調整を終え、お店へ向かう途中だった。

バイト先の〈スピニッチパイン〉という、地元では老舗のナイトラウンジで、昭和の創業時からいわゆるダイバーシティのコンセプトをいち早く導入。時代を先取りし、従業員には女性だけではなく、女装男子や、トランスジェンダーのひとたちも多い。そのため世間一般的には、ゲイバーのイメージで通っている節《ふし》も無きにしもあらず。

実はパパも、そう誤解しているクチだったんだよね。「いい若い娘が、ひがないち日、いくらなんでも不健康すぎんか。別に喰うに困るからってわけじゃないが、なにか気晴らしにバイトでもしたらどうだ」なんて。高校を中退後、ずっと家事手伝いだったのが、実家の〈多久クリーニング〉が閉店したため、すっかり引き籠もり状態に堕《だ》したボクに、そんなお説教をしてくるもんだから。

じゃあひとつ、夜のお仕事でも、と面接に行って。〈スピニッチパイン〉ってお店で接客することになったよ、と報告したら、パパ曰く「え、なんで？　女の子はあそこじゃ働けないだろ？」と、ぽかーん。

で、よくよく話を聞いてみたら、てっきりお店がゲイバーだとばかり思い込んでいた、ってオチ。パパもかなり昔、興味本位で〈スピニッチパイン〉へ立ち寄ってみたことがあり、その際に「接客してくれたのは、たしか男性ばかりだった、ような気がするんだけどなあ」と首を傾げたり。

たまたま男性従業員しかシフトに入っていない時間帯だったのか。それともほんとは女性も居たにもかかわらず、店内の全員が女装男子だとパパが勝手に思い込んでいただけなのかはさて措き。

めでたく採用はされたものの、折しも世間は新型コロナ禍一色の二〇二一年。感染防止用マスクや携行型消毒スプレーなど対策万全で出勤してみたところで、各テーブルがアクリルのパーティションで仕切られた店内にはお客さんの姿なんて、ほぼゼロ。毎日まいにち閑古鳥がやかましい。

でもまあ、このご時世だもん。こうなるのは当然。想定内。ていうより、ボクにとってはむしろ期待通りの流れで。

ぶっちゃけ最初っから、真面目にお仕事しようって気が、あんまり無かったんだよね。ただパパの手前、これこのとおり、ちゃんと心機一転、外で働き始めましたよ、ってポーズをとれたらそれでOKなだけで。

にしてもパパもたいがいだよ、っつうか、それアナタがおっしゃいますかね、と正直、思わなくもない。たしかに世間では新型コロナのせいでリモートワークが増えたりとかいろいろあって、みんな外出の機会が減り、その結果、クリーニング業界全体が大打撃を受けたのは周知のとおり。

ウチの場合も目に見えて利用客が減った。それは紛れもない事実だけれど、パパがあんなにせかせかと店を畳まなきゃいけないほど切羽詰まってたんかな？　っていうと、かなり疑問。いや、もちろんボクは基本、経営に関しては無知《む ち》蒙昧《もうまい》なんだけど。

でも、どうもパパって、もともと家業を止《や》めたくて仕方なかったんとちがう？　って疑っちゃうんだよね。テキトーな口実さえあれば一日でも早く廃業してやっからな、と常々手ぐすね引いていたところへ新型コロナ禍に見舞われたのを、これ幸いとばかりに時流《じりゅう》に乗っかっただけだったりして、と。

先代から引き継いだ家業をみすみす自分の手で潰してしまった、これはワタクシの不徳のいたすところで、まことに断腸の思い、痛恨の極みであります、みたいな神妙な顔を一応してみせてるけどさ。あーせいせいした、ってのが本音なんじゃないスか？

未だ五十代半ばで隠居にはほど遠いのに、新しい仕事を探すでもなく、毎日ぶらぶらしている。この人生百年時代に、自分の老後の生活設計が心配になったりしないの？　ひょっとして実は宝籤をこっそり当てちゃったりした？　とか勘ぐりたくなるお気楽さ。だけどまあ、それはよしとしましょ。

パパってば、そんなふうにぐだぐだニート身分を満喫しているくせに、ボクには「バイトでもしたらどうだ」なんてさ。どの口が言う？　自分のことは棚上げ方式にもほどがあるっしょ。ほんと、如何なもんスかね。

ひょっとして、父娘揃ってインドア派なものだから、四六時中ボクとふたりで家に居るのが気づまりなん？　だったら、なおさら自分も就職活動すべきでしょうよ。

なのにパパったら「そういやあの店へは、えーと、もう二十年以上も昔か、一度行ってみてそれっきりだけど。いまはどんなふうになっているんだろ。今度エリナの仕事ぶりを拝見がてら、飲みにいってみるのもいいかもな」なんて太平楽を、のたまう。いやいや、三十を超えた娘をつかまえて、学校の授業参観じゃあるまいし。そんな暇があるんなら、ハローワークへ行きなさいって。

そもそも、いま世間は新型コロナなる未曾有の奇禍《きか》に見舞われているんだという危機感が無さ過ぎ。それはパパだけの話じゃなく、〈スピニッチパイン〉も似たりよったりで、別にお店の経営方針なんか当方の関知するところじゃないけど、こんな時期にわざわざバイトの求人なんか、普通かけますかね。

案の定、お客さんは来やしないんだから。早晩お店は休業せざるを得なくなって。同時にボクも確実に馘首《クビ》。でもそれはコロナのせいで、誰が悪いわけでもない。

ボクが一円も稼げぬまま自宅で引き籠もり状態へ逆戻りしたとしても、文句を言われる筋合いはありません。パパがどうしてもなにかを槍玉に挙げたいのなら、こんな時期に、うっかりバイトを雇ったりした〈スピニッチパイン〉のほうをどうぞ、って。

さよう。もうお判りですね。バイトでもしろ、と言われて敢《あ》えて夜の接客業を選んだのは、この展開を見越していたからこそ、なのであーる。ボクにとっては期待通りの流れ、と前述したのも伊達《だて》じゃない。

いつ自宅待機を命じられるか。それとも、いきなり馘首宣告か、どっちでもこちらはかまわないんだけど。誰に喜んでもらえるわけでもないのにいちいちおめかしして、幽霊屋敷並みに、がらーんと殺風景なお店に出るのもいい加減かったるいし、気が滅入《めい》るだけだから。早よ決断、しておくれ。

ま、どっちみち数日も保《も》たんでしょ、と当初は楽観視していたボクだったが。こんな、ただのバイト風情を、なかなか切ってくれない。最低限ながら賃金も支払ってくれる。どういうことだい、こりゃ。

　たしかコロナの給付金とか雇用調整助成金とかってお店を休業しないと、もらえないんじゃなかったっけ。それとも、完全休業じゃなくてもある程度事業活動縮小が認められれば、給付されるとか？　よく判りません。誰か教えて、偉いひと。ともかく全然客も来ないのに、どうやりくりしているものやら、まるで謎、だったのだが。

　後から知ったところによると、飲食業以外にも手広く事業展開するオーナーというのがかなりの変わり者で、今後の社会情勢がどう推移するかの具体的な見通しも立たぬまま、オレの眼の黒いうちは、なにがなんでも、たとえ私財を抛《なげう》ってでも〈スピニッチパイン〉だけは絶対に休業させねえぞ、と無駄に意地を張っていたんだとか。

　直接お会いしたこともない御方の個人的な情熱はさて措き、この単なる気まぐれなんだか、ピント外れの信念なんだか、いまいちよく判らないオーナーの意向こそが、この後のボクの運命を決定づけた……のだと言えなくもない。第三者には、とんでもなく大袈裟に聞こえるだろうけれど。

　ろくに実務をこなさぬまま、バイト代だけもらって一ヶ月ほども経った、ある日。マネージャーに呼ばれた。いよいよ馘首宣告か、との諦念半分、やれやれようやくお役御免ですかい、との解放感半分で控室へ赴いたボクにかけられたのは、しかし、なんとも意外な言葉だった。

「お客さんもろくに来ず、ただ暇を持て余すだけ、というのも多久さん、けっこうしんどいでしょ。どうだろ。もしかまわなければ、お店じゃなくて、ぼくの個人的な手伝いをしてもらえないかしら？」

そう提案してきたのは土志田さんという、ボクのバイト採用時にも面接をしてくれたひとで、下の名前は蒼弥。

お店のマネージャーという立場ながら、自ら接客の場に立ったりもするらしい。ボクは未だ実際に見たことはないけれど、男の姿のままでのときもあれば、お客さんの指名に応じて女装もするという。言わばオールラウンダー。いや、ユーティリティプレイヤーか。どっちでもいいけど。

「期限は特に設けず、コロナの状況次第で。多久さんには、いつお店のほうへ戻ってもらってもだいじょうぶ、という条件で。オーナーからも許可をいただいています」

聞けば蒼弥さん、もうすぐ還暦の（この時点で）お母さまが最近、身心ともにだいぶ衰弱してきているという。施設に入所しなければいけないほど深刻でもないものの、息子さんとしてはいろいろ心配らしい。

「このご時世だから本来はぼく自身が、ずっと家に居られるはずが、ほら、オーナーの意向で。平時と同じように、お店に詰めていなきゃいけないでしょ」

なので蒼弥さんが留守中、彼の代わりにお母さまの身の周りの世話をしてくれるひとを探している。といっても別に寝たきり状態になっているわけではないので、ただお母さまといっしょに居て、雑談の相手でもしてくれればそれでいい、という。

話を聞く限り、それほど難しそうでもないし、お店へ出る蒼弥さんの不在中限定なら、ボクにとっても拘束時間帯の条件はいまと変わらない。それでいて日給はお店よりも心持ち多めにくれる、ともなれば。少なくともボクのほうから断る理由は特に見当たらないよねと、ちょっと乗り気に。

蒼弥さんの自宅で紹介された、土志田茉莉さんというお母さまは、ふさふさボリウムたっぷりの銀髪は自毛のようで、杖や車椅子などを使ったりしていない。メタルフレームのメガネの奥の切れ長の瞳も、どちらかと言えば充分に生気を湛《たた》えていて。少なくとも衰弱というイメージからは、ほど遠い。

日常生活で介助が必要どころか、むしろ彼女自身のほうが家族の世話をできそうなくらい、お元気のように見える。さすが母子で、蒼弥さんが女装したらきっと容姿的にこういう感じだろうな、と思わせる妖艶《ようえん》さ。

外見的には、よくある愛憎系メロドラマで常にヒロインを出し抜き男を籠絡《ろうらく》する狡猾《こうかつ》な愛人役が嵌《は》まりそうという、ちょっと類型的な印象を抱いたものの、この段階では未ださほど、キャラクターのクセの強さを臭わせる要素は感じ取れなかった。なので次の日から早速〈スピニッチパイン〉ではなく、土志田家のほうへ通う運びとなる。

身の周りの世話といっても、夕方に土志田家へ伺って、茉莉さんの食事やお茶の用意をしたら、あとは彼女の気分に合わせて適当に映画視聴やお喋りのお伴《とも》。ボクがやらなきゃいけないことは、ほぼそれだけ。

本来なら蒼弥さんが帰宅するまで茉莉さんといっしょに過ごすのが筋なんだろうけど、夜の何時になるかは日によってまちまちなため、律儀に待っていなくてもだいじょうぶだからね、と言ってくれる。どんなに遅くても午後八時頃までにボクは、お暇《いとま》させてもらえる。こんな緩い縛りなのに、バイト代は〈スピニッチパイン〉のそれに上乗せしてくれるんだから。時給換算すると軽く三倍は、いっちゃいそう。

他の職種での経験値がさほど高くない身としては一概に比較できないけれど、まあなかなか、割りの良いバイトだ、と喜んでいいんじゃないでしょうか。ただし。

ただし日を追うごとに、茉莉さんの性格的なアクの強さが、鼻につくようになる。もっと忌憚《きたん》なく言っちゃえば、彼女の人間性すら疑うまでになった。

例えば映画鑑賞の趣味。茉莉さんは、いまどきネット配信ではなく中古のＤＶＤで洋画を観るのが日課で、作品ジャンルはまちまちだ、と当初は思っていたのだが。

リビングと続きになったキッチンで食事の用意をしながらボクも、観るともなしに彼女の視聴に付き合っているうちに、やがてそれらの共通点に気がついた。アクションだったりＳＦだったり、ホラーだったりサスペンスだったりと一見多岐にわたっているようだけど、いずれも判で捺《お》したかのように派手で過剰な銃撃シーンが作中、てんこ盛り。

しかも、ためにする演出というのか、ストーリー上の要請や必然性がさほど有るとも思えないのに隙あらば男も女も、老いも若きもハンドガンやらアサルトライフルやらをとにかく、めったやたらに撃ちまくる。

本来はシリアスな場面のはずが、冗談すれすれなほど大量の銃弾の雨あられによって人体も物体も、はたまた異形の怪物も粉々に吹っ飛ばされる。単なる残骸という意味に於いて、もはや人間の尊厳も粗大ゴミも等価の世界観で、ほとんどギャグのノリだ。

たしかに人間って根源的にそういう、身も蓋《ふた》もない破壊行為にある種の爽快感を覚える生きものなのかもね、だけど。茉莉さんの場合、ちょっと尋常ではないレベルで淫《いん》している。エクスプロイテーション・フィルムといえばプロットなど関係ない露骨な性描写、過激な暴力描写などを売り物にする映画のことだけど、歯止めの無い銃撃による破壊殺戮行為に特化した、ガンショット・エクスプロイテーションとでも称すべき私的ジャンルが茉莉さんのなかにはあるんじゃない？　なんて。そんなふうにも思っちゃう。

またそういう、やむにやまれずトリガーを引かざるを得ない状況に追い込まれる葛藤やら懊悩《おうのう》なんざ糞でも喰らえ、ただひたすら撃って撃って撃ちまくってりゃエエんじゃ、とでも言わんばかりの煽情的かつ無意味なお祭り銃撃シーンを、まさに喰い入るように熱中する茉莉さんの、その頑是《がんぜ》無《な》くも、幸福そうな表情ときたら。んとに、もう。

あどけない、といえばたしかに、そのとおり。そして凄絶《せいぜつ》なまでに美しく、かつグロテスクなんだよね。「……あのう、失礼ですけど。茉莉さん、って」

不気味を超えて、ちょっと怖くなり、そう訊いてみたことがある。「映画がお好きなようですけど。例えば恋愛ドラマとかは、ご覧にならないんですか」

「恋愛？　いいえ、全然。観ていてイラッとするだけだわ、あんなの。男と女のことに限らず、人間ドラマなんてものは、ね。青春だの、友情だの、家族愛だの。どこの何様でもないオマエらが、なにを勘ちがいしてこの世の主役ぶって、深刻ぶったかけひきなんかしてんだ、って話。やれ傷つけただの、傷つけられた、だの。はあ？　よ。はあ？　知らんわ。面の皮厚いくせに繊細ぶった連中のオナニーを延々見せつけられるだけじゃない。なんの罰ゲームですか、って話よ」

予想以上にストレートかつ、あけすけなお答えが返ってきてこっちは、ぽかーん。一見クールな銀髪レディの口から、オナニーなんて単語が飛び出してくるというのも、なかなか味わい深いっちゃ味わい深い。

「心臓にタワシ並みの剛毛を生やしてるくせにガラスのハートの持ち主だのなんだの、どうでもいいから。そんなもの、さっさと叩き割っちゃえば？　って。人間関係の機微とか相剋とか、ほんと、うざい。たかだか恋愛や家族の問題で互いの気持ちがいきちがうだけでこの世の終わりみたいに泣いたり怒鳴ったりするヤツらなんか全員、さっさと死んでよね、って。なのに延々、のさばるのがドラマってもんだから。ストレスがたまる溜まる。もうなんでもいい、誰でもいいから早くコイツらを撃ち殺してくれ、って。いや、お涙ちょうだいの難病ものとかで死ぬ場合もあるけど、あれはもっとダメ」

要するに、目障りで鬱陶しい人間どもなんざ、どいつもこいつも撃ち殺して、さっさと画面から排除しちまえよ、って？　ざっくりまとめると、茉莉さん、そうおっしゃりたいご様子。

もちろん、謎の殺人鬼が無辜の住民たちを無意味に殺して回る典型的なB級ホラー作品は大好物なわけだけど。刃物やらチェーンソーやら、数ある殺戮行為のなかでも、とりわけ銃撃という方法に茉莉さん、いちばん「スカッとする」らしい。あるいは実生活で本物の銃に触れられる機会は無いがゆえに、より妄想が膨らみ、邪悪なカタルシスが増しちゃう、って寸法なのかも。

単にこれだけならばまあ、茉莉さんて見かけによらず悪趣味でいらっしゃいますわね、のひとことで済む話で、そこから彼女の人格がどうのこうのと議論を拡げるのは適切ではないかもしれない。が。

いち事が万事。サイコパスだのソシオパスだのといった用語を、ボクだって安易に持ち出したくないけど、ぶっちゃけ茉莉さんて、ガチで危ないひとなのでは？　との懸念が日に日に強くなってゆく。

それは彼女に「ねえ、エリナちゃん。あなたってさ、服のセンス、悪いわよね。はっきり言って。うん。最悪だわ」と面と向かって放言され、ピークに達した。

「最初に来たときから思ってたんだけど。どうしていつもパンツルックなの。しかもお洒落《しゃれ》なやつならまだしも、そんな冴えないの、ばっかり。ん？　もしもマニッシュなテイストが自分には似合う、とか思っているなら、それは勘ちがいよ、そもそも」

世間にはこの手のものいいをする輩《やから》が、たまに居る。なのでボクとしても、内心それなりに害された気分は押し隠し、おとなの対応でやり過ごすつもりだった。が。

「髪形もそう。ショートにするならするで、そんな自分で手を抜いてカットした、みたいに雑なのじゃなくって。もっともっと、きちんとお手入れしなきゃ」

よくあるお節介焼きオバさんの、よけいなお世話ってやつで、多少独善的に聞こえても決して悪気は無いのよ、みたいなパターンも普通ありがち、なんだけど。茉莉さんの場合は、どうも確信犯的というか、はっきり悪意を込めているっぽい。

というのも彼女、ボクに向かって侮言《ぶげん》の類いを吐くたびに、いちいち謝ってくるのだ。しかもいっさい、こちらの反応を待たず、急に掌《てのひら》を返すかのように。

「あ。ごめんなさい。気を悪くした？　ごめんごめん。ただね、もうちょっとさ。服の選び方とかメイクとか、いろいろやりようがあるでしょ、って。それだけなの。ただそれだけ。他意なんて、全然。ごめんごめん。ほんと、ごめんなさい」

いや、ほんとに悪いと思っているなら最初から言葉を選べよ、って正当なツッコミは、おそらくこのひとに対してはまったく無駄だぞ、とボクは直感した。

要するに彼女、他人を傷つける言動を抑制できないのだ。デリカシーに欠ける以前に、はっきり意図的な人格攻撃レベルで。通常の神経の持ち主ならそもそも口にもしないところを、茉莉さんはサディスティックな衝動を抑えられない。

その自覚はあるからなのか、こちらの反応に関係なく毎度まいど、露骨な付け足しのように謝罪する。これを受け入れられないようではアナタおとなげないわよ、とでも逆にこちらを誇らんばかりの押しつけがましさでもって。誠実さのかけらも無い。

本人としては一応フォローのつもりか、なんて当初は思ったりしたが、とんでもない。そもそも相手の心情など寸毫《すんごう》も顧みていない時点でアウト。免罪符にもなっていないわけだけど、彼女の場合はそんな、よくある自己欺瞞のパターンですらない。

茉莉さんの謝罪って、あくまでも攻撃の一部なのだ。上っ面だけ謝ってみせることで、逆に相手に、さらに深いダメージを与える。その相乗効果を充分承知のうえで敢えて、暴言と謝罪をワンセットにしている。

他者を傷つける行為こそが、茉莉さんにとっては最高の愉悦《ゆえつ》なのだろう。その快楽を、より深く味わうためには、武器や戦術の工夫を惜しまない。

そう悟ってボクは心底、ぞっとした。総毛立《そうけだ》つ、とはこういうことか、と。

「あと、エリナちゃん。ね、これ。ほら。その歯並びだけは絶対、どうにかしたほうがいいんじゃない？」

茉莉さん、互いの鼻と鼻がくっつきそうな至近距離で、しげしげとボクの顔を覗き込んでくる。しかもわざわざ、こちらの感染防止用マスクを断りもなく外して。

無礼だとか非常識だとか、憤ったり呆れたりする余裕もこちらは無い。はたして茉莉さんは続けて、「ごめんね。ごめんごめん、失礼なことを言っちゃったわね」と平謝りしてくる。定石通り、半笑いで。

「でも、ううん。いまのエリナちゃんがダメだよ、なんて言いたいわけじゃ決してなくって。ただね、あなたには、もっともっと可愛くなって欲しいのよ。ほんとに。ね。ね。そう願っての提案なんだけど。歯列矯正をやってみない？　良いクリニックを紹介してあげる。あ。施術費の心配はご無用。全部、わたしが出してあげるから」

な、なにを言い出すんだ、このひとは。藪《やぶ》から棒にもほどがあるって。ほんとに頭、おかしいんじゃない？

どう反応したものやら皆目《かいもく》見当がつかず、ボクはただただ茫然自失《ぼうぜんじしつ》。ここは一発、ずいぶんとまた気前がよろしいんですのね、茉莉さんて、そんなにお金が有り余っているんですかあ、なんて皮肉のひとつでもかましてやるべきか否か、悩むのがせいいっぱい。

そんなこちらの胸中《きょうちゅう》を見透かしたかのように、あっけらかんと、「わたしって、若い頃に、さる大金持ちの男性と親密な関係だったのよね。勤め先の学校法人の理事長で、いろんな会社もたくさん経営していた。その方から経済的援助を受けていたわけ。独身のときも、それから蒼弥の父親と離婚した後も、ずっと。だから、お金で困ったことって無いのよね、実は。その方はもうお亡くなりになったけど。遺族のひとたちのあいだで相続争いが起こる前に、こっそり、いただけるものはがっぽり、いただいておいちゃった」

なんの自慢だよ、それ。こちらは訊いてもいないのに、いきなり華麗なる愛人歴のご披露、って。わけが判りません。ただの露悪趣味なのか、なんなのか。謎すぎる。どういう精神構造をしているのやら。

こんなひとをまともに相手にしていたら、いずれボクまで心に変調をきたしてしまう。真剣にそう危機感を覚え、すぐさま蒼弥さんに、バイトの辞意を申し出た。

すると、詳しい理由を縷々《るる》訴えるよりも早く「判った」と先手を打たれてしまう。

「察するにどうも、母はいろいろ不適切なことを、きみに言ったり、失礼な態度をとったり、してしまっている……のかな？」

その反応をこの段階では未だボクも、さほど不審には思わなかった。だって同居している母子なんだし。あれこれ詳細を説明せずとも、すでに茉莉さん自身の口から息子へと経緯は伝わっているんだろう、と。はたして蒼弥さんは、こう続けた。

「母は、もしかして、だけど。多久さんの容姿に関して、あれこれ不躾《ぶしつ》けな注文をつけたりした？　例えば、服装の趣味を改善したほうがいい、とか。髪形とかメイクを変えたほうがいい、とか」

「そうです。ええ、そのとおりですよ。それを知っていて、蒼弥さんは……」

口にしてみて改めてボクは頭に血が昇り、激しい怒りがぶり返した。「それどころじゃないッ。マジで、それどころじゃない。お母さまがボクになんて言ったか、ご存じ？　曰く、お金は自分が出してあげるから、歯並びをなおしなさい、ですって。そんな無神経なことを、面と向かって」

さすがに蒼弥さん、息を呑み、絶句。爆《は》ぜ返りそうなほど眼を見開いた。

「それを知っていて、蒼弥さんは、なにもしないんですか。お母さまに対して、なんとも思わないんですか」

「ちがうんだ。知っていたわけじゃなくて、その。きみが急に辞めたい、と言い出したから、あ、もしや、と思って。うーん、やっぱり。実は母には前科が。いや、前科って言い方もアレなんだけど、以前にも同じような、困った言動に及んだことがあって」

「同じような、って。まさか別のひとにも、あんな非礼を？　お母さまっていったい、なにを考えて、どういうつもりで……」

「それは、ひとことで言うなら、えと、母はお雛《ひな》さまを探そうとしている、と」

「は？」

「こんな言い方では混乱するだけだよね。ちゃんと説明するから、聞いてもらえないか。それできみが納得できるかどうかは、また別だけど。とりあえず最後まで。冷静に」

ボクが頷《うなず》くのを待つあいだ蒼弥さんは、ひと呼吸、置いた。「ぼくって、小さい頃から何度か、危うく死にそうな目に遭っているんだ。これは文字通り、生命を落としかけた、って意味で」

「病気ですか。それとも事故とか」

「どちらかと言うと、事故の類い、かな」

蒼弥さんは言葉を微妙に濁した。巧《うま》くごまかされたなと、すぐには気づけないくらい、さりげなく。

かなり後になって知ったことだけど、蒼弥さんが何度か死にかけたというのは、何者かに身体的に襲われたから、らしい。って、いやいやいや、それは全然「事故」じゃありません。立派な「事件」でしょ。

「しかも、それが一度や二度じゃ済まないものだから。母としては、ひょっとして息子は呪われているんじゃないか、とか。なにか悪いモノにでも、とり憑《つ》かれているんじゃないか、とか」

これまた後から知ったが、蒼弥さんを襲った暴漢というのは複数で。しかもその都度、それぞれ互いに無関係な、別々の人物だったらしい。え。えええ？　怖ッ。

同一人物から執拗に付け狙われるのも、めっちゃ恐怖だけど、いち難去ったと思ったらまた、いち難。何処からともなく新たな加害者が次々に出現する、だなんて。不条理すぎる。我が子を案ずる茉莉さんが錯乱しそうになったとしても無理はないかも。

「このままでは息子はいずれ、ほんとうに生命を落としてしまうんじゃないか。怯える余り母は、すっかり気に病んでしまって、なにか打開策はないものか、と。日々あれこれ悩み、考えた末に、なんだか、おかしな方向へ行っちゃったんだね」

実際、御祓《おはら》いも何度かしてもらったが、目に見えるような効果は無かったんだとか。その挙げ句に。

「母が、どこからそういう発想を得たのか判らないけど。要するに、息子が災難に見舞われるのを避けられないのならば、身代わりを立てればいいんじゃないか、と」

さきほど「お雛さま」と言っていたのは、なるほど、子どもに降りかかる厄を引き受けてくれる雛人形、という意味か。

「そう、原理としては雛人形の効能。なんだけど母はなぜか、それを人形ではなくて、生身の人間にやってもらったほうが、もっと絶大な効果があるんじゃないか、と考えた」

「つまり、災難に襲われる際、蒼弥さんの身代わりを務めてくれるひとさえ居れば万事解決だ、と。そういう狙いですか？」

映画に譬《たと》えるなら、人生に於ける危険なシーンは蒼弥さんの代わりに、すべてスタントマンに演じてもらおう、って魂胆《こんたん》か。理屈は判らないでもないけど、ずいぶんとまたムシのいい思惑、というか。自分勝手な発想だなあと、ちょっと鼻白む。

しかも前述したようにこの時点でボクは、蒼弥さんに降りかかる災厄が「事故」という認識でいたので、内心「え。息子の代わりに怪我してくれるひとを絶賛募集中でーす、ってか？ うわーヒクわ」だったけど。

もしも致死傷行為による「事件」としてこの話を聞いていたとしたら、とてもじゃないけど「ムシのいい」だの「自分勝手」だのという程度の引き方では済まなかったはず。だって、これって端的に言えば「誰か、息子の代わりに殺されてくれるひとは居ませんか」ってことでしょ？

「身代わりというか、代役というかはともかく。そう見立てられるためにはそれ相応に、ぼくによく似たひとじゃないと務まらないから、と。いや、きみが言いたいことは判る。いくら息子の身を案ずる余りとはいえ、ずいぶんと得手勝手な考え方で」

「それもそうなんだけど。いまいちピンとこないのは、蒼弥さんによく似たひとを茉莉さんは探しているんだ、という理解でいいんですか。蒼弥さんの代役として？」

「うん。だから、息子に似ている、もしくはちょっと工夫すれば似せられそう、と見込んだら、暴走してしまうんだ、母は。節度を失って。相手が嫌がろうが、怒ろうが、いっさいおかまいなしで。そのひとの外見を勝手にあれこれ、いじろうとする。髪形とか服装とか、ぼくの容姿へ少しでも寄せるように半ば強要。いや、でも、まいったな。まさか、歯並びをなおせ、だなんて乱暴なことまで母が言い出すとは、さすがにぼくも……」

「判らないのはそこですよ。仮にそういう理由だとしても茉莉さんは、なんでわざわざボクに？　蒼弥さんの代役を立てたいのなら、男性でなきゃダメでしょ」

「もちろんそうだけど。母の主観としては、どうもぼくはフェミニンなイメージのほうが強いようで。どうせ仕事で女装もする息子なんだし、代役が女性でも全然かまわない、って意識なんじゃないかしら」

たしかに、その点は納得かも。ボクは未だ蒼弥さんの女装姿を見たことはないけれど、きっと若い頃の茉莉さんもかくやな美女に化けそうだもんね。でも、なあ。

「自分では、よく判んないけど。ボクって、そんなに蒼弥さんに似てますかね？」

髪形や服装の趣味を変え、仕上げに歯列矯正をすればエリナちゃんは息子にそっくりだわ、って？　少なくとも茉莉さんの眼には、そう映った、ってことなのか。

「どうだろ。ぼくは正直、それほどとは。いや。いやいや、ていうかさ、逆に。もしも自分に似ていると思ったのなら、母の付き添いのバイトを、きみに頼んだりなんか絶対にしないよ。めんどうなことになるのは判り切っているじゃないか」

「それもそうか」

「実際こうして多久さんに嫌な思いをさせ、傷つけてしまった。まことに申しわけない。ほんとうなら母本人に、きちんと謝罪をさせるのが筋なんだけど」

「いえ、それには及びません。お宅でのバイトさえ辞めさせてもらえれば」

茉莉さんの上辺《うわべ》だけの謝罪なぞ、さらに不愉快な思いをさせられるのが火を見るよりも明らかだから、そう拒否するのは当然だとしても、ここで止めておけばよかった。なのにボクは、「茉莉さんとは、もう一生、お会いしたくありませんので」と、よけいなひとことを付け加えてしまう。

なぜこれが「よけいな」だったのか、というと。蒼弥さんへの配慮に欠けていたから、ではない。ボク自身が、この言葉に呪縛されてしまう結果になっちゃったから。

ボクが土志田家へ通うバイトを辞めたまさにそのタイミングで、茉莉さんは新型コロナに感染した。県医療センターへ搬送されたものの、免疫力が著しく低下していたらしく、肺炎によって彼女は治癒快復する間も無く死去してしまう。

他に近しい親族が居らず、独りとなった蒼弥さんは世情が世情なため、葬儀もまともに執り行えず。骨壺《こつつぼ》は医療センターから直接、無言の帰宅を果たしたという。他ならぬボク自身、茉莉さんの直近の濃厚接触者として隔離期間に入っていたうえ、蒼弥さんは蒼弥さんでSNSなどでのやりとりに時間を割く余裕が無かったため、これらの経緯の詳細は、すべて後になってから知った。

そして茉莉さんの死を境いに、蒼弥さんとボクの関係は急速に深まった……だなんて、安っぽいメロドラマ並みの展開で、うんざりするというか。我ながら如何なもんスかね、と冷笑的にならなくもないんだけど。

もともと蒼弥さんは仕事の利便性のため、自宅とは別にお店の近くでワンルームマンションを借りていた。茉莉さんが居なくなって以降は、もっぱらそちらのほうで寝泊まりするようになり。そこへ、なんとなく。

そう。なんとなくボクも、そこへ出入りするようになっちゃったんだよね、合鍵をもらって。パパには〈スピニッチパイン〉でのバイトを細々と続けているふりをしながら、実は蒼弥さんの部屋で独り、まったり時間を潰したり。気が向けば掃除とか洗濯とか、いろいろ雑用を彼の代わりにこなしたり。って。まるっきり通い妻じゃん。

でも、彼と深い関係になってみて、ようやく自覚したんだ。ああ、そっか。ボクって、最初に会ったときから蒼弥さんに惹かれていたんだなあ、って。

それだけじゃない。彼のほうでもずっと、ボクのことを好きだったみたいなんだよね。いえいえ、ちがいます、これは決して自惚《うぬぼ》れなんかじゃなくって。そもそも〈スピニッチパイン〉の、バイト採用時での面接シーンを改めて思い返してみると。

「ねえ、蒼弥さんて、さ。実は最初に会ったときから、ボクのことが、ずっと気になっていたりした？」

記憶のなかの、履歴書とボクの顔を見比べる彼の表情にいまさらながら意味ありげ、かつ親しげな雰囲気を感じ取り、そう訊いてみた。軽い気持ちで。そしたら蒼弥さんから、なんとも予想外の答えが返ってきた。

「やっぱり憶えていなかったか。ぼく、多久さんとは同じ小学校だったんだよ」

「へ。ほんと？」

「しかも同級生」

「うそッ」

じゃあボクと同い歳？　え。歳上だとばかり、ずーっと思い込んでました。

「六年間通じて、別々のクラスのまま卒業しちゃったから、印象に残っていないのは当然かもね。でも、ぼく、多久さんの弟さんとは三年生のときから同じクラスで。けっこう、仲もよかった」

「……渓登《けいと》と？　ほんとに？」

亡き双子の弟の名前を何年ぶりかで口にしたボクは、ひょっとしたら無意識に表情を昏く曇らせていたかもしれない。蒼弥さんも、それに呼応するかのように、少し言い淀《よど》みながら「うん」と頷く。

「わざわざ言うことでもない、と思って黙ってたけど。渓登くんが亡くなられたとき、ほんとならぼくも、他の子たちといっしょに行く予定だったんだ……事故の起こった川へ。でも当日、なんだか体調がすぐれなくて。泳いだりしたい気分じゃなかった。夏休みも始まったばかりだったし、その日を逃しても、渓登くんや他の子たちといっしょに遊ぶ機会はまだまだいくらでもあるさ、と気楽にかまえていた。なのに。まさか、あんなことになるだなんて、夢にも」

「じゃあボクが面接にいったとき、すぐにそうだと？」

「多久という名前を見て、憶い出した。そういえば渓登くん、双子のお姉さんが居るって話だった。年齢も合っている。じゃあ、このひとが？　って」

彼のこの告白を境いに、ボクたちの関係は明確に別ステージへの移行を果たす。

先ずボクは彼のことを、さん付けで呼ぶのを止めた。同級生だと判明するや、「蒼弥くん」と速攻タメロになるのも我ながら現金だけど、まあいつかはね、他人行儀を改めなきゃと思っていたし。蒼弥くんのほうもそれに合わせてか、ボクのことを苗字ではなく「エリナちゃん」と呼ぶようになった。

そして、茉莉さんが他界してほぼ一年ほど経過した、二〇二二年の秋頃。自分のなかで蒼弥くんとの行く末を意識するにつれ、ふと憶い出したのだ。茉莉さんの、あの非常識かつ無礼な提案を。

「ね、憶えてる？　例の歯列矯正の件。もしも蒼弥くんがあれの費用を、お母さまに成り代わって出してくれるって言うんならさ、ボク、やってみよっかなあ、なんて思ったんだけど。どうかな？」

実際に口にしてみて、その問いかけとしての露骨さに、我ながら辟易《へきえき》してしまう。このときの「お母さま」の語感が限りなく「お義母さま」に近かったことは明々白々で、すなわち婉曲《えんきょく》な逆プロポーズに他ならない。

決して少額とは言えない施術費を所望しても不自然ではないくらいボクたちって、もはや家族も同然だよね、との仄《ほの》めかし。そしてそれ以上に、亡き茉莉さんのおめがねに適う風貌をととのえて蒼弥くんの妻になりたい、と願うボクって健気でしょ？　と強調せんばかりの圧、また圧。

悪い意味で些《いささ》か情緒的に過ぎるアピール、と感じる向きも当然あるだろう。蒼弥くんがどう解釈したのかも判らない。けれど実は、嫌悪感にも近い、いちばん複雑な困惑を持て余しているのはこのボク自身だった。

そもそも論だけど、仮に茉莉さんが存命だったとしたらボクは、たとえどれほど蒼弥くんに強く惹かれようとも、彼との結婚なんか露も考えなかっただろう。それは絶対にまちがいない。茉莉さんの義理の娘になるだなんて、あり得ない。

敢えて身も蓋もない言い方をしちゃえば、晴れて邪魔者は消えてくれたんでボクも心置きなく蒼弥くんといっしょになれまーす、っていう側面は否定しようがないわけね。

矛盾しているようだけれども、だからこそ同時に、茉莉さんには「もう一生、会いたくない」と放言したことへの贖《しょく》罪《ざい》の念が、ボクのなかで募《つの》っていったんだと思う。彼女がその直後に急死したからって別にボクのせいじゃないし、こちらで勝手に罪悪感の類いを抱くこと自体がナンセンスなのは、よくわきまえている。にもかかわらず。

あたかも強迫観念の如く、歯列矯正をしたいと自ら申し出ずにいられなかったのは、それがボクにとって、茉莉さんへの贖罪というよりも、むしろ除霊の儀式だったから……なのでは？　つまり、彼女は死後もなおその不気味な存在感を増すばかりで、うっかり蒼弥くんといっしょに居たりしたら呪われちゃいそう、みたいな。

ざっくり言えば「あなたのお望み通り歯並びをなおしますから、もうきれいさっぱり、ボクのなかから消えてくださいね」と。茉莉さんの呪縛を、ボクは完全に断ち切りたかったんじゃないか。そんな気がする。

さらに穿った見方をするなら、この提案を蒼弥くんが拒否する展開を、ボクは無意識に期待していたのかもしれない。お金の問題だけじゃない。成長が止まって身体的な柔軟性を欠いた成人期での矯正のリスクなど、反対する理由ならいくらでもある。

他ならぬ蒼弥くんが「母が言っていたことなんか、気にしなくていいんだよ」と言下《げんか》に一蹴してくれさえすれば、わざわざ歯列矯正なんかする必要は無いし、なにも怖くないんだよね。亡き茉莉さんの存在感が如何に強大であろうと、ボクの心は平静を保てる。これに勝る除霊の儀式は無いわけさ。

ところがところが。蒼弥くんたら、いともあっさり「いいよ」と同意してくれちゃったもんだから。ボクも自ら言い出した手前、引っ込みがつかず。年明けの二〇二三年から、某矯正歯科クリニックへ通い始めることと相成《あいな》った次第。

そうこうしているうちに、新型コロナは新型インフルエンザ等感染症から五類感染症へ移行。ぽつぽつとお客さんたちが店へ戻ってくるに伴い、ボクも〈スピニッチパイン〉のバイトへ復帰する。本格的に接客業を始めてみると、性に合っていたのかな、けっこう楽しい。

なかには「ボク」という一人称を素直に受け取り、「多久エリナ」のことを女性源氏名で働く女装男性従業員だと勘ちがいする客も居たけど。まあそれはそれで、ね。別に困りもしないので基本、放置。

「たっくんてホント、女のひとの声を出すのがうまいねえ」なんて真顔で感心するおじさまに「だってボク、女だもん。たっくん、じゃなくて、エリナちゃん」と唇を尖らせてみせ、「まったまたあ。はいはい、たっくん」とイジり返されるまでがお約束。

週に百回くらい反復されるんじゃないかってくらい毎度まいど飽きもせずの、そんな常連さんとボクとのワンパターンを知った蒼弥くん。ある日、「今度また、男だとまちがわれたらさ、そのお客さんに」と一枚の書式を差し出してきた。

婚姻届だ。蒼弥くんの名前が記入されている。「これ、見せてあげたらどう？　もちろんエリナちゃんの名前も隣りに書き込んでおけば、さすがに納得してくれるんじゃ。あ、それとも。またまたあ、たっくんたら、手が込んでるねえ、とかって。やっぱり受け流されちゃうのかな」てのは、もちろん冗談だけど。ボクとの結婚に関して、蒼弥くんが本気なのは明らかだった。

さあ来たぞ、いよいよ。来たキターッ、みたいな緊張感やら高揚感などはいっさい無かった。うん。無かったはず、なんだけどね。ひょっとして自覚する以上に舞い上がっていたんでしょうか。その場で自分の名前を書き込むや否や、その日のうちに婚姻届を役所に提出しちゃうボクなのであった。

　パパや叔母さんへの報告なんか、完全に後回し。つか、おっと。蒼弥くんのこと、未だ身内の誰にも紹介すらしていないじゃん。やべえやべえ。とりあえず今度パパにお店へ来てもらって顔合わせをし、その場で、じゃじゃーん、祝入籍のサプライズといこっか。パパ驚くぞ、よし、と段取りを組んだ。

　問題のその日。ボクは月ごとの矯正ワイヤーの調整を終えたその足で、〈スピニッチパイン〉へ向かった。開店時刻にはまだ早く、パパもちょっと遅くなると言っていたけど、蒼弥くんはもうお店に居るはず。

　矯正歯科クリニックを出て、大通りの交差点の前で足を止めた、そのとき。なにかが、いや、誰かがボクの背中に。

　どーん、と。いきなり、ぶつかってきて。ボクは前のめりに。

　つんのめるように、たたらを踏んだところへ、車のブレーキ音が。ギギギッぎゃぎゃぎゃギャウウン、と特撮パニック映画に登場するモンスターかなにかの咆哮《ほうこう》さながらに耳をつんざく。

　ぼんッと激しくも鈍い衝撃。全身が一瞬、宙を舞う。あ、くそッ。誰かがボクを後ろから突き飛ばしやがった、と。ようやく察したものの、ときすでに遅し。

　まるでパイ生地を伸ばす麺棒《めんぼう》みたく、ボクの身体は車のルーフからボンネットへところごろ二回転半し、雪崩《なだ》れ落ちた。フロントガラス越しに、驚愕する高齢ドライバーと眼が合った、と思った刹那《せつな》。ぷつッと音を立てるかのように視界は暗転。完全にブラックアウトして。あ……これは。

死んだ？　ボク、死んじゃった？

どうやら、そ、そうみたい。周囲は完全に真っ暗。なにも見えず。なにも感じられず、このまますべて虚無に埋没しそうな。って、そ、そんな。ひどい。ボクは、まだ三十そこそこしか生きていないぞ。なのに、なんで。ひどいよ。なんで、なんで？

永遠に続くかと思われた漆黒の闇のなか、地団駄《じだんだ》踏まんばかりにそう嘆いていると、ふいに。「ん。あれ？」

唐突に周囲が白く、明るくなった。「あららら」と我知らず頓狂《とんきょう》な声を上げ、ボクは上半身を起こし……え？

なぜかベッドに横たわっているボク。え。なにこれ？　ここ、どこ？

ぱっと見、八畳ほどの部屋。眼の前の壁に掛けられた大型横長テレビを除くと、なんとも殺風景の極みだけれど、さりとて病院とも思えない。先刻のダウンコートを着たままの我が身を、ざっと検《あらた》めてみるも、めだった傷や痛みなどは皆無。はて。

どういうこと？　あんなに激しく自動車に撥ねられたのに。まったくの無傷だなんて、あり得ないっしょ。

明らかに異常な状況で、そういえばこの身体もなんとなく、馴染みのある自分の四肢とは異なっているかのような違和感が。ということは、やっぱり、「……死んだ？　死んじゃったの、ボク？」

じゃあここは、いわゆる死後の世界ってこと？　い、いや、でもねえ。天国なのか地獄なのかはさて措き、いくらなんでも、ちょっと安っぽ過ぎませんか、これ。などと、ぶつぶつ小声で文句を垂れつつボクは、とりあえずベッドから降りた。

壁掛けテレビの裏側のスペース。そこの半開きのドアを手前へ引き、内部を覗き込んでみる。便座にユニットバスと、如何にもビジネスホテルの客室っぽい仕様。

「なんじゃこ……」と呟きかけたのが突然、くぐもった呻《うめ》き声に変わった。「りゃ？」

ユニットバスと便座の中間辺りに設置された、洗面台の鏡。そこに映った女が、こちらを見返してくる。「……え」

ボクだ。いや、このボクのはず、なんだけど……「え。だ？　だだだ」

誰ッ？　と続けようとしたら、それを遮るかのように（そう。きみは死んだのです）と女性のような声がした。

耳に聴こえた、というより頭のなかで、直接響く感じで。（現世で死亡したはずのきみが、なぜここで、こうしていられるのかというと、その経緯の詳細は、他のメンバーたちへの長く退屈な説明のくり返しになってしまうんでね。はい。以下同文ということで、割《かっ》愛《あい》いたします。ちなみに、わたしのことはMCとお呼びください）

以下同文、などと雑に、すっ飛ばされたにもかかわらず、ボクはわりとあっさり、かつ瞬時にして現状を把握したのであった。そっか、なるほどね。

いまわの際の最後の願い。いわゆるファイナル・ウイッシュの発動に応じての、この召喚の巻なのね、と。百《ひゃく》万言《まんげん》を費やさずとも瞬時にして脳に刷り込まれる感じで。

（理解が早くて、たいへんたすかります。なにしろね。この非日常的舞台設定の説明を、十人全員にいちいち、一言一句くり返すだなんて手間はもう無駄の極みですので）

「まって待って、ちょっと」

十人てなに？　と訝《いぶか》る余裕は無い。「メインの、最後の願い云々に関しては頭に直接プリントされたが如く、きれいに伝わってきたけどさ。未だ状況を把握できたわけじゃないよ。どういうことなの、これ？」

（ご心配なく。ベッドやユニットバスなどは単に形式的に揃えてあるだけなの。なにしろきみは、もう死んでいるんですからね。よって睡眠も、排泄も、それから食事も、いっさい必要なし）

「そんなことじゃなくって。なんでボクは、こんな顔をしてんの？」

声の主の姿を探そうとでも思ったか、無意識に虚空を二度見しておいてから、ボクは改めて鏡のほうを指さした。「誰、この女のひと？　これ、ボクが映っているようで、ボクじゃないよ。誰なの？」

（はい、落ち着いて。先ず前提として、ひとつ、はっきりさせておきましょうか）

ＭＣの声音に特に変化があったわけではないけど、なんとなく身がまえてしまう。なんだなんだ、小言でもかまされるんか。女のくせに「ボク」なんて男の子よろしく、なにイキってんの？　とかって。

いやまあ、普通はね。こんな超常現象系ゲームマスター然としたシリアスな役どころたるべきMCが、そんな口うるさい小姑並みの雑魚キャラなわけないよね、って。そう考えるべきなんだろうけど。これは判んない。

なにしろ、圧縮データ転送系のテレパシー？　なのかどうか知らないけど「以下同文」という、究極の手抜きとも称すべきひとことの一括刷り込みでもって、この状況下、もっとも重要な世界設定の説明を全部さらっと、かたづけちゃうヤツなんだもん。

（いま、この異次元空間の時代設定は平成元年。つまり一九八九年なのです）

「へ。ってことは。えと。三十数年も前。えええ？　いや、ちょいちょい。平成元年つったら、そもそもボクは未だ……」

（そのとおり。きみが生まれるのは、この翌年の一九九〇年のこと。なので本来、この時代へは来られないはず。多久エリナという人間は未だこの世の、どこにも存在していないのだから）

「だったらボクが、こうして一九八九年の世界に居られる道理は無いワケじゃん」

（さよう。少なくとも多久エリナの姿のままでは、ね）

「へ？」

（例えばこれが一九七〇年の設定だったりしたら、なにをどう調整してごまかそうとも、きみはここへは召喚されようがなかったわけです。しかし生まれる前年という設定が絶妙だった。つまり、いち個体としては未だ成立していないものの、母体のなかでその生命の萌芽《ほうが》がすでに認められるタイミングだった。その理屈が功を奏して、こうして）

「って、うおいッ」

転びそうになりながら、がばっと鏡に、かぶりついた。「え、ママ？　ひょっとして、これ。こ、これって……この顔って、ボクのママなん？」

言われてみれば、このボブカット。昔の家族写真のアルバムで見たことがあるような。

（さよう。厳密には、きみの父親、多久龍吾と籍を入れる前の塩本晴夏《しおもとはるか》、二十三歳のなかにいま、きみは入っているわけです。ようこそ、〈ミューステリオンの館〉へ。あ、仰々《ぎょうぎょう》しいネーミングだけど、単にギリシャ語でミステリのことで、深い意味はありません。あくまでも便宜的に、ね。これ以降、みなさまの会話のなかで適宜お使いくださいな）

ミュ－ステリオンの館　上階　部屋割

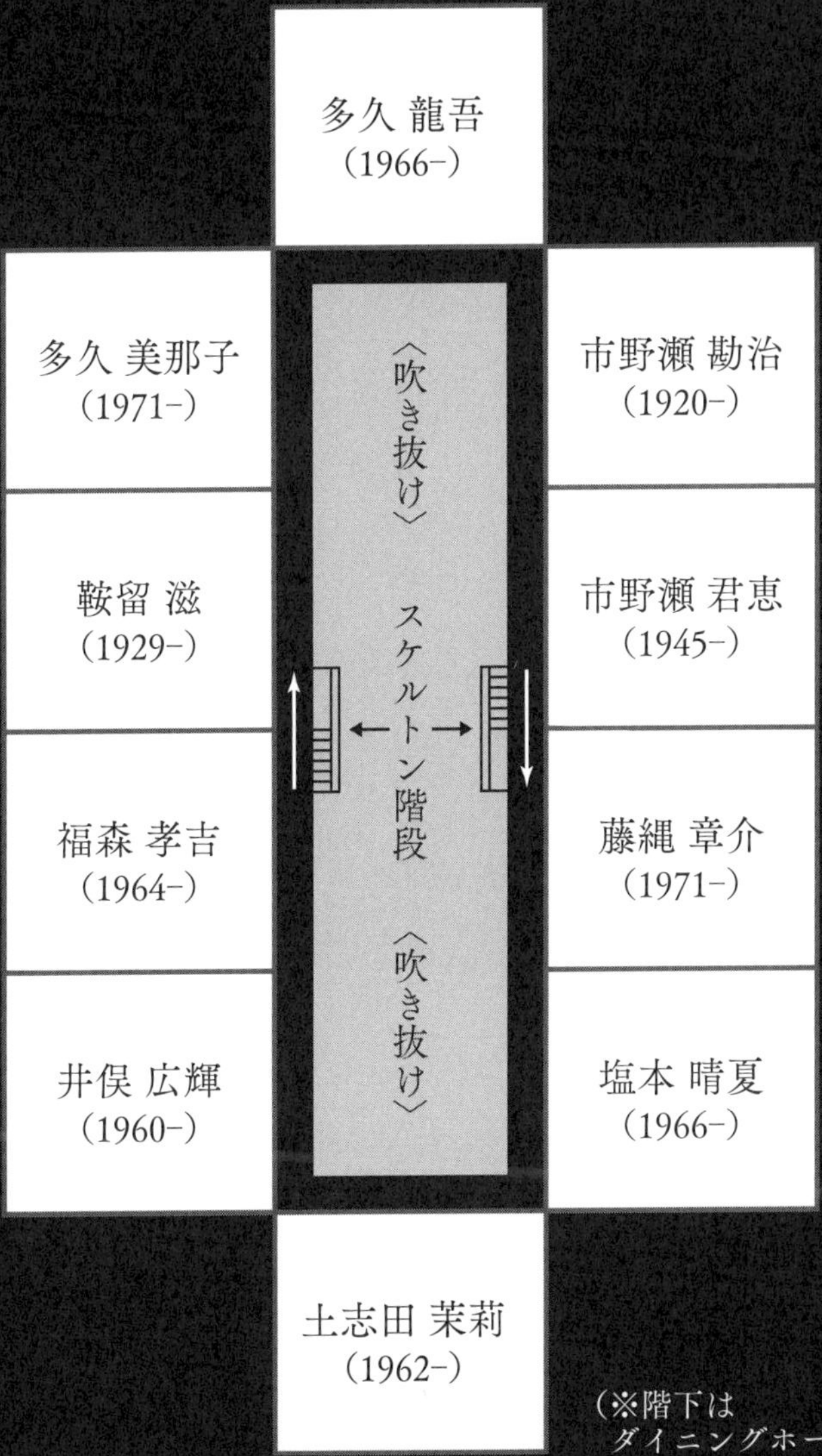

(※階下は
ダイニングホール)

NIHIL

シティホテルさながらの大広間。その吹き抜け部分を四方から、ぐるりと取り囲むように整然と並ぶ、客室のものとおぼしきドア、またドア。おれが、いま出てきたものも含めて、その数は全部で十室。

ひと部屋、またひと部屋、ドアが開いては閉じ、閉じては開き。そこから姿を現した女性、男性たちが、ぞろぞろと。それぞれ最寄《もよ》りのスケルトン階段から、階下の広間、MCが言うところのダイニングホールへと降りてゆく。

ひとり、またひとりと、ちょっと小振りのプライベートプール並みサイズの長方形のテーブルについた。大半の者が心なしか、おずおずとした所作《しょさ》で。

一連の光景を、上階の通路から茫然と眺め下ろしていたおれは、はっと我に返った。無意識に胸に手を当て、鼓動を確認しつつ、ゆっくり歩を進める。

なんだ、これは。この状況はいったい、なんなんだ。〈ミューステリオンの館〉だなんて、そんな突拍子もない与太《よた》を、声だけでMCを自称するようなふざけたやつから、いきなり宣告されても。なにをどうしろと言うんだ、これは。

悪い夢でも見ているのか。それとも、そんな覚えは無いものの、おれはすでに死んでしまっている、なんて笑えないオチだったりして。例えば、ぐっすり眠っているあいだに、心臓発作かなにかを起こして？

白茶《しらちゃ》けた周囲の風景を見回してみる。非現実的なようでいて、どこかしらリアルな質感が迫ってくると、どうも冗談じゃなくて、後者のほうが実情なんじゃないか、という嫌な予感に襲われてしまう。

いちばん気になるのは、さきほど個室内のベッドの上で目覚めたとき、おれは素っ裸だったことだ。そういえば、ちゃんと寝巻きに着替えようと思いつつ、そのまま眠り込んでしまったような記憶が、微かに……それは着替えたくても着替えられない状態に陥っていたからではないか？　と。

（その恰好でみなさまの前に出るのも差し障りがあるので、どうぞ、それを。あなただけ特別に、ご用意しておきました）とのＭＣの指示に従い、簡易応接セットの椅子に掛けられていたスウェットの上下を身に着け、部屋の外へ出てきてみたのだが。

スケルトン階段を降りながら、改めてダイニングホールのテーブルを見た。長方形の短辺に一席ずつ。そして長辺に四席ずつ。それぞれ向かい合うかたちに全部で十席。

他のみんなはそれぞれ自由に、思いおもいの椅子に座っているのかと思ったのだが、どうやらちがう。手前の長辺の四席のうちの、向かって右からふたつ目。その椅子が、ぽつんと空いていて、どうやらそこがおれの指定席らしい。つまり上階の各客室の並びに準じて、ダイニングテーブルの席順も決められている、ということのようだ。

（最後のひとりがお着きです）

ＭＣの声が響いた。実際にどういう仕組みかは不明だが、文字通り天の声が如く、頭上から降り注いでくる感じ。天井の何処かに女のひとが隠れているのかしら、と探ろうとでもしたのか、テーブルについていた数人が、きょときょと宙に視線を彷徨《さまよ》わせる。

（これで全員、お揃いになりましたので。おひとりずつ、ご紹介しておきましょう。先ずこの方から）

ＭＣの声そのものがマニピュレータかなにかであるかのように、おれの視線は自然に、ほとんど機械的に、すぐ右隣りの席の人物のほうへ流れた。

（井俣広輝。一九六〇年生まれ）

そう紹介された男の横顔を、おれはあんぐり口が半開きになるのを自覚しつつ、まじまじ凝視した。

ここは洒落でもなんでもなく、ほんとうに人知を超越した異次元空間なのだと改めて、そう思い知らされる。右隣りに座っている若い男。それは昔、私立〈広富学園〉で同僚だった、井俣広輝ではないか。

およそ経験という名の人生の年輪などは皆無の、おれの記憶のなかにあるイメージよりも遥かに未熟で、幼い顔だち。さきほどのＭＣの説明によれば、この〈ミューステリオンの館〉なる時空の時代設定は西暦一九八九年だそうなので、いま隣りに居る井俣広輝は二十九歳か。若造もいいところだ。

一見育ちのよさそうなお坊っちゃまふうで学歴もそれなりだが、これが世間知らずも甚《はなは》だしく、使えないやつの典型だった。小耳に挟んだところによるとこの男、教員免許を持っていない。にもかかわらず英語科臨時講師として採用されたのは、彼の母親が当時〈広富学園〉の理事長だった鞍留滋と個人的に親しかったから、らしい。

それどころか井俣広輝は、実は理事長の隠し子なのではないか、なんて極端な噂まであった。当人たちもそれを意識してなのか、少なくとも公の場での依怙《えこ》贔屓《ひいき》など、無駄に馴れ合う様子は見せなかった。しかし。

鞍留滋御大がほんとうに彼の父親だったのかどうかはともかく、ふたりはやっぱり尋常ならざる関係だったのだな、と周囲に知らしめる出来事があった。それは井俣広輝が、いわゆる授かり婚をしたときだ。

そのお相手は学校の女性事務員で、通常であれば至極平凡な職場恋愛と看做されていただろう。しかし、その彼女とは、実は。

（土志田茉莉。一九六二年生まれ）

えッ？　いきなりＭＣに心を読み取られたかのように錯覚し、おれは椅子から跳び上がりそうになった。

長方形テーブルの短辺の席。つまり井俣広輝の右斜め前に座っている女性、それは……なんてこった。

かつての我が憧れのマドンナ。若き日の土志田茉莉、そのひとではないか。

シンプルに名前と生年のみを紹介された茉莉は、すぐ横に居る元夫、いや、この時点では未だ結婚していないので、配偶予定者とでも称すべきか。ともかく井俣広輝とは視線を合わせまいとでもしているのか、露骨に虚空を睨《にら》み据えている。

（そのお隣りの方は、塩本晴夏。一九六六年生まれ）

ＭＣの紹介は茉莉の右斜め前、井俣広輝の真向かいの席の女性へ移行した。が、正直おれは半分以上、上の空だ。

塩本という名前に聞き覚えはないし、ショートボブに太い眉、薄い唇と中性的な特徴のせいか、とても茉莉よりも歳下とは思えない老け顔にも初めてお目にかかる。

それ以上に、その塩本なる女性に関して詮索する気にもなれなかったのは、やはり突然の土志田茉莉の登場に興奮していたからだ。そして惑乱《わくらん》していた。

二十七歳の茉莉、その美と妖艶さは、まさに絶頂期だ。おれだけではなく、当時の同僚教職員、男子生徒たちを問わず、彼女に眩惑魅了《げんわくみりょう》されていなかった者など、ひとりも居ないのではあるまいか。

加えて男たちの劣情を煽ったのは、茉莉が鞍留滋理事長の愛人であるという公然の秘密だ。田舎の、いち私立学校内の極小単位的院政とはいえ、校長を差し置く発言力、影響力を鞍留滋が有していたのは事実だ。その絶対的権力者のオンナが茉莉だった。

男たちの関心は、その茉莉がいつ鞍留滋の愛人という立場から、表面的にしろ退くか、だった。少なくともおれは、彼女がいずれ寿退職というかたちで、みんなの前から姿を消すだろうと予想していた。しかもおそらく、茉莉の結婚相手として選ばれるのは鞍留滋の手駒であると恥も外聞もなく自任できるタイプの男のはずだ、と。

茉莉が他人の妻になったからといって、鞍留滋が彼女との関係を、すっぱり解消するとは考えにくい。やはり自分の息のかかった男でなければ結婚は許すまい。従って、〈広富学園〉の男性教職員とは限らない。鞍留滋は複数の貸しビル業など実業家としての顔も併せ持っていたので、そちらのほうの有能な子飼いという線も大いにあり得る。

いずれにしろ、茉莉への執着心の強い鞍留滋が、生半可な男との婚姻を彼女に許容するとは考えにくかったため、いざ蓋を開けてみて、びっくり仰天だったわけである。少なくともおれは非常に驚いた。まさか、井俣広輝のような将来性のかけらも無さそうな、無能の輩が茉莉の夫になる、だなんて。

おれが過去の。いや、この場合、未来の、と称すべきか、諸々の出来事に思いを馳せているあいだも、（そのお隣りは）とMCの紹介は続く。と思った、そのとき。

「どういうこと？」

唐突にそんな、女性の裏返った声が上がった。見ると茉莉だ。茫然とした面持ちで彼女は、くり返す。

「これは、ねえ、どういうことなの？　変でしょ。ねえったら。おかしいでしょ？　だって、こんな……」

周囲の視線が己れに集中していることに気づいてか、井俣広輝のほうを指さそうとしていた手を引っ込め、茉莉は口を閉ざした。

バツが悪そうに俯《うつむ》く。困惑の念を持て余していたのが我慢できなくなって、ついMCに詰問しようとしたのだろう。

おれだって同じ衝動にかられるが、場の空気というか、同調圧力みたいなものを感じ、とりあえず黙っている。きっとそれは他の者たちも似たりよったりだろう。つい口を挟んでしまった茉莉もさすがに、己れの無力感ばかりを痛感した様子だ。

（そのお隣りは、藤縄章介）

仕切りなおすように、MCのメンバー紹介は続行された。（一九七一年生まれ）

どうやら井俣広輝を起点としてテーブルを逆時計回りに進めているようで、ちょうどおれの真向かいに座っている若い男の番だったが。おや、こいつも見覚えがあるぞ。

制服は着ていないが、一九八九年に十八歳と計算すれば、多分〈広富学園〉の生徒だろう。おれは授業を受け持ったことはないが、十代にしてすでに芸風を確立済みのアイドルの風格、とでも言おうか。将来の、女たらしキャラの片鱗《へんりん》をすでに漂わせている。

周囲を窺う様子も物怖じせず、落ち着いている。彼のその眼が茉莉のほうを、ちらりと一瞥したほんの一瞬。ほんとに、ほんの一瞬だけ、獣性を孕んだ熱を帯びた。

普通なら、そのぎらつく眼光には気づかないか、もしくはヤツの好青年ぶりに騙され、見まちがいかと思いなおすだろう。だが、おれには察知できる。茉莉への欲望を持て余しているという点で、この藤縄章介という餓鬼《がき》はおれと同じ穴のムジナだ、と。

（そのお隣りは、市野瀬《いちのせ》君恵《きみえ》。一九四五年生まれ）

その紹介におれは、はっとした。向かって藤縄章介の左隣りに居たのは、ソバージュで鰓の張った顔だちの四十代半ばの女だ。やはり〈広富学園〉で同僚だった、社会科教諭の市野瀬女史。陰の通称、お局《つぼね》おイチ。

土志田茉莉が〈広富学園〉へやってくる前の時代、つまりおれ自身も未だ講師に就任以前、鞍留滋理事長の寵愛を一身に受ける側室として校内で君臨していたとされる伝説のお局さまこそ、この市野瀬君恵だ。

彼女はいま、かっと両眼を見開き、唇を引き結んだ硬い表情で、己れの前方を凝視している。その視線につられて、おれは思わず、自分のすぐ左横を振り向いた。

そこに座っている小柄で、少し猫背の胡麻《ごま》塩頭《しおあたま》の男。グレイとライトブルーの中間みたいな色合いのパジャマ姿で、まるでつい先刻まで病室に居たのをむりやり起こされ、ここへ引っ張ってこられたかのような、その横顔は紛れもなく、鞍留滋ではないか。

つい条件反射的に眼を逸らしてしまったものの、そんな己れの反応を、ちょっと滑稽にも感じる。新旧の愛人ふたりが当の男を挟んで同席との構図には、たしかに独特の緊張感が漂うが、しょせんは遥か昔の因縁じゃないか、と。しかしそうも、あっさりとはかたづけられない。

それは土志田茉莉、市野瀬君恵、そして鞍留滋の三人ともが、セピア色に染まっていないのがむしろ不思議なくらい、一九八九年当時の姿のまんまだからだ。眩暈めいた非現実感が、情痴《じょうち》のもつれ再現ドラマ的に下世話な野次馬根性を、遥かに凌駕《りょうが》する。

（そのお隣りは市野瀬勘治《いちのせかんじ》。一九二〇年生まれ）

MCの紹介は、向かって左隣りへとスライドし、続いている。

おれは初対面の、その高齢で禿頭の男は、苗字や似通った面差《おもざ》しからしてお局おイチの血縁であることはほぼ確実で、このとき六十九歳という年齢から推すと、おそらく彼女の父親ではないか、と思われる。

その市野瀬勘治とお局おイチの父娘ペアだが、ふたりとも、おれが着ているのとまったく同じスウェットの上下姿だ。ひょっとしてこいつらも、割り当てられた個室内で目覚めたとき、素っ裸だったのか？

他のやつらは総じて普通の私服で、その対比のせいか、市野瀬父娘のふたりだけこの場で、ちょっと浮いていなくもない。まあそれを言うなら、おれだって似たような感じに、みんなには見えているのだろうが。

にしても、MCのやつ、なにが（あなただけ特別に）だよ。言葉の綾《あや》なんだろうが、おれだけじゃないじゃん、スウェット。

（さらにそのお隣りは、多久龍吾。一九六六年生まれ）

市野瀬勘治の左斜め前。つまり、もうひとつの短辺席だ。長方形テーブルの長辺を挟んで、茉莉の真向かい。

中肉中背、細面の優男ふうで、こちらもおれは初対面……のはずだが、「多久」という苗字に聞き覚えがあるような気もする。

もやもやしているとMCが〈そのお隣りが多久美那子。一九七一年生まれ〉と続けた。鞍留滋の横顔越しに確認するまでもなく、彼女のその名前はしっかり憶えている。〈広富学園〉の生徒だった娘だ。

特徴的なツインテールや瞳の大きな派手めの顔だちは、美少女アニメのヒロインさながらで、けっこうめだつ存在だった。おれも授業を受け持ったことがある。

察するに先刻の多久龍吾は、五つちがいの年齢からして、彼女の兄あたりか？　そういえば、ぱっと見、かたや地味めにこなた派手めと対照的でありながらも、ふたりとも芸能人並みに、ととのった容姿である。

〈そのお隣りは鞍留滋。一九二九年生まれ〉と理事長のところまで、ひと回りしてきた。そして次は、いよいよ。

十人目。最後に紹介されるのが、このおれだ。

〈福森孝吉。一九六四年生まれ〉

＊

ふくもり。ふ、福森孝吉……だと？　その名前が、まるで砂に染み込む水の如く脳内に拡がる感覚。ほとんど鈍痛のように。

不穏な胸騒ぎを悟られぬよう注意しながら私は、そっと左横の席に居る男の様子を窺った。円《まる》いフレームのメガネに二重顎気味の、二十代半ばにしては、これから高校受験に臨んでもおかしくないくらい童顔の男。こいつは……お、おい。こいつは。

どっと冷や汗が噴き出した。心臓が破裂しそうなほど動悸が激しくなる。

この私から始まり、逆時計回りに進んでいたMCの召喚メンバー紹介は、かつての女房や、かつての教え子、そしてかつての同僚など、ただでさえ驚愕と困惑の連続だ。なかには初対面の人物も居るものの、なにしろどいつもこいつも三十五年も昔の姿かたちでのご臨席とくる。悪夢めいた光景に頭がオーバーヒートしそうになりながらも、なんとかMCの進行に馴染んできたかな……と思っていた矢先。

最後の最後で、とんでもない爆弾を投下されてしまった。これは仰天とか狼狽《ろうばい》の次元ではなく、もはや恐怖だ。

なぜならば福森孝吉とは、すでに鬼籍《きせき》に入っているはずの人物だからである。

いや、判っているとも。いま私たちが集められている舞台は二〇二四年ではなく、一九八九年なのだから。若き日の福森孝吉がぴんぴんした姿で登場したって、なんら支障や矛盾は生じない。しかし問題は、まったく別のところにある。

それは福森孝吉が死んだ経緯で。彼は、私が殺したのだ。この手で、まちがいなく。二〇〇三年に。

当時、私はとっくに〈広富学園〉の仕事は辞めていて、福森に限らず、以前の同僚たちとは疎遠になっていた。

それが自分でも思いもよらぬ凶行に手を染めるに至ったきっかけは、かつての職場の近くの住宅街で偶然、息子の蒼弥に遭遇したことだった。この年、蒼弥は〈広富学園〉中等部に入学しており、制服のブレザー姿だった。従って学校の近辺に居るのは、なんら不自然ではない。

しかし息子は、明らかに様子が変だった。私はとっくに茉莉とは離婚していて、普段は蒼弥とも離れて暮らしていたのだが、そんなダメ親父にもひとめで感知できるほど、なにやらひどく動揺している。

あるいは息子に声をかけてやるべき場面だったかもしれないが、私はそうしなかった。代わりに、蒼弥が出てきたばかりの路地へと入っていった。

なぜなのかは自分でもよく判らない。が、その道の先に息子がショックを受けた原因が在って、それがなんなのかを確認しておかなければ、という曰く言い難い強迫観念にかられていたのだ。虫の知らせというか、この段階ですでに、それは茉莉がらみの事案なのではないかと、なんとなく見当をつけていたのは、学校近辺という場所柄もポイントだったように思う。

はたして、路地を抜けて辿り着いた二階建ての瀟洒《しょうしゃ》な洋館からは、ちょうど茉莉が出てくるところだった。その途端、私の視界は激しい憤怒で真っ赤に染まる。その家の住人に心当たりがあったからだ。

いや、判っているとも。自分でもこの時点で、とっくに茉莉には未練など無った。蒼弥が生まれた直後に離婚し、すでに十年以上も経っていたし。いまさら元妻がどんな男と交際しようが私の関知するところではない、と鷹揚《おうよう》にかまえていた。いや、かまえていたはずだった。

それが自分でも戦慄《せんりつ》するほどの激情と殺意にかられたのは、それがすべての要因ではないだろうにせよ、相手の男が福森孝吉だという事実が大きい。

福森と私は一九八八年に〈広富学園〉英語科講師として採用された同期で、歳も四つちがい。ともに若手の立場ゆえ、なにかにつけ互いを意識していた。

少なくとも私のほうは本教員免許の無い引け目もあり、授業のやり方などいちいち生徒たちから福森と比較されているかのような、コンプレックスをかかえていたことはたしかだ。もちろん表向きは、なにも意に介していないふりを装いつつ。

結局スクーリングで地道に本免許を取得するのがかったるかった私は臨時免許のまま、わずか三年で臨時講師を退職。いっぽうの福森は、二年目から正規の教諭として順調にキャリアを積んでゆく。

まあ福森のヤツはしょせん教員くらいしか潰しの利かない無能だもんな、と歪んだ優越感を私が保てたのは、ひとえに鞍留滋理事長の引き立てという威光を笠に着られた面が大きいとはいえ、同僚や男子生徒たちにとって高嶺の花だった土志田茉莉を射止められた、その輝かしい実績ゆえだった。

それだけに、離婚後だったとはいえ、茉莉がよりにもよって福森孝吉のような男と親密な関係になっているという状況は私のプライドを、ずたずたに引き裂いたのだ。もはや女としての価値なぞ失って久しいと見切っていたはずの元妻がらみで、これほど尊厳を傷つけられるとは、我ながら驚くほどだったが。とにかく怒りに眼が眩みに眩んだ。

茉莉のやつめ、なにが哀しゅうてあんな、あ、あんな、とっちゃん坊や風情なんかと。くそッ。ゆ、赦せん。

完全に暴走モードに入った私は、まことに不幸な巡り合わせだったが、現役時代に職場の飲み会の後で、他の若手の同僚たちといっしょに福森邸に立ち寄ったことが何度かあったため、屋内の勝手をよく知っていた。とはいえ、もしもこのとき、たまたま旅行中だったという福森の両親が不在ではなかったとしたら、どうなっていたか。さすがに私も思い留まれていただろうか。

いや、そもそも他の家族が在宅中かもしれないなどと懸念する余裕すら微塵も無かった私は、頭に血を昇らせたまま、福森の部屋へずんずん直行。ベッドの上で、ほぼ全裸で情事の余韻に浸るかのように微睡んでいる福森の顔面めがけ、近くに置いてあったデスクトップのパソコンを叩きつけた。

機械の残骸の下で、ぐしゃりとメタルフレームのメガネが潰れる気配に、さらに私の理不尽な怒りが増幅する。この野郎。わざわざメガネをかけたままの視界良好コンディションで舐めるように、茉莉の身体を貪《むさぼ》り尽くしやがったのか、と。

いちいち具体的には憶えていないが、室内で手に取れるものを当たるを幸いとばかり、かたっぱしから福森に叩きつけた。あちこちに血痕《けっこん》が飛散し、やつの裸体はとっくに動かなくなっていたが、私はなかなか己れを制御できなかった。

それほど錯乱していたわりには、現場から立ち去る際、凶器やらドアノブなども含めて自分の手が触れた箇所をすべて、沈着冷静に拭っていったのだから、あのちぐはぐさには我ながら薄気味悪くなる。ともかく私は、こうして福森孝吉を殺した。

寝込みを襲われる恰好になった福森のほうは、誰に生命を奪われたのかを知る暇も無かっただろう。いや、それどころか、自分が死亡している事実すら、ちゃんと認識していたかどうか。

問題は、その私の犯行が、二〇〇三年の九月だったことだ。まちがいなく。

福森の遺体が発見されたというニュースが掲載された地元新聞は、その一面でプロ野球阪神タイガースの十八年ぶりのセ・リーグ優勝を大きく報じていたのだから。これは絶対に、たしかである。つまり、なにを言いたいのかというと。

この異次元空間は生者か死者かを問わず、誰でも召喚できるのか？　舞台設定が一九八九年なんだから福森孝吉は当然存命で、その点に矛盾は無い。しかし、だ。

なんだか釈然としない。というのも、私が二〇二四年の時代からむりやりここへ連れてこられた以上、他のやつらもそうなのだろうと、勝手に決めつけていたからだ。

根拠はなんだと訊かれると困るが、逆にそうでないと、おかしくないか？　という気がして仕方がない。しかし実際、こうして福森孝吉がここへ召喚されている以上、ヤツは死亡時の二〇〇三年、もしくは少なくともそれ以前の時代から呼び寄せられているはず、という理屈になるわけで。はて。

なにか根本的な勘ちがいをしていないか。そんな違和感を払拭できない。なのに具体的になにがどう、しっくりこないのか。自分でもなかなか、ピンとこない。

もやもやしている私を尻目に、MCの説明は淡々と続く。

（以上、十名全員がお揃いになりました。さきほどもみなさま、個別にブリーフィングをしまして、そのくり返しになりますが）

この「個別に」とは、MCの場合、ひとりひとり時間差で、という意味ではない。そう私は直感した。

おそらくここに居る十人全員に対して、同時に。文字通り同時に、さきほど私も受けたオリエンテーションを一括で行ったのだ。しかもこちら側の各々の立場に合わせるかたちで、説明の細部をその都度、調整して。

むろんそんな芸当、人間には不可能なわけだが。これこそMCとは神の如く遍在していることの証左である、と言えるだろう。

（改めまして。みなさまがここで一堂に会したのは、ある方のファイナル・ウイッシュを叶えるため、です）

＊

なるほど。ＭＣが（ある方のファイナル・ウイッシュ）なんて、露骨にボカす言い方をした時点で、ピンときたね、おいらは。

（その最後の願いとは、こうして自分たちを招集したのは何者で、理由はなんなのか。その答えに、みなさまがずばり、思い至れるかどうか。それを見極めたい、と。こういう次第であります）

具体的にどこからかは不明なものの、ＭＣの声音は頭上で響いている感じなので、とりあえず「その誰か、っていうのは」と、おいらは吹き抜けになった天井を見上げ、そう訊いてみた。

「いま、ここに居るんだよね？　この十人のなかの誰かがそのひと、なんだよね？」

（その問いにはお答えできません。だって、それも含めてお考えいただこう、という趣旨なんですから）

ふん。そう来ると思った。「ただ闇雲《やみくも》に、さあ考えてみてくれ、なんて言われてもさ。あまりにも漠然とし過ぎでしょ。ね。みなさんもそう思うでしょ？」

サイズが大きなだけで食器のひとつも置かれていないテーブルに身を乗り出し、じっくり一同を見回してみたものの、他の九人は互いの腹の探り合いなのか、それともなにか責任回避でもしたがっているのか。ともかく臆するような視線を、こそこそ互いに交わすだけ。言葉を発する気配はゼロ。

「例えば、だけど。ここに集められた全員には実は、ある共通点がございますが、さて、それはいったいなんでしょうか、とかって。そういうクイズ？」

真っ先に思いついたのが、ひょっとしてこれは、〈広富学園〉の関係者ばかりが招集されてる？という仮説だ。

なにしろダイニングテーブルのあちら側には、向かって右から、昔の同級生で現在おいらの四人目の妻である旧姓、多久美那子。理事長の鞍留滋。英語の福森孝吉先生。そして同、井俣広輝先生。ずらりと揃っている。

端っこの席には学校の事務員だった土志田茉莉さん。おいらの右隣りは社会科の市野瀬君恵先生ときたもんだ。あ、なるほどなるほど。一九八九年当時の〈広富学園〉のひとたちが集められてるわけね、と。

職員や生徒ではなかった残りの三人も、メンバーの誰かしらの身内のようなので、学校がなんらかのかたちで共通項になっていることはまず、まちがいない。問題は、数多い学校関係者たちのなかから、どうして特にこのメンツが選ばれているのか、だ。

（もちろん、その側面もありますとも。さきほどから説明しているとおり、みなさまは、ある方によって招集された。その人物こそが共通点なのですから）

はいはい、そんなふうに、はぐらかそうって魂胆ですか。「くどいようで申しわけないけどさ。大前提として、その人物って、ほんとはもう死んでいるんだよね。だからこそ、こうして最後の願いを叶えてもらったわけだもんね。てことはさ、そのひとの死に方こそがミソだったんじゃない？」

「え。ど、どういうことだ、それは」

怪訝《けげん》そう、というより、ちょっと慌てたように口を挟んできたのは井俣先生だ。「死に方がミソ……って。具体的には？」

「んーと。ＭＣさーん？」

井俣先生の若々しい顔だちがなんだか、ひどく幼く見える。在校中はもっと、おとなのイメージだったんだが。改めてここは、一九八九年の世界なんだな、と実感。

「そもそもの確認なんだけどさ。この後、ちゃんと元の世界へ戻してもらえるんだよね、おいらたち？」

一旦おいらのほうへ、私の質問を無視するな、とばかりに身を乗り出しかけた井俣先生だったが、そりゃごもっともな疑問だぞ、とでも思いなおしたのか。口を噤《つぐ》んで、浮かしかけていた腰を下ろす。

（もちろん、いつまでもここに引き留めたりなんか、いたしません）

「それは無条件で、ってこと？　例えば、おいらたちをここへ招集した人物の素性と、その理由という、さっきのお題にきっちり正解を出すまでは帰れません、とか。そういう厳しめのルールなんじゃないの？」

（そこは招待主さま次第で、わたしは与《あずか》り知らぬことですよ。みなさまに考えてみてもらってください、という指示はこうして、ちゃんとお伝えしましたので。はい。もうそれ以上の関与はいたしません。あとは、みなさまがそれぞれ誠実に、じっくりお考えになってみてくだされば、満足してもらえるんじゃないですか）

「それで解放されるの？　ちゃんと考えてみせさえすれば、あとは正解が出ても出なくてもだいじょうぶ、ってこと？」

（だから、そこまでは知りませんてば。なにがどうなれば招待主の方のお気持ちに区切りがつくのかは、わたしが決めることではないので。ただ、ひとつだけ確実なのは、この異次元空間での滞在が永遠に続くってことだけは、ありません。どういうかたちで、なのかはともかく、結着は必ずつきます。いまみなさまが、いちばん気になっているのは、その点でしょ？）

　こちらが訊こうとしていた要点を先回りされると、なんだか巧妙に話をズラされているような気もして、ちょっとイラつく。

（ひとつ、お断りしておきます。みなさまが元居た世界とここでは時間の流れが、まったく異なっている。よろしいですか。ここは既成概念の通用しない、まるで別次元の時空なので。これから何時間、何ヶ月間、経過しようとも、元の世界のほうでは一秒たりとも時間が進んではおりません。わたしがなにを言っているのか、判りますか？）

「それは例えば、おいらの場合で言うと、ここでの野暮用《やぼよう》が済めば、元の二〇二三年に戻れる、と……」

ふと刺すような視線を感じた。見ると、井俣先生が眉根を寄せ、半開きにした口をこちらへ向けてきている。な、なんだ？　どうかしたんだろうか。

急いでなにか問い質《ただ》したいのだが、もう少し状況を見極めようと、かろうじて口を開くのは思い留まっている、みたいな。

実はこのとき他にも数人、怪訝そうな表情を浮かべる者たちを視界の隅っこで捉えてはいたのだが。当方の位置から、いちばんめだっているのが井俣先生だった。

「とにかく」と仕切りなおす。「いずれは確実に元の世界へ戻れるし。戻れば、そこは自分たちがこちらへ連れてこられた時点から、一秒たりとも時間は経過していない。なので実質、なんの支障や損益も無いんだ、と。こういうことなのね？」

「そもそもさきほどのＭＣさんの説明。つまり、我々はいま食事も排泄も無縁の存在であるという、あれ」

向かって右側の端っこの席の男が、そう口を挟んだ。多久龍吾だ。未来というか、元の世界では、おいらの義理の兄に当たる。

すっきり面長。未だ二十歳そこその、いわゆる紅顔《こうがん》の美少年タイプで、マッシュルームカットの黒髪もふさふさ。言われてみればたしかに、涼しげな眼許に面影が見て取れるものの、おいらにとって義兄は渋いロマンスグレイのイメージが強いため、もしもＭＣの紹介が無かったとしたら、この若者が誰なのか、判らなかったかもしれない。

「てことは我々の、この若々しい肉体。これって一見、ちゃんと物理的に存在しているようでいて、ほんとうは全然、していないんじゃないかな？」

（まことに的確なご指摘、ありがとうございます。そのとおり。この時空に留まる限り、みなさまは代謝も加齢も無縁。ざっくり言うと、みなさまがいま纏《まと》っている一九八九年仕様の身体は、自分の手でもちゃんと触れられたりするので、そうとは思えないでしょうけれど、それらはすべて擬似的な錯覚でして。みなさまの実体は、ぶっちゃけ、無い。ただそれぞれの意識体が、仮想の姿かたちを纏っているだけ。その代わり、ここに居るあいだは実質的に不老不死。さしずめ肉体ならぬ幽体とでも称するのが適切でしょうか）

ちょっと考え込む素振りを見せる義兄に代わって、おいらは続けた。

「とはいえ、この時空に足留めされているあいだのおいらたちは、少なくとも主観的には時間の経過ってものを感じる。だよね。そうなっているんだよね？」

（それなりに。はい）

「いくら時間のロスは実質ゼロで元の世界へ戻れるのだとしても、主観的にここで何ヶ月も、何年も拘束されるってえのはちょっと、かんべんして欲しいよなあ」

（それほど極端に時間はかからない、とは思いますが）

「問題の招待主の謎かけに正解を出すのが早ければ早いほど、ここに居なきゃいけない時間も短くなりますよ、って。そういうことだよね？　よし、判った。じゃあもう早速、正解を言っちゃってもいいかな」

（おっと。それはダメです）

「なんで？」

（招待主はみなさま、それぞれに考えて欲しいんだから。未だなにも考えついていない方もいらっしゃるでしょ。なのに、いきなりこの場で、自ら考える労力をかけずになんらかの回答を聞かされちゃ台無しだ。正誤はともかく、不公平ですよ。アンフェアだ）

「なんだよそれ。じゃあ、どうすんのいったい。いくら考える、つったって、自分の意見もろくに表明できないんじゃ、さ。なんともやりようがないじゃん」

（例えば、ですね。みなさまが情報を求めて互いに聴取し合う。これはOKなんです。知恵を出し合って議論、相談するのもけっこうでしょう。ただしそれは必ずマンツーマン。つまり、ふたりだけで行うように）

「え、と。どゆこと？」

（例えば、あなたがAという人物に聞き込みをする際、そのやりとりは他のメンバーたちには知られない環境、条件下でないといけない。なぜならば、あなたがそういう聴取をするのはAが招待主だからではないか？　との疑念と可能性を、第三者が同席した場合、視野に入れかねないから。そしてそこで仮に、招待主はアナタで招集の理由はこれこれである、と当人に面と向かって断じる局面へと発展し、なおかつそれが正解だったりしたら、他のメンバーたちが同席しているのはマズいでしょ。さっきのと理屈は同じで、それはカンニングになっちゃいますから）

「それは、じゃあ招待主はこのひとだと見当をつけたうえ、マンツーマンで当人に問い質しさえすれば、イエスなのかノーなのかは、ちゃんと正直に答えてもらえる、ってことなの？　ルール的に？」

（当てずっぽうではダメでしょうけどね。理詰めで答えに至ったプロセスをきちんと説明できれば納得してもらえるでしょう。あ。それから。マンツーマン厳守だなんて、めんどくさーい、とお嘆きの方。もしもいらっしゃいましたら、ご安心を。各個室に設置されているテレビを使えば、簡単です）

「テレビ？」と図らずも、おいら以外の数人分の声が、間延《まの》びしたユニゾンになった。ここで初めて発声した、という者も少なくなかったろう。

（はい。暇潰しのための映像コンテンツ各種もご覧になれますが、あれを使って、みなさま、リモート通話ができますので。互いの顔を見ながら）

「テレビ電話なの、あれ？」

（さよう。使い方は備え付けのリモコンの電源を入れて。マニュアル画面を出して、その指示通りに操作すれば、だいじょうぶ。よろしいですか。よろしいですね。はい。ではわたしは一旦これにて失礼いたしますので。あとはみなさまで。どうぞ、よしなに）

「って、おい。ちょ、ちょっと待……」

井俣先生、椅子を背後に倒して、立ち上がった。屁っぴり腰の姿勢で、きょときょと首を左右に振って頭上を見上げる。が、ＭＣの気配は明らかに消えていた。

「……どうするつもりなんだ」

低く押し殺した嗄れ声《しわがごえ》が響いた。一瞬沈黙が下りた直後のタイミングだったせいか、まるで地鳴りのように、よく通る。

鞍留滋理事長だ。こちらが中高生の頃は、彼の社会的地位も相俟って、どっしり豪胆な大物感ばかりが先行していたものだが。自分自身が四十代、五十代を経た後で改めて目の当たりにしてみると、一九八九年時点で還暦なのだから風格はまあそれなりだが、そこはかとなく人間的な軽さ、薄さが漂う。

「どうする、って。いや、理事長」

話をちゃんと聞いていましたか、という皮肉は呑み下す。「クイズのシンキングタイムがスタートした、ってことですよ」

「なにをワケの判らんことを言っておる。どうなっているんだこれは、さっきから。さっぱり話が進んでおらんじゃないか。いい加減にしろ。誰だ。誰が責任者なんだ」

よっぽど先刻までの沈黙の鬱憤が溜まっていたのだろうか。鞍留滋理事長、堰《せき》を切ったかのように口角泡《こうかくあわ》を飛ばし始めた。「誰なんだ、ここの責任者は。誰がこんな、ふざけた真似を。どこのどいつか知らんが、ええい。とにかく、そいつを呼んでこい」

そういえば理事長、学校行事の集会とかで若手の傀儡《かいらい》校長の代わりのスピーチで登壇したりすると、めっちゃ話がくどくて、体調を崩した生徒たちが次々に保健室へ運び込まれるほど長かったっけ。このままだと際限なく詮ない文句を垂れ流してきそうだ。

「こんなところに来たくなかったんだ、わしは。それをむりやり。みんなして、有無を言わさず連れてきおって。ええいもう。帰る。いつまでもこんな、ワケの判らんところに居られるか。わしはもう家へ帰るぞ。帰るったら帰る。いますぐウチへ帰せ」

理事長はテーブルを両手でばんばん叩き、喚《わめ》き始める。しゃっくりのように声が罅《ひび》割《わ》れる。誰も止めようとする気配が無いのをいいことに延々と、がなり立てる。まるっきり聞き分けのない子どもだ。

灰色と水色の混ざった地味めのパジャマ姿なのもその滑稽さ、醜悪さに拍車をかける。まるで病院か、それとも特養ホームか、とにかく収容されていた施設から脱走し、ワシは悪党どもに身代金目的で捕らえられ、拉致監禁されたんだ、警察を呼んでくれ、早く家へ帰してくれ、とか陰謀論まがいに駄々を捏ねまくる困ったひと、みたいな。

「どうした。なぜ、なにもしてくれない。なんでみんな、黙っているんだ。いい加減に帰してくれ。早く。うちへ帰りたい。帰りたいと言っとるんだワシは」

やれやれ。ここはさっさと退散するに限るなと、おいらは立ち上がった。

「まあまあ、それはそれで。ね。そろそろお先に失礼して。部屋へ戻りますわ。みなさんも、そうしたほうがいいですよ。せっかく各部屋に便利なアイテムを用意してくれているんだし。有効活用しなくちゃ」

「いくらテレビでリモート通話ができるからって、他のひとたちが、それぞれの個室でおとなしく待機してくれていないと。インタビューなんか、できないじゃん」

そう声を上げたのは、鞍留滋理事長の隣りに座っている美那子だ。「それとも。あ、そうか。そういや、さっき言ってたもんね。ここで正解を発表してもいいか、って。ってことは、あなた、いちいち聞き込みをせずとも、もうすべてをお見通しってわけ？」

まさしく、そういうことさ。そう口には出さず、こっそり胸のうちで舌を出す。招待主の正体も、そしてこの招集劇の目的も、おいらにはすべて見当がついている。

最後の願い、っていうくらいだから当然、招待主の素性は、元の世界ではすでに鬼籍に入っている人物に限られる。ここでもっとも重要なのは、死亡者ならば誰でも彼でもファイナル・ウイッシュの恩恵に与れるわけではない、という点だ。

招待主となり得る絶対条件。それは生前からずっと、最後の願いたるべき妄想を日々、具体的に細かく構築、醸成し続けてきていることだという。叶わぬ願望を抱かない人間は居ない、という意味に於いて、これは一見、万人に当て嵌まるようにも思える。

しかし雑念とは断片的に湧いては消え、消えては湧くをくり返す。際限なき変化変容があたりまえで、明瞭な原型や発展形など、有って無きが如しが妄想の妄想たる所以だ。

映画のように一本のストーリー仕立てで、ひとつの妄想を緻密に組み上げる。それ自体は年齢や性別を問わず、みんな普通に経験があることかもしれない。しかしそのシナリオをストックとして長期間ずっと習慣的に継続させる、となると話はまた別だ。

この際、個人的な性格の問題は脇に措いておこう。一般的に、なにかに固執し、妄想を持続させる行為とは伊達や酔狂ではなく、そうせざるを得ない状況下に追い込まれて初めてできるものだと、おいらは思う。今回の招待主のケースで考察してみると。

その状況とは、ずばり。生前、正体不明の何者かに己れの生命を脅かされていた、というものだろう。

想像が飛躍していると思われるかもしれないが、この仮説にはちゃんと根拠がある。それは、ここへ召喚される直前の出来事。

とある人物が、交通事故を装って生命を奪われる現場に、おいらは偶然にも居合わせたのだ。残念ながら犯人の姿は確認できていないが、背後から突き飛ばされ、車に撥ねられて死亡したのは多久エリナ。

多久龍吾の娘で、おいらにとっては義理の姪に当たる。そのエリナちゃんが殺害されるシーンを、この眼で目撃したのだ。

もちろん、いまこの場に招集されたメンバーのなかに、エリナちゃんの姿は無い。彼女は一九九〇年生まれのはずなので、その前年である一九八九年の世界に存在し得ないのは理の当然だ。

実はそれこそが第二の重要ポイントで、そもそも今回の舞台設定は、なぜ一九八九年でないといけないのか？　それはエリナちゃんの母親、旧姓塩本晴夏が多久龍吾の妻になる直前だから、ではないか？

エリナちゃんは自分の生誕以前の、母親と父親、それぞれの対人関係を直接見極めたかったのだ。おいらは、そう推理する。

殺害されてしまう前からエリナちゃんは、何者かに自分が生命を狙われている事態を察知していた。しかしその相手の素性や、害意の原因の見当がつかない。

与り知らぬところで誰かの怨《うら》みを買ったのかとか、いくら考えてみても思い当たる節が無いのはもしかして、それが自身の個人的事情には関係なく、母親か父親、どちらかの過去の因縁ゆえなのではあるまいか、と。エリナちゃんはそう結論づけた。

具体的には想像を逞《たくま》しくするしかないが、例えば、独身時代の塩本晴夏に激しく傍惚《おかぼ》れするオトコ、もしくはオンナが居たとする。そいつは、塩本晴夏を自分から奪った多久龍吾への憎しみが嵩《こう》じるあまり、ふたりの愛の結晶であるエリナちゃん抹殺を企てるに至った、とか。

これはもちろん逆のパターンもあり得る。多久龍吾に激しく傍惚れするオンナ、もしくはオトコが塩本晴夏への憎しみを、消息不明となっている彼女の失踪宣告以降も超克できず、その忘れ形見であるエリナちゃん抹殺を企てるに至った、というわけだ。

後者のほうが有力ではないかと、おいらは睨んでいる。というのも義兄の龍吾はゲイなのかバイなのか、厳密にはともかく、男性とも性愛関係を結ぶタイプだから。

おいら自身はヘテロなので、断定はできないものの、男とはどう足掻《あが》いても愛する者の子どもの出産は叶わないという意味で、嫉妬の念はより根深く、従ってエリナちゃんへ向けられる憎悪の念も激しいような気がする。あくまでも、そんな気がする、という程度に留まる推測ではあるけれど。

いずれにしろ重要なのは、エリナちゃん本人が生前、身の危険を感じていた、ということだ。自分の生命を狙っているのは、いったい何者なのか？　と。

素性は不明なものの、己れの生誕以前の両親の因縁に絡んでいると、具体的な根拠はさて措き、エリナちゃんは見当をつけていた。なんとかその不届き者の正体を暴いてやりたいと生前ずっと、妄想めいた突飛な手段も含め、思案していたのだろう。

その甲斐あって、死後こうして、思いつく限りの容疑者たちの雁首を、この仮想空間、〈ミューステリオンの館〉内に揃えた。犯人捜しの考察の機会を、いまわの際のファイナル・ウイッシュとして、セッティングしてもらえたというわけだ。

残る疑問は、エリナちゃんがどうして特にこのメンバーを疑ったのか、だが。少なくとも美那子とおいらに関しては、だいたい察しがつく。彼女が車に撥ねられた現場に、美那子もおいらも居合わせていたからだ。

エリナちゃんは、おそらくだが、誰が自分を突き飛ばしたのか、その決定的瞬間を確認してはいない。だけど、瀕死の視界におさめた風景の片隅にでも偶然、美那子とおいらの姿を視認したのだ。

なぜ叔母さん夫婦が揃って、ここに？　と不審に思った彼女はとりあえず、おいらたちふたりを〆切ぎりぎりで容疑者リストに入れた。ついでに、というと言葉が悪いが、美那子やおいらが本気で疑われているとは考えにくい。多分エリナちゃんの本命視する容疑者は別に居るんだろう、と思う。

それは、真相究明のためには自身の生誕以前の過去への遡及《そきゅう》が不可欠だ、と彼女が判断したことからも明らかだ。大半の重要関係者の調査は自分が生まれる前の時代で行わないと意味が無い。しかしその舞台に自分が立ち得ないとしたら、犯人捜しどころか、なんにもできない。このディレンマをエリナちゃんは、時代を一九八九年に設定するというアクロバットで、かろうじてクリアした。

多久龍吾と塩本晴夏が性的関係を結び、受精卵が着床するタイミングを狙えばいい。理屈としてエリナちゃんは、すでに母親の胎内に居るわけだ。

塩本晴夏の五感を借りて、エリナちゃんは他の招集メンバーたちの動向を観察する。母親の人格の背後に、娘の自我が潜んでいる。そういうギミックだ。

そんな非科学的な駄法螺があるか、との批判は甘んじて受け入れよう。そもそもいまおいらたちの置かれた状況自体が支離滅裂で、ぶっ飛んでいるんだから。悠長な正論を述べている場合じゃない。

なんなら塩本晴夏の身体のなかに彼女自身の人格は実装されておらず、単なる容れ物の可能性もある。実質的にエリナちゃんが母親に変装している、というのが正確なところかもしれない。

いずれにしろ、この〈ミューステリオンの館〉への招待主の正体とは、塩本晴夏という女の内部に潜む、多久エリナだ。

そして他のメンバーたち召喚の理由は、自分の生命を奪った犯人を突き止めること。おいらのこの見立てが正しいか否か、さて。あとは彼女本人に確認するのみ。

多分当たっているだろう。正解コールを引き出して、こんなワケの判らん場所からは、さっさと失礼させていただきましょ。そう意気揚々と立ち上がった、そのとき。

ふと右斜めの方向から、妙に粘つく視線を感じた。美那子だ。

久々に目の当たりにする十八歳の彼女はなんだか、当時抱いていたイメージと微妙に異なっていて、新鮮だ。洋画に登場するファムファタル的な派手めの造作の、エキゾチックな顔だちは、こちらも高校生の頃にはぞくぞくするほど、おとなっぽかった。

かつてその色香とアンバランスすれすれアクセントだったツインテールの髪が、いまは年齢相応にガーリーで活発な印象が勝って見えるのは、中味がもう五十路を越えた当方のおじさん眼線ゆえか。そんな美那子においらは、そっとウインクしてみせた。

謎はとっくに解けたからさ、安心しなよ、という頼れる名探偵キャラとしてのメッセージのつもり……が、美那子の冷たい眼光に射竦《いすく》められ、背筋《せすじ》に悪寒が走った。

な、なんだ？　どうしたんだ、あいつ。あんな怖い、いまにもレーザー光線でも照射しそうな眼で睨んできて？

答えがもう出ているのならアナタね、出し惜しみなんかしないで、さっさと教えなさいよ、とか？　無言でそう威圧している？　いや、どうも、そういうのとは、ちょっとちがうような……な、なんだよ、美那子？　どうした？

ぱちぱちと何度も眼を、ゴミでも入ったかのようにしばたたき、ウインクしたお茶目をごまかしながら、おいらは「じゃあ、お先に失礼」とスケルトン階段を上がった。

自分に割り当てられた部屋へ戻り、後ろ手にドアを閉める。と同時に「あ」と、我知らず声が出た。

「……まさか、あいつ」

美那子のやつ、ひょっとして……ひょっとして、エリナちゃんを突き飛ばして殺したのは夫の章介だ、なんて。そんな、とんでもない誤解をしているんじゃないだろうな？

＊

吹き抜けを挟んで、向かい側の個室へ藤縄章介は消えた。そそくさと。

肩越しに、ちらちら背後を振り返りつつそれを確認した私も、一歩遅れてこちら側のスケルトン階段を上がり切った。鍵を使ってドアを開け、自分の部屋へ入る。

ベッドへ歩み寄った。先刻は気づかなかったが、枕元のサイドテーブルの下半分が、小型冷蔵庫の収納スペースになっている。

このハチャメチャな状況下、なんで冷蔵庫なんかが必要なんだよ、ふざけるな。のんびり風呂上がりの一杯とかやる余裕のあるヤツでも居るのか。と、どうでもいいツッコミを内心入れつつ、サイドテーブルに置かれたリモコンを手に取った。テレビ画面へ向け、電源ボタンを押す。

うにゅゅゅうん、と如何にもこれは効果音ですよと自己主張でもしているかのように、画面に選択メニューが表示された。『映像ソフト各タイトル』の項目もちょっと気にはなったが、カーソルボタンで『館内リモート通話』を選び、『決定』を押す。

縦三列と横三列、合計九枡のマルチスクリーンが現れた。むろん私は未経験だが、新型コロナ禍でのリモートワークを彷彿させる。『カーソルボタンで各個室の滞在者氏名を指定の上、決定ボタンで先方を呼び出してください』と表示された。

さて、どうする？　リモート通話がどんな感じか、とりあえず試してみるか。相手は、うーん。誰でもいいんだが、いま確実に部屋に居るのは藤縄章介か。しかし。

あいつ、なんとも思わせぶりというか、招待主の素性に有力な心当たりがあるかのような口ぶりだったが。仮にいま藤縄が、その意中の人物へのインタビューにとりかかっているとしたら、やつを呼び出そうとしても、電話と同様「話し中」になるのか？

普通のリモート会議なら複数人相手と同時に通話できる。そのためのマルチスクリーンなんだから。しかしMCが、マンツーマンでなければ面談不可だ、と敢えて釘を刺すからには、三人以上でのグループ会議をテレビでやろうとしても、なんらかの制限が掛かる仕組みになっているかもしれない。

それなら試し架けは、もう少し様子を見てからのほうがいいかな。などと、わりと真剣にあれこれ検討している己れに気づき、なんとも忸怩《じくじ》たる思いにかられた。

なんだなんだ。なんなんだ、おい。私としたことが、すっかりMCのペースに巻き込まれちまって。阿呆《あほ》か。いや、たしかにそりゃ便利だろうさ、部屋に居ながらにしての通話機能そのものは、な。

しかし、だ。その方法に拘泥しなくちゃならん理由なぞ別に無いじゃないか。〈館〉だなんて大層な呼称のわりには、さして広大でもなさそうな屋内なんだから。さっさと廊下へ出て、ダイニングホールに居残っている者に声をかけるなり、どこか適当な部屋を訪ねてゆくなり、すればいい。

誰に見られているわけでもないのに、ことさらにそう肩をそびやかしかけた。その空威《からい》張《ば》りジェスチャーに、わざと被せてくるかのような絶妙のタイミングでトトン、トン。ドアが無造作にノックされたものだから、不覚にも、のけぞってしまった。

な、なにをビビっているんだ、私は。ったく、落ち着け。落ち着けってば。

忌まいましさを抑えつつ、やや乱暴にドアを開ける。と同時に、「お、おう?」と我ながらなんとも素っ頓狂な声が洩れた。

眼の前に茉莉が立っていたのだ。しかも彼女、「どういうことですか、これは」と眼を三角にして、にじり寄ってくる。

「え。え?」

こちらはただただ、たじたじ、たじたじである。後ずさるしかない。

「どうしてあなたが? どうしてあなたが、こんなところに居るんです?」

「いや、そんな。どうして、と言われても、だ。私だって、その」

「おかしいじゃないですか。だって、わたしは。ね？」

「う、うん。きみは？」

「だから、ね。ちゃんと、えーと」

とりあえず難詰《なんきつ》はしてみたものの、なぜこんな不条理な状況に陥っているのか、理解不能な事情は元旦那も同じだわね、と改めて思い当たりでもしたのか。茉莉は微妙に逸らし加減に上向けた自分のひとさし指と、私の顔を交互に、メガネがずり落ちそうなくらい顎を引いた上眼遣いで見比べる。

「え、と。うーんと。だから、ですね。つまり、あなたがここに居るのって絶対におかしいと、わたしは。そう。わたしは、そう言いたいの、断固として」

鉈《なた》でも振り下ろすかのように改めて私を指さそうとしたものの、再び言葉に詰まって、茉莉は口を噤む。無理もない。

「おかしいのよ、とにかく。そう。おかしいったら、おかしいんですってば、これは。話がちがう」

己れの憤懣、そして惑乱ぶりをどう表現するのが正解なのか、皆目判らず、途方に暮れているのだろう。私に対して反射的に敬語が出たのも、一九八九年という結婚以前の時代設定に変に律儀に合わせようとして、スベってしまった恰好。

「とにかく、謝らないわよ」

「え。なんて？」

「絶対に謝りませんからね」

「なにを言っているのか、意味がよく判」

「他の方にはともかく、あなたには謝りません、と言っているの、わたしは」

「それは、まあ別に、どうでも」

「だって、なにも無いんだから。あなたに謝らなきゃいけないようなことは。ね。なにもしていないでしょ、わたしは？　ね。あなたには別に。ね？」

そりゃそうだね、などと、うっかり相槌を打つのは自粛しておく。

たしかにいま眼の前に居るのは、肉体的には二十七歳の茉莉だが、どうも私の知っている彼女とはキャラクターが微妙にズレている気がして、調子が狂う。これは中味が高齢の茉莉であるせいかもしれない。

そういえば、いま茉莉が着ている、ちょいと野暮ったいブルゾンにスラックス。私が憶えている限り、若い頃の彼女は、こんな垢抜けないパンツルックだったことなぞ一度もなかったはずだ。

やはり召喚される際に若返るのは身体のみで、服は元の時代に着ていたもののまま。それと同じ理屈で、眼前の中味は、私との離婚後、三十余年もの長き歳月を経て培われた、全然ちがう土志田茉莉の人格なのだ。

もちろん、それを言うなら私だって、あまり自覚は無いものの、他者の眼から見れば、三十歳前後の若造の頃とはずいぶん、ひとが変わっているだろう。

「とにかく。それはそれで、措いといて」と茉莉が両手を腰に当て、仕切りなおそうとしたそのとき。バンッ。ドドン、バンッ。と先刻の彼女のそれとは比較にならないほど、乱暴なノックの音がした。

ドン、ドドドン、ドンッと、いまにもドアが叩き割られそうな勢いだ。

「な？　なんだ、おい」

慌てて水溜まりを避けるかのように横へ跳びすさる茉莉。図らずもそんな彼女を背後に庇うような恰好で、私はドアを開けた。

「うおぉい、くおらあああッ」

怒号が室内へ雪崩れ込んでくる。「どうなっておるんだこれはあああッ」

うわわ、鞍留滋御大かよ。あああもう、最悪だわ、これ。

召喚された際、就寝中だったのか、水色とも灰色ともつかぬ、くすんだ色合いのパジャマの上下なのに加え、元の時代の私よりも少し歳下という、些《いささ》か威厳に欠ける姿ではあるものの、そこはそれ。こちとら人生、寄らば大樹の陰を半世紀以上も貫いてきた者の脊髄反射ってやつで。

「あ、これは、ども。どもどもども」

我ながら惚れぼれするほど瞬時にして、卑屈な太鼓持ちモードへ切り換わる私なのであった。「如何されましたか、理事長」

「いかがも額賀もあるもんか。おい、きみ。蒼弥は。蒼弥は、どうしたんだ」

「は」

「こら。ぼけッ、としているんじゃありませんよ。蒼弥はどうした、と訊いとるんだワシは。どこへ行った」

「ど、どこへ？　って。蒼弥が、ですか。蒼弥は、えと。その」

狼狽している私の肘を茉莉が、そっと突っついてきた。引き攣り気味の微笑とともに、そっと首を横に振って寄越《よこ》す。

意味ありげに横へスライドする彼女の目配せで、あ、と思い当たった。そういえば鞍留滋は八十歳を過ぎてから、つまり西暦二〇〇九年以降に要介護認定され、市内の特養ホームへ入所した、と風の便りに聞こえてきていたっけ。

すっかり疎遠になっていたため、詳細は不明だが、かなり重度の認知症を患っていたらしい。具体的にいつなのかはともかく、その状態の際にこの異次元空間へ召喚されたのだとしたら、頭のほうは惚けたまま、肉体のみが若返った、ということか。

従って彼はいま、自身が置かれた舞台の時代設定が一九八九年であることや、蒼弥が生まれるのはこの翌年なので未だこの世には存在していないことなどを、まったく理解できていないのだ。

なるほど、道理で。先刻のダイニングホールでの、まるで凶暴すぎる幼児の如き狼藉《ろうぜき》ぶりにも納得がいく。

「蒼弥は居ません。いまは、えと。いま、と言うべきか、とにかくここには居」

「さっきまで居たんだぞ」

「へ。え？」

「だから、そこに。ワシの眼の前に、ちゃんと居たんだ、蒼弥は。なのに、なぜ居ない。どうなっているんだ」

って、やれやれ。困ったものだ。しかし、こんなややこしいシチュエーション下で、いまさら御大の蒼弥に対する執着心を見せつけられるとは、ねえ。私としては、なんとも複雑な心地である。

この爺さんはどうやら、蒼弥は私、井俣広輝の息子ではなく、自分の種だと思い込んでいるらしいのだ。昔から、つまり茉莉の妊娠出産前後からずっと、そのような噂は小耳に挟んでいたが。

茉莉を私と結婚させることで、彼女との愛人関係を表面上は清算したものの、やはり未練たらたらだったのだろう。戸籍上の父親の地位は井俣に譲ったが、蒼弥のほんとうの父親はこのワシじゃ、ってわけ。

気持ちはまあ、判らなくもないが、公平に言って、その可能性は極めて低いのではないかなあ。なんとなれば蒼弥は、ちっとも鞍留滋には似ていない。

では私に似ているか、というと、どうだろう。蒼弥が容姿的ＤＮＡをいちばん受け継いでいるのは母親だし。比較的純情だった昔ならいざ知らず、第三の男の存在も正直、いまとなっては否定しきれない。が。

諸々そのような現実を、いま理性も記憶もカオス状態の爺さんに説いてみたところで、まったくの無駄であろう。

「おまえの部屋か？　茉莉。おまえの部屋に蒼弥は居るのか？　そうなのか。え。そうなんだろ。居るんじゃないのか？」

眼を血走らせ、声を裏返して、茉莉の腕をつかんだ。彼女が、「ひッ」と弱々しい悲鳴を洩らそうが、おかまいなし。有無を言わさず、鞍留滋はそのままドアに、ほとんど体当りせんばかりにして、廊下へ出た。

「な、なにするんですかッ」

身をよじる茉莉だが、あえなく廊下へ引きずり出される。「ちょ。ちょっと」

「うるさい。来いッ」

「やめ。は、放して」

「おとなしくしろ」

「ごめんなさい。あ、謝ります。ごめんなさい、ごめんなさい」

「黙って付いてこい、と言っとる」

「あやまります謝ります、理事長。謝りますから。ええ。このとおり、ほんとに。あなたには謝らなきゃいけないんです、どうせ。はい、わたしは」

「なにをワケの判らんことを、さっきから、おまえは」

「だから、ゆっくり謝らせてください、ってお願いして。痛ッ。いたい痛い。はな。は、放してくださいッ」

　唐突な展開に反応が追いつかず、しばし硬直していた私も、ふたりに遅れること数秒、慌てて部屋から飛び出した。

「理事長。どうか少し落ち着いてください。理事長、私の話を聞」

　茉莉の髪を無造作に引っ張る鞍留滋の肩に手をかけようとした、その刹那。どんッ。背中に、いきなり私は。

　より正確には、うなじ辺りに。激しくも重い衝撃を喰らった。

　ぐるん、と視界が揺らぐ。あたかも三脚の部分を薙ぎ倒され、画面にトラッキングノイズの走ったカメラよろしく。旋回し、眼が回るかのように落下した。

　視界が落下した、だなんて我ながら珍妙極まる表現だが。それはまさしく、落下した、としか言いようがなかった。

　床の上に。ごろん、と。

　ぎゃあああああッと。茉莉だろうか、鼓膜を突き破られそうな動物的絶叫を、私は後頭部で聞いた。一瞬の暗転の後。

　眼を開けた。すると、なんだか全体的に異様に傾いたアングルで、空を仰ぎ見るような恰好になっている私。

　聳える高層ビル並みに仁王立ちの男が、頭上に居た。鞍留滋ではない。スウェットの上下姿で禿頭、高齢の。

鶏を絞めるのにお誂え向きな大振りの両刃の斧をかまえた、その姿。鎧甲冑を着けていないのが逆に不思議なくらい大きく見えるのは、そいつの身長が高いからではない。床に転がっている私のほうが、極端な煽りの角度で彼を見上げているからだ、と。一拍遅れて、そう気がついた。

しかし、信じられなかった。混乱し切っている。斧を両手でかかえている男が、おそらく市野瀬君恵の父親とおぼしき勘治であることも、とっさには認識できない。なにしろ、その勘治の前で、もうひとり。別の男が膝立ちの姿勢で、前のめりに崩れ落ちかけているのだが。完全に静止してしまったその上半身には、え？　な、なんと。頭部が？　頭部が……な、無い。

首が刎ねられているのだ。だから、それが誰なのか判らない。

いや、判っている。判っているのだが、信じられないのだ。斬首された男は他ならぬ、この私で。わ、私？　え。え？

いま私は、ひ。ひええぇッ。頭。そんな。あ、あたま、だけ？　って。

頭部のみ。身体からすっぱり切り離された生首だけの状態で、私は床の上に、ころん、と転がっている。

＊

リモート通話ができるテレビのことも気になった。が、そちらは後回し。自分の部屋へ戻ったあたしは先ず、ユニットバスの扉の向かい側の収納のなかを検めた。

さきほどMCに階下のダイニングホールへ呼ばれて部屋から出るとき、引き戸の隙間から、ちらっと覗いていたモノ。鈍色に、ぬめ光る三日月。あれって、まさか。

あんなサイズの刃物がそうそう有るはずもない、と思っていたのだが。引き戸をめいっぱい開けてみると、そのまさか。巨大な斧が立て掛けてあるではないか。

片手で薪を割るようなサイズではない。両刃斧というのだろうか。正式名称は知らないが、大きなコウモリが羽を拡げ切った、アメコミヒーローのバットマンのマークみたいな形状で、例えば古代ギリシャや東ローマ帝国を舞台にした洋画の戦闘シーンなどでしか普通はお目にかかれないような。なんとも非日常的かつ重量感溢れる代物である。

それだけでも充分、呆気《あっけ》にとられるが、まだ数々の武器が所狭しと並んでいる。剣呑《けんのん》というよりそれは、どこかしら漫画チックな眺め、と評すべきか。まるで玩具屋さんの閉店セールみたいに、ずらりと。

よく任侠映画などで見かける、白鞘で鍔の無い日本刀。いわゆる長ドス。

そして、いかついフォルムの銃床や弾倉も禍々しい、アクション映画や戦争ドラマのなかでしか見たことのない、これはアサルトライフル？　自動小銃ときたもんだ。

映画えいが、と同じ譬えばかり垂れ流しで我ながらワンパターンだけど、ことほどさように平凡な日常からは懸け離れたアイテムばっかりなんだから。しょうがない。

おっと。サイズのコンパクトな、ハンドガンというんだっけ。拳銃も有る。これはアレだ。マグナムなんちゃら。アウトロー刑事に扮するクリント・イーストウッドが、ぶっぱなしてたヤツ。

ほんものなの？　と思わずそれをいっ挺、あたしは手に取ってみた。

ずしッとくる重量感。冷えびえとした金属質の手ざわり。これは、やっぱ本物？

と、そこへ、（もちろん、ちゃんと弾も出ますよ。使えます）と、どこからともなくＭＣの声が被さってきた。

（なにしろ、これだけの数のひとたちが一ヶ所に集められていますから。なかには、迷惑行為に及ぶ輩が居ないとも限らない。なので、万一に備えての自衛手段として、どうぞ。気軽にご利用ください）

ほんのついさっき、一旦これにて失礼と宣言、退出したばっかりのくせに。もうしゃしゃり出てきて、節操ねえな、とのツッコミは止めておく。

「自衛、って、あのさあ。戦争するわけじゃあるまいし。こんな、ものものしい。殺傷能力の高そうなブツばっか。自分を守る前に、相手を殺しちゃう前提じゃん」

（ご心配なく。どれほどリアルな体感を伴おうとも、ここは異次元空間ですので。例えばその、ごっつい斧で手足をバラバラにされようが、はたまた銃弾で蜂の巣にされようが、平気の平左。文字通り秒で。すぐに快復します。あなたも含めて誰も彼も、死にやしませんので。はい。ご安心を）

「相手を傷つけたり死なせたりはできない、ってこと？　だったら、なんの意味もないじゃん。こんな大層に、武器を取り揃えてみたところで」

（例えば、未来からやってきた謎の殺戮ロボットに追いかけ回され、ひたすら生命からがら逃げ回る、という内容のＳＦ映画を観たことはありませんか）

「は？」

なんでここで、そんな「映画」なんて変な譬えを持ち出すの？　まさか、こちらの心の裡も四六時中、ずっと読み取られているんじゃ？　とかって、嫌あな気分になる。考え過ぎかもしれないけど。なんか嫌。

（本来は銃なんかで撃退するのが不可能な相手です。なのに主人公たちはそいつを、ただひたすらマシンガンで撃ちまくったり、トラックで轢いてみたりするでしょ。そんな手段で、そいつを殺せないことは判り切っているのに。なぜそんな無駄な行為を延々とくり返すのか？　ひとことで言うなら、それは時間稼ぎです。とどめは刺せずとも、とにかくロボットが一瞬でも怯《ひる》んだ隙に逃げられるようにするための。ね。これらの武器も、それと同じ。この〈ミューステリオンの館〉にて迷惑行為に及ぶ輩だって一時的にせよ、怯ませるくらいはできる。心理的ダメージ効果ってやつです）

くだんのＳＦ映画の殺戮ロボットっていうのは、撃たれたり轢かれたりしても別にそれで心理的に怯むわけじゃないので、譬えとしてはかなり的外れな気もするけど。まあ、そんなことはどうでもいい。

「こんな物騒なモノ。いくら、はいどうぞ、ご自由にお使いくださいな、って用意されたところでさ。あたしたちみたいに、なんの訓練も受けていないド素人に、おいそれと扱えるワケないじゃん」

（あなたたちの存在にまつわる体感がすべて擬似的であるのと同じ理屈で、どれほどリアルであろうとも、しょせんはイマジナリーなアイテムなんです、それらの武器も全部。お判り？　イメージですよ、イメージ。その銃もね、アクション映画のヒーローに成りきる気持ちでいさえすれば、ばっちり。反動の逃がし方がなんたら、マニュアルセイフティの有無がどうたら、マガジンに何発銃弾が残っているか等々。むずかしいことなど、いっさい考えずとも、自由自在に使）

ドンッ。ドスンッと地響きのような音が、ＭＣを遮った。

「えッ？」と反射的にハンドガンをかまえなおし、ドアのほうを向くあたし。

部屋の外が、なにやら尋常ではない雰囲気で、騒がしい。なにごと？　と訝る暇もあらばこそ。

ぎゃあああッと血が凍りそうなほど、けたたましい絶叫が轟《とどろ》いた。

＊

さっきダイニングテーブルで、ボクの隣りに座っていた男、藤縄章介。あのひとって、たしか……どこかで。

いや、もちろん章介さんは美那子叔母さんの夫で。ボクにとっては義理の叔父さんなんだから。いまさら「どこかで見た覚えがあるなあ」もないだろ、って。

変だよね、うん。それはよく判っているんだけど。そういう意味じゃなくって。

章介さんの隣りに座って、この異次元空間に関するMCの説明を聞いているうちに、なんとも奇妙な感覚に囚われてしまったんだ。あれ？　なんだかおかしい、って。

ボクって最近、どこかで章介さんと遭遇したような気がする。いや、身内なんだから、しょっちゅう顔を合わせて当然だろ、とかってツッコミを入れられちゃいそうだけど。そういうことではなくって。

その「どこか」っていうのを、もう少し具体的に思い描いてみる。するとそれは、章介さんとは通常、なかなか出喰わさないはずの場所のようなんだよね、これが。

もっと言うなら、本来そこで遭遇しちゃいけない、みたいな。とにかくなにかが、ひどくまちがっている。そんな不安にかられる。無性に胸騒ぎがする。

そもそもだけど。一応身内とはいえ、章介さんとボクって、滅多に顔を合わせたりしない。普段そんな機会が無いもん。

特別な用事でもない限りボクは叔母さんちへ行ったりしないし、章介さんだって多久家を訪れたりしない。〈スピニッチパイン〉へ彼が冷やかしで遊びにきたりしたことも一度もない。にもかかわらず。

にもかかわらず、章介さんの顔がボクの脳裡《のうり》に刻みつけられているのだ。一九八九年の初々しい高校三年生のそれとは全然ちがう、馴染みのある五十過ぎの、おっさんのほう。それがいま、くっきり頭のなかに。

なぜそれほどまで明瞭に印象に残っているのか。その理由はボクがこの〈ミューステリオンの館〉へ召喚される直前の、元の世界で章介さんと遭遇したから？　うん、多分そうだ。他に考えようがない。

より正確に言うと。ボクが何者かに背中を突き飛ばされて車に轢かれ、生命を落としてしまった、まさにその瞬間。ボクは章介さんの姿を目撃しているんだ、と。ようやくそう思い当たった。

だからこそ彼のイメージがこれほどまでに深く、鮮烈に記憶に刻み込まれている。ただし、車に撥ね飛ばされた衝撃の混乱ゆえか、章介さんを見たのが突き飛ばされる直前だったのか、それとも直後だったのか。そこら辺りはいまいち、はっきりしない。

けれど章介さんがあのとき、現場に居合わせたのはたしかだ。それは……それって、単なる偶然だったのかな？

仮に偶然じゃなかったとして、だけど。ひょっとしてボクを殺したのは、章介さんだったのでは？

なんでそんな疑惑を抱くに至ったか、自分でもよく判らない。だいいち動機は？　章介さんがボクを亡き者にしなければならない理由なんて、およそありそうにない。

例えばこれが、美那子叔母さんを殺すっていうならまだ頷ける。いや、知らないけど、そこは夫婦なんだし。なにか確執とか、いきちがいとか。きっと余人には窺い知れぬ深刻な事情が、いろいろ有るでしょ。

少なくとも義理の姪っ子を亡き者にする、っていうよりは遥かに現実的なはず。ボクを殺したところで章介さんには、なんのメリットも無いんだから。

そう結論づけて、普通ならそこで納得し、忘れちゃうところなんだけど。さきほどMCの説明を聞いているうちに、なんだか妙な考えが浮かんできてしまった。

あれ、ひょっとして？　ホントに、ひょっとして、なんだけど。この異次元空間へみんなを集めた招待主って、ひょっとしてこのボクだったりするの？　って。

例えば、交通事故を装ってボクを殺すなんて、そんなふざけた真似をしたのはどこのどいつだ。それを突き止めとかなきゃ到底、成仏なんかできねえっスわ、って？

なのでボクは、とりあえず容疑者候補になりそうな連中を掻き集め、この〈ミューステリオンの館〉という、犯人捜しの舞台をセッティングした、とか？

たしかに理不尽に生命を奪われたことへの口惜《くや》しさ、そして現世への心残りがボクのなかに、無いわけじゃない。むしろ、めっちゃムカつくし、まだまだ生きていてやりたかったことだって、いっぱい有る。

叶うならばこの手で、犯人のヤツに制裁を加えてやりたい。けれどそれらは、あくまでもこうして実際に死んでしまった後の、いまの心境としては、という話だ。

ファイナル・ウイッシュってシステムは、MCの説明を全面的に受け入れるならば、かなり長期間、文字通り人生を懸けて入念に準備しておかないと実現できない。そういう理解でいいんだよね？　でもさ。

生前の己れの性格を改めて検証してみるまでもない。自分もいつ死んじゃうか判らないんで、ちゃんと最後の願いを用意しとかなきゃ、とかって、そんなの。ボクに限らずフツー、考える？

それにこの場合、普通の死に方じゃなく、何者かに、いつなんどき殺されてもいいように常日頃から備えておくぜ、って理屈になるわけで。そんな極端な発想、よっぽど特殊な環境下で生活していない限り、習慣的に出てきやしませんて。

少なくともボクは、三十数年生きてきて、刑事ドラマ的な身の危険を感じたことは一度もない。なのに、こんな〈ミューステリオンの館〉なんてヘンテコな探偵ごっこの舞台設計につながる素養をボクは、果たして具えていたのだろうか。いや、無いわ。

無いっしょ、どう考えてみても。でも、うーん。でも、なあ。

MCの説明がいち段落すると、やがて他のひとたちは、ぽつぽつ椅子から立ち上がり始めた。スケルトン階段を上がって、それぞれの個室へと引き上げてゆく。

誰が指示したわけでもなく、とりあえず一旦は解散ってことでよろしく、みたいな。なんとなく、そういう阿吽の呼吸で。

ボクはといえば、座ったまま。ダイニングテーブルに頬杖をつき、あれこれぼんやり考え続ける。と、そこへ。

ふいに誰かが、肩に手を置いた。「ん」と顔を上げてみると。

しゅっと鼻筋が通って細面。韓流恋愛ドラマの主演ばりの美青年が傍らに佇んでいる。

じっと思い詰めたような表情で、ボクの顔を覗き込んでくる。

誰だっけ、このひと？　と一瞬、本気で戸惑った。いや。いやいやいやいや、なに言ってんスか。パパじゃん。これ、パパ。

ちょっと正直、のけぞっちゃいました。うわ、やべえ。もう還暦も近い、おっさんのイメージしかない自分の父親が、こんな学生みたいに若々しい姿で、というより青臭い風貌で眼の前に現れるともう、ね。なんと申しましょうか。うわーやっぱ、ここってSF映画よろしくワケの判らん異世界なんだあ、との実感を新たにするばかり。

「あれ？　ひょっとして」

自分の父親の、未だ二十歳そこそこの美貌に思わずうっとりしかけたのをごまかそうとでもしたのか、ボクはなにも深く考えず、こう口走った。「ここへみんなを呼び集めたひとって、ひょっとして、パパ？」

怪訝そうに眉根を寄せられ、慌てた。あ、そうか。いかんいかん。いまボクって、本来の多久エリナの姿ではないんだよね。塩本晴夏、つまりママなんだ。

「あな。ああ。ああな」

あなた、と言いなおそうとして、うまくいかず。口を噤む。えーと。そういやママってパパのこと、なんて呼んでたっけ？

ママは、ボクが小さい頃しか家に居なかったので、はっきりとは憶えていないけれど。少なくとも「あなた」ではなかったような気がする。

「あ、りゅ。龍吾さん。なんだかとっても、えへへ。おひさしぶり」

ママが夫婦生活に於いて、さん付けでパパを呼んでいたかどうかは定かではない。けれど、この異次元空間は一九八九年の設定なんだから、ね。未だ結婚前のおふたりさんが互いに多少は他人行儀でも、さほど不自然じゃないっしょ。きっと。

「ほんとに文字通り、おひさしぶり。この年のあなたは、えと、二十三歳か。そっかあ。こうして改めて見てみると若い頃も、びっくりするくらいの、いい男っぷりね。うふふ。惚れなおしちゃいそう」

パパは困惑気味。ってか、身がまえるような表情で。警戒心とも猜疑心《さいぎしん》ともつかぬ、なんとも不穏な空気が漂う。あれれ？　しまった、かな。ちょっとばかし、くだけ過ぎ、だったかも。

いくら自分の両親とはいえ、ふたりの距離感なんて、つかみようがないっス。「どうしたの。ボ、じゃなくて。あたし、変？」

「いや……」

うっかり油断すると失神してしまいそうになるのを、寸前で踏み留まっているかのように、なんだか息苦しげな表情。「きみは、その……」

気を執りなおすかのように、パパは咳払《せきばら》いした。「きみはいったい、その。いつから、ここへ来たんだ」

「はい？」

「あ。判りにくくて、すまん。つまり、きみは西暦何年の世界から、この異次元空間へと連れてこられたのか、という意味の質問だったんだが」

「何年？　って、そりゃ二〇二三……」

あ、ちがうか。それは、いまママの身体のなかに入っているボク自身の主観だ。でも、ママだって、多分。

この身体のなかのどこかに、いま多少なりともママの自我の成分が含まれるとして、だけど。当然、ボクと同じ時代から連れてこられたんじゃないのかな。

たしかにママは、この二十数年、ずっと行方知れずになっている。ボクが小学五年生のときだったので、二〇〇一年から。夫との不和が原因で、他のオトコと出奔《しゅっぽん》し。爾来《じらい》、音信不通状態。

夫婦の関係に決定的な亀裂が入ったのは、ボクたちが小学四年生だった年の夏休み。二卵性双生児のボクの弟、多久渓登の不慮の事故死がきっかけで。

息子の死は事故なんかではない、と頑として主張したのがママだった。曰く、いっしょに川遊びをしていた同級生の過失が原因だ。いや、それどころか故意かもしれない。渓登は日頃から同じクラスの同級生たちから、じゃれ合いを装ったイジメを受けており、水死はその延長線上での結果だ。言わば息子は殺されたも同然なのだ、と。

そう公に訴えるのみならずママは、具体的に責任を負うべき児童の素性を、自ら特定しようとしたらしい。しかしパパが、ことを荒立てる方針には消極的だったため、やがて夫婦は感情的に対立。家庭内離婚も同然の溝が出来てしまった。

パパか、それともママか。どちらかが家を出てゆくのはもはや時間の問題だ、と子ども心にも覚悟していたことをよく憶えている。結局、出て行ったのはママだった。

国内なのか、それとも海外か。何処でなにをしているかはまったく不明なものの、ともかくママは存命は存命なのだろう、と。いまのいままでボクは、そう信じて疑っていなかったのだが。

「そんな……そんなはず、ないだろ」

パパはかろうじて薄い微笑を浮かべているように見える。けれどその眼は、これまでボクが見たことがないほど冷たく、強張っていた。

「二〇二三？　二〇二三年だって？　そんなはず、あるもんか。だ、だってきみは……きみはわたしがあのとき、この手で。そう。たしかに、この手で……」

そんなパパを遮り、なにやらどたばたと頭上が騒がしくなった。ぎゃあああああッ、と人間の声とは思えない大絶叫が轟く。

びっくりして上階を見上げると、通路の手摺りの向こう側で、まるで中世の騎士の戦闘用みたいな大きな斧を、両腕で振り回す男の姿があった。

男はさらに、前のめりに倒れている誰かの身体を跳び越えて、別の男女ふたりへと襲いかかる。

＊

自分の部屋へ戻る足が無意識に小走りになる。ドアを後ろ手に閉めるのももどかしく、テレビのリモコンに飛びついた。

電源を入れる。九分割された画面上でカーソルを操作し、すぐ隣りの塩本晴夏の部屋を呼び出した。

九分割されていたのが単一画面に切り換わり、この部屋と似たような内装が映し出される。が、無人だ。

誰の姿も見当たらない。コール音だけが虚しく鳴り続ける。どうやら塩本晴夏は未だ自分の部屋へ戻ってはいないようだ。

いますぐに彼女とリモート通話をしたがるやつが他に何人も居るとも思えないが、とにかく焦る。はたして、おいらの見立て通り塩本晴夏のなかには、娘のエリナちゃんの人格が潜んでいるのか？

そう確認できたところで、この異次元空間への招待主の正体の解明に直接つながるかどうかは、現時点で不透明だ。しかし、もしも見立て通り、エリナちゃんがいま母親の姿を借りてこの館に居るのならば、おいらとしてはなにがなんでも、彼女に証言してもらわなければならない。

すなわち、エリナちゃんを背後から突き飛ばして死に至らしめた犯人は決して、おいらではないんだ、という事実を。一分でも、一秒でも早く、美那子に。

もちろん、姪っ子の死を夫の仕業だと美那子がほんとうに疑っているかどうかは、彼女本人に訊いてみないと判らない。でもおそらく、まちがいない。

ただでさえ女子高生時代の彼女のヤンキー系きつめの美貌が醸す迫力は、五十代のそれなど比べものにもならないが。それを割り引いてもなお、あの険しい眼つきに籠められた敵意や憎悪は尋常じゃない。姪っ子の仇を討つためならば、洒落でもなんでもなく、おいらをぶっ殺しかねない。

穿った見方をするならば、それは夫に対する過剰な執着心の裏返しでもあるだろう。いや、自惚れでもなんでもない。美那子は十代の頃からずっと四十年近くにもわたって、おいらにぞっこんなのだ。こちらが他の女たちと幾度となく結婚と離婚をくり返そうとも、昭和女の情念的歌謡曲の歌詞並みな粘り腰でもってついに、おいらと夫婦になった。情熱を超越し、もはや執念である。

だが、それだけに。愛憎表裏一体の化身たる美那子は、存在そのものが純粋に凶器で、危険極まりないのだ。大義名分さえあればいつでも、おいらの寝首を掻くだろう。

可愛い姪っ子を夫が手にかけた、なんざ、まさにもってこい。それはエリナちゃんへの愛情云々の問題ではない。

美那子にとってお題目は、なんでもかまわないのだ。日頃のおいらへの執心のベクトルを、一気に攻撃へと反転させられる、もっともらしい口実さえ揃えれば、いつでもどこでも利用しない選択肢は無い。

むしろ美那子は、己れの破壊衝動を解き放つきっかけをつかむべく、おいらが仁義に悖《もと》る不始末をやらかすのを、手ぐすね引いて待ちかまえている節すらある。いや、これも断じて被害妄想なんかではない。

このまま手をこまねいていたら、おいらはまちがいなく、美那子に八つ裂きにされちまう。誤解をとくべく、なんとしてでもエリナちゃん本人に証言してもらわなければ。

自分を突き飛ばした人物の顔をエリナちゃんが、はっきり目撃していればベストだが、仮に犯人が不明だとしても、少なくとも章介さんじゃなかったよ、と彼女が明言し。い、いや、待てよ。まて待て。

そもそも美那子のやつめ。先ず塩本晴夏の身体のなかにエリナちゃんの人格が入っている、だなんて突拍子もない仮説を、すんなり受け入れてくれるかしら？　う、うーん。どうだろう。命乞いに必死になる余り夫は頭がおかしくなっちゃった、とか憐憫の情を抱かれて終わり、だったりするんじゃ。などと思い悩んでいると。いきなり。

「ぎゃあああああッ」

そんな悲鳴が部屋の外から響いてきて、驚いた。え。え？　なんだいったい。

リモコンをベッドの上に放り出し、廊下へ跳び出した。すると、吹き抜けの空間を挟んで、向かい側の通路。そこで異様な光景が繰り拡げられている。

左斜め向かいに位置する井俣先生の部屋。そのドアの前辺りで、男が幟のようなものをかかえている。いや、それは幟ではなく、どうやら大振りの斧のようだ。

なんとも大時代なその武器をいま、まさに振りかぶらんとしているのは、おいらは今回初対面だが、市野瀬君恵先生のお父上とおぼしき市野瀬勘治という高齢の男だ。

その彼の足もとには、もうひとり。別の男が両膝をつき、尻を突き上げる恰好で、床に倒れ込んでいる。

手摺りの柵の隙間から覗くその姿勢は、しかし前のめりに過ぎて、かたちが不自然だ。どう考えても、例えば頭部が丸ごと床にすっぽり埋まり込んでいたりしない限り、あそこまで全身がきれいな「く」の字には折り曲がらないよなあ、と思……げッ？

三日月を二枚つなぎ合わせたような形状の両刃斧を両腕でかかえた市野瀬勘治は、うおッと獣のように吼える。そのまま突進した。彼と対峙しつつ後ずさりしている土志田茉莉さん、そして鞍留滋理事長めがけて。

その勘治の足が、ボールのようなものを蹴っ飛ばした。ころころっと通路を転がる、その丸っこい物体は、な、なんと。

まさか、あれは。跪《ひざまず》くような姿勢で倒れ込んでいる井俣先生の生首……と察した途端、背筋を冷たい痙攣《けいれん》が貫いた。虫酸《むしず》が走るとはよく言ったもので、まるで肺腑《はいふ》を、細長い線状の生き物に喰い破られたかのよう。

気持ち悪い、なんて感じる余裕もない。そうと意識するよりも早く、おいらは身をふたつ折りにして、黄色く濁る胃液を盛大に吐き散らかしてしまった。

そのあいだにも市野瀬勘治は、「おまえのせいだぞ。おまえらが悪いんだぞ」と怒り狂いながら、巨大な斧を振り回す。

「おまえら、娘の。くそッ。君恵の人生を滅茶苦茶にしおって。赦さんぞ。ゆるさん。絶対に赦さんからな、おまえらだけは。覚悟しろ。死ね」

きゃあああッと土志田茉莉さん、いまにも喉が張り裂けそうな音量で大絶叫。さきほど聞こえてきた悲鳴も、どうやら彼女が上げたものだったようだ。

「はう。ひ。ひッ。ひえええい」

喚き散らしながら鞍留滋理事長、あろうことか、土志田茉莉さんの背後に隠れ、彼女を楯にしながら、「ほ。うほほは。ひょおおおうッ」と、ちょこまか逃げ回る。

「や、やめ。ちょっと理。そんな、なにを。理事長ッ。なにするんですかあッ」

「ご。ぐごがっんすとらでぐるあ。る」

呂律《ろれつ》が回らず完全に意味不明の奇声を発しつつ、鞍留滋理事長は羽交《はが》い締《じ》めにするような恰好で、土志田茉莉さんの背中を、どんッと押した。

「あッ。あああ。いやああああああッ」

いまにも土下座せんばかりに、つんのめった彼女。そのうなじめがけて、市野瀬勘治の斧が容赦なく振り下ろされた。

すぽんッと効果音が入らないのが、むしろ不思議なくらいの呆気なさで。

通路に生首が、もうひとつ、転がる。ころころっと土志田茉莉さんの頭部が、さながら鞠の如く。って、いや。洒落のめしている場合じゃない。

ただ、なにもかもが作りものめいていることもたしかだった。血飛沫《ちしぶき》の上がり方ひとつとっても、如何にも虚構的様式美に則り、それらしく特殊メイクで撮影してますよ、ってな感じで。どぎついことはどぎついけれど、あんまりリアルじゃないな、というか。

などとご託《たく》を並べられるのも、すべて後知恵の所感だからで。そもそもおいらは現実の斬首シーンなんか、見たことないんだから。比べようもないわけなんだが。

「ふ。はう。は。ふはは、ははははッ」

笑い声とも泣き声ともつかぬ、明白な狂気を感じさせる涎混《よだれま》じりの呼気を周囲に撒き散らしながら、鞍留滋理事長は、ずどんッと床が抜けそうな勢いで尻餅をついた。そのまま仰向けに、ひっくり返る。

「たったす。た。たすけ。だったす。だ、だれがだずげどぅ」

背泳ぎの要領で手足をバタつかせ、身を起こした鞍留滋理事長。よたくた亀よろしく四つん這いで、土志田茉莉さんの部屋のドアにかじり付いた。自分のすぐ傍らに転がっていた彼女の生首を、いとも無造作に薙《な》ぎ払《はら》いながら。

「だずげでぐでええだれぐわあああッ」

室内へ逃げ込もうとしてか、必死でドアノブを、がちゃつかせる。が、鍵が掛かっている。開かない。

わあッと自棄糞《やけくそ》気味に叫んで、背中をドアにへばりつかせ、振り返った。その鞍留滋理事長の顔面へ、斧の刃が飛んでくる。

間一髪。横っ飛びに避けた空白部分に、ぐっさり刃先が叩き込まれた。めきめきッと軋《きし》む音をたて、ドアが破壊される。

その残骸が刃先を呑み込んでいる隙に、体勢を立てなおした鞍留滋理事長。ガニ股気味に、すたこらさっさと逃げ……え。こらッ。ちょ、ちょっと待て。

逃げてくるよ、おい。あの爺さん、こっちのほうへ。

通路をぐるりと回り込んだ鞍留滋理事長、躊躇うことなく、おいらが立っているところへ。うわッ。く、来るな。ばかやろおッ。こっちへ来るんじゃねえよッ。

すっかり身が竦み、いたずらに地団駄を踏むばかりで、その場から動けなくなってしまったおいらに向かって、「ひゃややややッん」と甲高い奇声を上げる鞍留滋理事長が、むしゃぶりついてきた。

団子状態になり、そのまま大きく体勢を崩す。そして、ふたりいっしょに。

どすーん、と。市野瀬君恵先生の部屋のドアと、おいらの部屋のドアの中間辺りの通路の壁に激突。

側頭部を直撃し、眼を回しているおいらに鞍留滋理事長、しつこくしつこく、しがみついてくる。わ。ばか。この。

「ひゃ。ひゃめろお」

やめろ。離れろってば。このクソ爺いが。このままだとあの斧で、おいらもまとめて、ぶった斬られちまうじゃないかよ。くそ。離れろってばよおッ。

無我夢中で、鞍留滋理事長の胸板を突き飛ばした。すると彼はそのまま背中から、斧をかまえなおそうとしていた市野瀬勘治の腹部へと倒れ込む。その勢いで。

襲う男と逃げ回る男、ふたり仲よく、もんどり打って。派手に手摺りへ体当たり。ぎしぎしぎしッと地震のような振動とともに、ピキンッと。木材の裂ける音が、吹き抜けの高い天井に木霊《こだま》した。

破壊された柵の残骸もろとも、鞍留滋理事長と市野瀬勘治は互いにもつれ合いながら、階下のダイニングホールめがけて落下してゆく。尾を曳く怒号。そして絶叫。

雷鳴のような轟音。ふたりの男、プラス両刃斧の重量に堪えかねたダイニングテーブルが破砕されたようだったが、眼下を確認している余裕がおいらには無い。

この場から、なるべく遠ざからなければ、という衝動に身体が反応したのか、闇雲に踵《きびす》を返した、その刹那。ぱちっ……と。

彼女と眼が合った。市野瀬君恵先生だ、と認識する暇もあらばこそ。

虫獲り網みたいに彼女が両手で突き出してきたのは、日本刀の切っ先。それがおいらの左の眼球を、ざっくり抉った。そのまま頭蓋骨の後頭部分まで貫通する。

ぶっしゃあああ、と鮮血と脳漿《のうしょう》が、左の眼窩《がんか》からシャワーの放水の如く噴き上がる感覚とともに。おいらの。お、おいらの。

残った右眼の視界へ床が。石でも投げつけられるかのように、がッと迫ってきて。

＊

あいつは、そうだ、やっぱりあいつは、あのときの男だ……と。おれはようやく、はっきりと憶い出した。

ダイニングテーブルの向かい側の、右斜め前の席に座っている、塩本晴夏という女性。おれはここ、〈ミューステリオンの館〉で初めて会う。

彼女のもとへ歩み寄って、その肩に手を置き、話しかける男。ふたりの会話の詳しい内容まではこちらの席へ聞こえてこないが、その真剣な面持ちからして塩本晴夏と彼とは、かなり親密な間柄のようだ。

多久龍吾、か。苗字と年齢から察するに、どうやら昔〈広富学園〉で教え子だった、多久美那子の兄らしい。さきほどその多久美那子が、上階の自分の部屋へ引き上げる際、言葉は交わさなかったものの、なにやら彼と会釈《えしゃく》し合うような素振りを見せたので、身内なのは多分まちがいあるまい。

この男も今回おれは初対面だ、と思っていた。実際、多久龍吾という名前を聞いたのもこれが初めてで、その点に関してはまちがいないはず、なのだが。

この男、見覚えがある……そんな気がしてならず、ずっと考えていた。多久龍吾か。多久龍吾。はて、誰だっけ、と。

どうも名前そのものには心当たりが無い。が、考えているうちに、漠然とながら、変な不安にかられてくる。これは知らぬが仏というか、うっかり憶い出したりしないほうが身のためな案件じゃないか？　と。

そういえば、こいつって。二度と顔を合わせちゃいけない、マジでヤバい系のやつじゃなかったっけ？　と徐々にそんな確信が深まってきて、胸騒ぎがしていたら、ふいに憶い出してしまったのだ。

そうか、あいつは。あのとき、〈スピニッチパイン〉で声をかけてきた男だ。あれは、いまから三年前の。

いや、時系列が出鱈目《でたらめ》なこの状況下では、いまから十一年後、と言うほうが正確か。ともかく、そう。西暦二〇〇〇年の出来事だった。はっきり憶い出した。

その年がなぜ印象的だったか、というと。それは二十世紀最後の年に大規模なコンピュータ誤作動が起こるのではないか、と世界中を不安にさせたＹ２Ｋ、いわゆる二〇〇〇年問題が絡んでいるからだ。

おれの父親もご多分に洩れず、日常生活への深刻な打撃と影響にしっかり備えておかなければと、やたら心配したクチだ。対策として自家発電機やミネラルウォーターを大量に買い込むなど、大騒ぎ。

結果的に、懸念されていたような事態は回避されたのだから、そんな父親の愚直さを、おれもいちいち、あげつらうべきではなかった。他の親族たちと同じように、実働の機会も無く単なるオブジェと化した非常用備品も含め、すべてを笑い話のネタとして丸くおさめておけば、それでよかったのだ。

だが、あいにくと、そんな心の余裕が当時まったく無かったおれは、真剣に父親を悪しざまに罵ってしまう。

曰く、心配無用だから無駄な出費はするなと、あれほど口を酸っぱくして注意していたのに。なんてざまだよ。そんなガラクタを買い揃えるくらいなら、息子のおれにくれたほうが、よっぽど有効活用できたぞ。三十代半ばを過ぎての実家住まいにもいい加減、飽きあきだし、独り暮らしのための敷金にでも回してもらいたかったぜ、云々。

そんな小言と愚痴をおれが執拗にくどくど垂れるものだから、ついには父子断絶寸前の大喧嘩にまで発展する。我ながらおとなげないし、くだらない。しかもそんな家庭内の険《けん》悪《あく》な空気が、同年の冬頃まで延々と引きずられたのだから処置なしだ。

この頃のおれはアイデンティティ・クライシスというのか、とにかく精神状態がよろしくなかった。来る日も来る日も、生意気で思春期特有の無軌道な中学生や高校生たちの尻拭いに明け暮れる教職という立場に、とことん嫌気がさしていたのだ。

なにかきっかけさえあれば一気に暴発し、人生を棄ててかかるような愚行に走りかねない。そんな危機的で破滅願望的な、鬱々とした日々に倦《う》み切っていた。

教師なんて仕事、さっさと辞めておけばよかった。実際、これより遡ること十年ほど前になるが、絶好の転職のチャンスだって有ったのに。みすみすそれを、ふいにしてしまった已れが腹立たしい。

昭和から平成へと、元号が変わったばかりの一九八九年の春頃。地元のＩＴ関連会社でシスオペだった知人が、独立して起業するんだが、いっしょにやらないか、と声をかけてきてくれたのだ。なのに、おれはその誘いを断ってしまう。それはひとえに、土志田茉莉への未練ゆえ。

茉莉が井俣広輝と結婚することはすでに、この頃にはほぼ既定路線として周知公認されていた。にもかかわらず、なのだから。我ながら愚かにもほどがある。

いまとなっては如何なる具体的根拠に頼っての固執だったのか、自分でもまったく不明だが、とにかく〈広富学園〉に居座ってさえいれば、最後の最後で奇蹟の逆転劇もあり得るのではないか、などと。そんな埒も無い妄念に囚われていたのだ、おれは。そもそもなにをもってして奇蹟の逆転だと判断するかも曖昧だったのに。理性が崩壊し、ただ煩悩によって制御不能に陥る已れの醜態。げに恐ろしき哉である。

そんなおれも、茉莉が男の子を出産したと聞き及ぶに至り、さすがに現実を直視せざるを得なくなった。おまけに結婚した途端、彼女は夫ともども、さっさと〈広富学園〉を辞めてしまう。

なにを期待して、ぐずついていたんだ、おれは。阿呆なのか。あーもう、こんなクソみたいな職場、さっさと辞めてやらあ、と。ようやく決意したはいいが、その頃すでに起業していた当該知人とは些細なトラブルで仲たがいし、転職の道も絶たれてしまう。

はっと気がついてみれば、そこから早くも十年という無為な歳月が経過してしまい。未だに実家暮らしのうえ、忌まわしい想い出しか無い〈広富学園〉という職場に、しがみついたままの自分が居る。

なんて愚かなんだ、おれは。あんな女への未練のために、せっかくの人生の好機を棒に振ってしまうなんて。ほんとにどうしようもない、大馬鹿者。いや。

いや、ちがう。おれは馬鹿じゃないし、茉莉だって、すばらしい女だ。なのに、なにもかもが全然うまくいかなかった。それは井俣広輝のせいだ。あいつが悪いんだ。

鞍留滋理事長の謎の引き立てが無ければ秒で野垂れ死ぬような、無能が服を着て歩いている人間のくせに。茉莉とのあいだに子どもまでもうけておきながら、彼女とはたった一年余りで、さっさと離婚しやがるとは。

赦せん。なんなんだ、あの男。身のほど知らず、なんてレベルじゃない。存在そのものが罪悪な有害物件だ。

あいつさえ居なければ、おれの人生は順風満帆で、茉莉とも晴れて結ばれ、幸福になれていたはずなのに。そうなのだ。ほんとに、あいつさえ……くそッ。

井俣広輝さえ居なければ、と。いつしか彼に対する殺意が澱のように、おれのなかで醸成されてゆく。

二〇〇〇年問題とか、しょうもないネタで父親に絡んだりしたのも、積もりに積もった鬱屈の捌《は》け口《ぐち》だったのだ。そんなある日。地元では老舗《しにせ》として有名なナイトラウンジに、おれは足を踏み入れる。

職場の部署別の忘年会という口実で連日、飲み歩いていた師走の折。その日も、三次会だか四次会を回った後の、ほんのちょっとした気まぐれだった。

普段から一旦飲み始めるとなかなか切り上げられない質のおれは、その夜もかなりしつこいハシゴ酒で、繁華街の店から店へと渡り歩き、新規開拓に励んでいた。他の同僚たちにはかなり早い段階で見棄てられ、独りになっていたがそれでも、いじましく。

どうせなら普段は敷居の高そうな店を試してやろう、と入ってみたのが〈スピニッチパイン〉だった。かなり泥酔していて、その前後の経緯はあまりよく憶えていない。ただ、その店がゲイバーだと勘ちがいしていたおれは、どれほど奇を衒《てら》った内装や雰囲気なんだろうか、と些か偏ったイメージを抱いていたため、実際はごく普通のバーラウンジの趣きだったのが印象に残っている。

加えて、接客してくれた従業員。髪形やメイクなどはこれ以上ないくらいフェミニンな見た目なのに、語りかけてくる声音がなんとも渋いテノール。女装とは、甲高い裏声での喋り方も込みだとばかり思い込んでいたが、これもまた偏見だったらしい。一見オトコの地金《じがね》丸出しのようでいて、華やかな女っぽさを失わないそのたたずまいに、おれの舌も自然にほぐされてしまう。

　正確な年齢などは不明だが、トーク術や包容力に長けたベテラン従業員だったのか。ともかく、その心地よい接客ぶりに乗せられる恰好でおれは、うかうかと「コイツだけは赦せねえ、殺してやりてえ、って思うヤツが、ね。ひとりくらいは誰にでも、ね。居るもんだよね。ね？」と、なんとも危うい秘密の本音を垂れ流し始めたのだ。

「そう。そうなんだよ。別におれだけが特別ってわけじゃなくて。みんなそう。うん。みなそうなんだから。もっと早く、アイツを殺しちまえばよかったんだわ。って。まあでもねえ。言うは易くだけど、そんな大それたこと、おいそれとは実行できませんやね。だからヤツはますます野放しで。図に乗りやがってよう。ますますこちとら不愉快で不幸になるいっぽうとくる。ちくしょうめ。うん。だからやっぱり、いまからでも始末しちまったほうがいいんだ、あんな野郎は。うん。でもなあ。やっぱりなあ。おいそれとは、やれねえんだよなあ。うん。できないできない。少なくとも自分ではね。あーあ。世のなかには、いろんな種類の代行業があるんだからさ。こういう汚れ仕事も誰か、代わりにやってくんねえもんかなあ。なーんつってね」

　もちろん、この話題にばかり終始していたわけではなく、他にもとりとめのない雑談にだらだら興じていたはずだが、詳細は憶えていない。はっと気がつくと、くだんの話術の巧みな従業員は席を外しており。

　入れ替わるようにして、おれの眼の前に居た人物こそ、あの男だったのだ。

白皙《はくせき》の美青年というベタな形容がぴったりで。それでいて、どこかしら老成したような独特の雰囲気。先刻のＭＣの紹介によれば、多久龍吾は一九六六年生まれだというから、おれよりもふたつ下で。この当時、三十四歳だったことになるが。

「ん。あれ？　えーと、あんたは」

「失礼。ちょっとだけ、お邪魔させてもらっています」

「お店の方？　じゃないよね」

「客です。あなたと同じく。わたしも、このお店は初めてで」

「あ、そ。んで。どなたさん？」

「名乗らないことにしませんか。お互いに、ね。あくまでも見ず知らずの、ゆきずりの関係のままで」

間を置いて男は、こう続けた。「そうしておいたほうが、きっと、あなたのお役にも立てますよ」

「なんの話かな」

「このわたしで、ひとつ如何でしょうか。という、ご提案でして」

「は？　あ。い、いやいやいや」

おれが掌をぶんぶん左右に振ってみせたのは、場面が場面だけに、性的なお誘いかと勘ちがいしたからだ。「まにあってる。うん。まにあってますんで」

「さっき、おっしゃっていたでしょ。誰か代わりにやってくれないか、と」

「代わりに。って。え。きみは」

おれは無意識に声を低めた。「なんの話をしていたか、ちゃんと了解のうえで、言ってんのかな、それは」

「もちろん。邪魔者をこの世から消し去ってやりたい、というお話ですよね。おっと、ご心配なく」

慌てず騒がず、鷹揚に。「全然、ふざけちゃいない。本気です。本気も本気。その証拠に、タダでとは言いません。成功のあかつきにはあなたから、きっちり報酬をいただく。いや、ちがいますよ。お金じゃありません。お金ではなく、それ相応の対価、という意味です。判るでしょ？」

なんだそりゃ。身体で払え、とでも？　そう混ぜ返そうとして、思い留まったのは、明らかにおれが男のペースに巻き込まれていたからだろう。

「あなたの邪魔者を、わたしが消してさしあげます。その代わり、こちらの邪魔者は、あなたに始末してもらう。ね？」

「交換殺人……ってか」

そんな単語を以前、テレビの刑事ドラマかなにかで耳にしたことがある。

「そのとおり。話が早くて、たいへんけっこう。もちろん、この手法のメリットについても、よくご存じですよね」

殺人という犯罪に伴う最大のリスクは、その動機だ。例えば、仮に井俣広輝が不審死を遂げたりした場合、土志田茉莉なる女性を巡って、彼女に傍惚れしていたとされる福森孝吉という男の名前が、捜査線上に浮かぶ可能性は充分ある。

だが、井俣殺害は代理人に実行してもらえば、おれは犯行日時に金城鉄壁《きんじょうてっぺき》のアリバイを確実に用意しておける。それこそが最大級のメリットだ。ただし、晴れて当方が無罪放免となった時点で、すべての工程が終了してくれるのであれば、との注釈が付く。

至極あたりまえの話だが、交換殺人なんだから、その後、おれの当番が回ってくる。こちらのアリバイを確保してくれた協力者に代わって、今度はおれのほうが殺人を犯さなきゃならなくなるのだ。

「あいにくだね。そんなもの、メリットでもなんでもない。たしかに言ったよ、うん。言いました。誰か代わりにやってくんねえか、って。でもさ、その見返りが同じくらい重い負担になっちゃ、なんの意味もない。そうでしょ。そもそもね、自分の手を汚すこと自体が嫌なんだ。お判り？　望んでいるのは、あくまでも代行であって、等価交換なんかじゃないんだよ。悪いけど」

「たしかに。そちらの負担を、ゼロにするのは無理かもしれません」

男は喰い下がってきた。「でも、軽減することは、できるんじゃないかなあ」

なにを阿呆なことを言ってやがるんだ、こいつ。ひとを殺すのに軽いも重いもあるか、と内心せせら笑っていると。

「例えば、あなたの邪魔者が屈強な成人男性だとしましょう。いっぽう、わたしのターゲットは比較的、取り扱いやすい年少者だとしたら？　どうです。やることは同じでも、多少は楽なんじゃありませんか。その分、メリットと言えるのでは？」

取り扱いやすい年少者、だの。多少は楽、だのといった言葉が、ざらつくように、かつ禍々しく耳朶《じだ》に残った。神経に直接、ぎしょぎしょヤスリをかけられるかのような、これまで味わったことのない種類の生理的嫌悪感が込み上げ、背筋に悪寒が走る。酔いが一気に醒めた。

まさか、こいつ。おれが何者なのかを知っていて、近づいてきたのか？　亡き者にしてやりたいと切望する邪魔者が、かつての同僚の井俣広輝であることも含めて？

「し、失礼。急用を憶い出したんで」

うまく取り繕う余裕も無い。どたばたと大慌てで会計を済ませたおれは、逃げるようにして〈スピニッチパイン〉を後にした。

やばい……やばいんじゃないかこれ？　なんなんだ、あいつ。こちらは一度も、最初に接客してくれた従業員も含めて、誰にも名乗っていないはずなのに。

自宅へと急ぎながら、アルコールで濁った頭のなかの記憶を必死で掘り返す。先ず、あの店へ行ったのは今夜が初めてだ。まちがいない。あの男にだって、これまで一度も会ったことはないし、どこのなにさまなのかも知らない。

あいつのほうだって、おれの素性なんざ知りようがあるもんか。つまり、言うところの当方の邪魔者が「成人男性」だなんて断定できる道理が無い以上、あれは単なるハッタリか、もしくは、仮にそうなのであれば、という譬え話だと解するべきだろう。

どう考えてみても、あいつとおれとのあいだには接点なんか、なにも無い……とばかり思い込んでいた。ほんとに。ほんの、ついさっきまで。ところが。

なんと、こんなつながりが有ったとは。男の名前は多久龍吾。かつての〈広富学園〉での教え子、多久美那子の身内で、年齢からして彼女の兄だろう、と思われる。

いまダイニングホールで塩本晴夏に話しかけている多久龍吾は二十三歳。この十一年後に〈スピニッチパイン〉で、おれと遭遇するわけだが。シャープな面差しはあのときと、ほとんど変わらない。まちがいなく、交換殺人を提案してきた、あの男だ。彼が多久美那子の身内だったとは。いや、しかし。

たしかに同じ〈広富学園〉でおれは教師、多久美那子は生徒という関係だったが、それって接点と呼べるほどのものなのか？　彼女と個人的に親しかった、もしくはなんらかの因縁が有った、とかなら、まだ判るが。どうもそんな覚えはない。

多久美那子と言葉を交わしたことくらいはあるが、授業に関する質問とかその程度。彼女は校内ではひと際めだつ、有名な女子生徒だったので、むしろおれのほうが遠くから、ある種の憧憬をもって眺めていた、というのが実情に近い。

さきほどＭＣの説明がいち段落するなり、美那子は席を立った。多久龍吾のほうへ会釈するような素振りを見せたものの、そこで立ち止まることなく、さっさとスケルトン階段を上がってゆく。

首を後方へ捩《ね》じって肩越しにその背中を見るともなしに追っていると、彼女は足早に自分の部屋のドアを開け、姿を消した。

美那子のみならず、やはり〈広富学園〉で生徒だった藤縄章介をはじめ、他の招待客たちも次々と上階の自室へ引き上げてゆく。そんななかテーブルの隅っこの席で、じっと動かない女が、ひとり。

塩本晴夏。彼女にゆったりと歩み寄った多久龍吾。ふたりの様子を盗み見ながら、〈スピニッチパイン〉での一件を憶い出したおれだったが、それと同時に。

ふと妙な疑念に囚われた。ひょっとして多久龍吾こそが、この奇妙奇天烈なパーティーの招待主なんじゃないか？ と。

一旦そう思いついて考えれば考えるほど、当たっているような気がしてくる。なんとなれば彼は、妹とおぼしき多久美那子を介して〈広富学園〉と接点があるわけだ。

その点で先ず、おれや鞍留滋理事長、井俣広輝に市野瀬君恵、そして土志田茉莉と、学校の教職員ばかりがずらりと揃えられているのも合点がいく。生徒も、多久美那子に藤縄章介と、男子女子ひとりずつ。

お局おイチこと市野瀬女史と苗字が同じで顔だちもよく似ている市野瀬勘治は、彼女の父親かなにかで、とにかく身内だろうから、少なくとも無関係ではあるまい。

塩本晴夏だけは何者なのか、まったく見当がつかないが。多久龍吾がわざわざ近寄ってゆき、なにか話しかけている様子からして、彼の関係者であることは明らかだ。

これにより、直接的にか間接的にかはともかく、召喚された十人全員に接点の有ることが、はっきりした。そして、その中心的存在こそが多久龍吾であることもまた、ほぼまちがいないと思われる。

問題は彼が、おれたちをこんな奇妙な異世界へ招集した目的だが。さて。ファイナル・ウイッシュの具体的な内容を探る以前に、そもそも多久龍吾なる男のいまわの際の求めに応じて、他の八人はともかく、なんでこのおれまでもが呼びつけられなきゃならんのか。それがさっぱり見当……ずんッ。

ずずんッ。ん？

なにやら頭上から、どたばたと鈍い騒音が降ってくる。誰かが上階の通路を、小走りに駈け抜けている様子。

怒号だろうか、音量は大きいものの、スピーカーのハウリング並みの雑音も同然で、内容をうまく聞き取れない男や女の声。それに続き、ドンッ。ドドンッ。

ドタンッ。ひと際、激しい衝撃が降ってきたかと思うや、「ぎゃあああああッ」と耳をつんざく悲鳴が轟きわたった。

え。え？　と困惑する暇もない。さらに、どたんばたんと、けたたましい騒音。立ち上がって吹き抜けを見上げると、上階の通路で男が、なにやら珍妙なかたちの旗にも見える斧を振り回している。

そして、もうひとり別の男を追いかけ回している。追っているのが市野瀬勘治。追われているのが鞍留滋理事長。

「たッ。たす。たすけ。だ。だれが。だれぐわだずげどぅえ」

奇声を上げる鞍留滋理事長、奥の部屋へ逃げ込みたそうだが、そぅは問屋が卸さない。へばり付くそのドアへ、鞍留滋理事長の背後から、市野瀬勘治が三日月の形状の特大の斧を叩き込む。扉が、めきめきめきッと破砕される音が、吹き抜けを上下に貫く振動と化して響きわたった。

間一髪で避けた鞍留滋理事長。だが、彼の前方で狼狽している藤縄章介に阻まれる恰好で、押し戻される。そのままのけぞるようにして、ちょうどそこへ襲いかかってきた市野瀬勘治に背面から衝突。

団子状態になった男ふたりの重量と勢いに通路の手摺りは堪えきれず。バッキーン、と派手に粉砕される。大砲から射出された砲弾さながら、木材の残骸を撒き散らしつつ、市野瀬勘治と鞍留滋理事長は高々と、空中へ放り出された。

瀑布《ばくふ》の奔流が如く、けたたましく男ふたりが落下したのは、多久龍吾と塩本晴夏のすぐ近くだった。そこを起点にダイニングテーブルが、あえなく、へし折られる。

衝撃で天板全体が宙へ跳ね上がった。大きなサイズのテーブルのその縁《へり》が、男ふたりの落下地点からかなり距離があったはずのおれにも当たりそうになる。

海老《えび》反《ぞ》るような体勢で、かろうじて避けたが。そのまま尻餅をつく恰好で、おれは床へ転倒。後頭部を壁に、したたか打ちつけ、眼が回った。

遠のきかけた意識は、男の絶叫で引き戻された。上階の通路。視線を上げると、金棒を持った鬼を想起させる人物が、誰かに襲いかかっているのが見て取れた。

それはお局おイチで、なんと彼女は、日本刀らしきモノで、藤縄章介の顔面を突き刺しているではないか。しかし、こちとら驚愕も戦慄も、する暇が無い。

階下の、おれのすぐ眼の前でも、別口の阿鼻叫喚《あびきょうかん》が渦巻いていた。

転落の衝撃にもめげず、決して手放さなかった両刃の斧を市野瀬勘治は、かまえなおした。大きく振りかぶり、斬りかかる。

しかし、テーブルの残骸から跳ね起きた際に、方向を見誤ってしまったのだろうか。市野瀬勘治の眼の前に居たのは、追いかけていたはずの鞍留滋理事長ではなかった。

顔面を、乾竹割《からたけわ》りの要領で西瓜《すいか》よろしく斧で叩き切られたのは、塩本晴夏だった。市野瀬勘治は、すぐに彼女から斧を引き抜こうとする。だが、千切れた肉だか骨だかに刃が、強く挟み込まれてしまったらしい。

万歳のようなポーズで、両腕で斧を引っ張りあげようとする市野瀬勘治。その動きに合わせて、頭部が斧と一体化している塩本晴夏は、空中へ身体ごと吊り上げられた。そのままヘリコプターのローターもかくやと振り回される。細い手脚がそれぞれ勝手な方向へ向けて痙攣し、操り人形さながら跳ね回る。いまにも四肢がバラバラに千切れそうだ。

そんな彼女を蹴り飛ばし、斧を引き抜こうと悪戦苦闘する市野瀬勘治。そこへ、テーブル破壊の衝撃で仰向けに転倒していた多久龍吾が起き上がってきた。市野瀬勘治につかみかかる。そのとき。パンッ。

いきなりパンッ。パンッパンッパンッ。立て続けにバックファイアのような破裂音。いや、これは銃声か。え。銃声？

その二発目だか三発目が、市野瀬勘治の側頭部に命中したらしい。まるで塗料を染み込ませた筆をいっ閃したかのように、宙に真っ赤な線が刷かれるや、彼の禿頭は割れた西瓜が如く吹っ飛んだ。

倒れ込んでくる市野瀬勘治の身体を避けようとする多久龍吾。だが自身も、どこかに被弾したようだ。和紙の上にぶち撒けられた墨痕《ぼっこん》さながらの血の霧を宙に飛散させるや、再び仰向けに倒れた。

その間、鞍留滋理事長は四つん這いで、テーブルの残骸を掻き分けて、おっと？　おれのほうへ突進してくるではないか。見たこともない悽愴苛烈《せいそうかれつ》な形相で。

おそらくは助けを求めているのであろうと思われる、聞き取り不能な叫び声を迸《ほとばし》らせながら。いっぽう、タックルされそうになる寸前、おれは、ぱっと横っ飛び。

しかし、こちらが反射的に身を躱《かわ》すまでもなく。足を滑らせでもしたのか、鞍留滋理事長は前のめりに転んだ。

爺さんの姿が視界の下方へ消えた、と思った、その刹那。

女と眼が合った。お局おイチだ。上階の通路で藤縄章介を血祭りに上げるや否や、速攻でスケルトン階段を駈け降りてきたらしい、と察するよりも早く、白刃一閃《はくじんいっせん》。

ずるッ、ずるりん。と視界が……視界が斜め横に、ずり落ちてゆく。

おれの頭部の上半分が、まるでスプーンで掬ったプリンよろしく、ざっくりと。日本刀で削ぎ落とされて。

＊

「な。なな、ななな？」

なんじゃこりゃあッ、と叫びそうになった口を慌てて両掌《りょうて》で覆った。右手に持っていたマグナムなんちゃらピストルの銃身が、こつんと眉間に当たる。痛かったけれど、それどころじゃない。

部屋から出たあたしの眼に飛び込んできたのは、通路で四つん這いになり、まるで穴掘り中の犬みたく、両手で床を引っ掻きまくっている男の姿だった。

しかもその男の肩から上には、有るべきはずの頭部が無い、とくる。

首が、げッ。無いのだ。首が無いッ。

「お。おおお、お。たった、たく。おおおおい、多久さあああん」

そんな呻き声が足もとから聞こえる。あ、ヤバい。これって、声につられて振り返っちゃ絶対ダメな、後悔するやつだ、と察知した瞬間。あたしは見てしまった。

転がったサッカーボールよろしく横倒しになった、ふたつの眼と鼻。そして口が、こちらを向いていて、なにかを必死で訴えかけてくる。それは。そ、それは。

井俣広輝先生だ。井俣先生の生首だけが、そこに。床の上に、ころんと。

きゃあああッと自分では悲鳴を上げた、つもりだったが。実際には、空気の塊りが肺から喉へと詰まって、胸が焼けつくかのように痛んだだけ。

「た、多久さん。頼む。わた。私を。これ、私の頭を元へ。早く」

「へ。え。えええええッ？」

「だからこれ。これだよ。私を」

「嫌。いやいやいや。な、なんて？」

「私を元に。元に戻してくれええええッ」

そこでようやく、首の無い男の胴体がわざわざ床に這いつくばって、なにをしようとしているのかを、あたしは理解した。斬り落とされた自分の頭部を、元の箇所に嵌めなおそうと躍起になっているのだ。

だけど視覚が、四肢の本体から切り離されているためか、距離感が狂ってしまう。思うように両手を操れず、なかなか首を持ち上げられないでいる、というわけ。

って。いや、待ってよ。ちょっと待って。だからって、あたしに？　あたしが代わりにこの生首を拾え、って？　そして外れた箇所へ元通りに戻せ、と。まさか、そう言ってんの？　じょ、冗談じゃ。

「な、なんとか。お願いだ。なんとかしてくれ、多久さん。早く」

あのね、井俣先生。そんな、土砂降りの雨のなかで打ちひしがれる仔犬かなにか気どりの潤んだ瞳で哀願してみせたって、無駄ですから。あたしはやりません。そんな気持ち悪いこと、絶対に。と、ことさらに冷たく突き放すように顔を背けてやった。すると。

井俣先生から少し離れたところで、床に中腰になっている女性と、ばっちり眼が合う。事務員の土志田茉莉さんだ。

彼女は両手を自分のこめかみ辺りに当て、フルフェイスのヘルメットをサイズが合わないのにむりやり被ってやろう、と奮闘しているかのようにも見える。実際には、井俣先生と同様に斬り落とされた自分の首を、気丈にも自らの手で、元の位置に嵌めなおしているところらしい。

「ほ、ほら。井俣先生、見て。見てくださいよ、土志田さんを。ほらほらあ、どうです。ちゃんとご自分でやってるじゃないっスか。ね。やればできるんだから。おとななんだから、もう。甘えないで。奥さまを、じゃなくって、奥さまになる予定の方を、井俣先生も見習って。自分で」

なんとかしてくださいよ、と最後まで言い終えることができない。向かい側の通路からは、それまでにも吹き抜けを挟んで随時、けっこうな大騒動の様子が伝わってきていたのだが。ひと際、耳をつんざく、バキンッ。

近距離で特大花火が鳴ったような衝撃波。館全体の空気が、びりびり震えた。えっ、と反射的にそちらへ眼を向けると。

鞍留滋理事長と、大振りの斧を持った市野瀬勘治という高齢の男が、互いにもつれ合うように団子状態になって、手摺りを直撃。ばっきばきに粉砕された木材の破片が、蜘蛛《くも》の子を散らすが如く放射状に宙を舞う。

高くたかく、空中へ投げ出された男ふたりは、そのまま階下のダイニングホールへと真っ逆さまに転落。お煎餅が割られるみたいにダイニングテーブルがバラバラに砕け散る。その大音響が、あたしや他のひとたちの悲鳴と喚声を掻き消した。

転がるビヤ樽も顔負けにバウンドし、すばやく体勢を立てなおした鞍留滋理事長は、落下のダメージをまったく感じさせず。テーブルの残骸を蹴散らした。

そんな彼に追いすがろうとしてか、転落の衝撃にもめげずに手放さなかった斧を、かまえなおした市野瀬勘治だったが。刃を大きく振り上げた方向が、まるで逆。

不運にもそこに居たのは、この時代、未だ兄の多久龍吾とは結婚していない、塩本晴夏さんで……ずんッ。地響きを起こすインパクトとともに彼女は、西瓜のように頭部を真っぷたつに割られてしまった。

ショックの余り上げたあたしの悲鳴は、我ながらヒステリックな哄笑《こうしょう》にしか聞こえず。虚構の映像のなかの役者に、などではなく、実在の身近なひとに襲いかかるゴアシーンの連続に、頭のなかのどこかで緩んだ理性の螺子《ねじ》がいまにも外れそうになっているのが、はっきり感じられた。

こうしちゃいられない。こうしちゃいられないぞ。晴夏さんのすぐ横に、龍吾が居るのだ。兄にもスプラッタな危機が迫っている、と焦ったあたしは、手摺り越しに身を乗り出した。マグナムなんちゃらピストルを両手でかまえて。

引き金。無意識に眼を瞑る。パンッ。パンッパパンパン、パンッ。階下へ向けて、立て続けにトリガーを引いた。

な、なにやってるんだあたしは。標的を見ないで撃って、どうする。ところが、ところが。眼を開けてみて、あらま、びっくり。ただ闇雲に撃ちまくっただけなのに、なんと、まぐれで命中したようで。

無造作に、赤い果実がもがれるが如く頭部を吹っ飛ばされた市野瀬勘治。その両手が、ずるずると斧の柄から滑り、外れた。

ぐらり、と彼の全身が、よろけて。顔面に斧の刃がめり込んだままの晴夏さんのほうへと倒れ込む。ところが、ところが。

嗚呼、なんということでしょう。あたしが放った銃弾は、兄の龍吾にも、しっかりと命中しちゃってる模様。わわッ、やば。慌ててスケルトン階段を駈け降りた。ごめん。ごめんよ、龍吾。

もちろん、よく考えてみれば晴夏さんも市野瀬勘治も、それから兄の龍吾も、みんな生命に別状はないはず。たとえ視覚や痛覚などの五感に訴えかけてくる外的刺戟が、どれほど真に迫ってリアルであろうとも、ここはなにしろ天下御免の異次元空間、〈ミューステリオンの館〉でございましてな。

現にああして、首を斬り落とされた井俣先生や土志田さんですら、へっちゃらなんだから。吹き抜けを挟んだ向こう側の通路では、章介が日本刀で市野瀬君恵先生に眼球を串刺しにされてるけど、なに、こちらもきっと、だいじょうぶだいじょうぶ。

そう判ってはいるのに、気が急いてしまったあたしは走るのを止められない。

ふと向かい側のスケルトン階段を見ると、市野瀬君恵先生も駈け降りてきている。もどかしげに途中でジャンプするや、ダイニングホールの床へ降り立った彼女は、改めて日本刀を振り回し。

鞍留滋理事長に、背後から襲いかかった。が、すてんッ。標的である彼が前のめりに、すっ転んでしまったため。

勢いよく突き出された日本刀の切っ先は、鞍留滋理事長の頭上の虚空を切った。そしてそのまま、彼とお見合い寸前で衝突しかけていた福森孝吉先生の顔面を、すぱーん。薙ぎ払った。

福森先生の頭部が、水平に二分割される。さきほどの井俣先生や土志田さんのように頸《けい》部《ぶ》から、丸ごと首を切断ではなく。カプセルトイの球体プラスティック容器を、ぱかっと半分こに開封したかのような。ある意味、ユーモラスな絵柄なんだけど、もちろん笑うところじゃない。

福森先生の全身が横倒しになるその隙に、鞍留滋理事長は水面を滑るゲンゴロウさながら。スウェットの上下姿で仁王立ちの市野瀬君恵先生の股下を器用にすり抜け、逃げ出した。しかも。げっ？

　起き上がるや彼は、こちらへ走ってくるではないか。あたしのほうへ。わ。うわわ。なんで。やめて。く、来るなあッ。

　本来、鞍留滋理事長は被害者側の立場だろう。ＭＣのさきほどのＳＦ映画の譬えに倣えば、彼は謎の殺人ロボット軍団である市野瀬君恵先生父娘によって、理不尽に襲撃され、生命からがら逃げ回っている。そういう構図のはず、なんだけど。

　両目を見開き切った鞍留滋理事長の、青筋の立った形相。たとえ最先端の特殊メイクを施そうともここまで怪異無双には仕上がるまい、と怯まされる迫力と凄まじさは、殺人ロボットほどクールではないものの、ひと喰いモンスターばりの異形っぷり。

　そりゃ思わず撃っちゃいますよ。あたしじゃなくても、恐怖の余り。突進してくる猛獣は力ずくで撃退するしかないんだから。ないでしょ？　そうでしょお？

　などと実際には、とっさに悠長に言い訳する暇など有るはずもなく。パンッ。

　今度は眼を閉じず、あたしは前を見据えてトリガーを引いた。至近距離で、外しっこなし。ずぽんッと。鞍留滋理事長の額の、まん真ん中に大当たり。

　ボウリングのピン並みに軽々と宙を、パジャマ姿の鞍留滋理事長は弓なりに吹っ飛ぶ。しかしあたしときたら、勢いがついてしまったのか、そこで止めることなく。がしがしッとトリガーを引いてひいて引きまくる。パンッパンパンパンパンパンッ、って。

　おいおい。待て、こら。いったい何十発、撃ち続けられるの？　この銃の弾倉、どうなっとるんじゃ。無限に装填できるんかーい。ドラえもんのポケットじゃあるまいし。との冷静なツッコミも、たしかに頭の隅っこで適宜入ってはいるのだが。あたしの指はトリガーをひたすら引き続ける。いっこうに止まる気配が無い。それどころか。うへへ、こりゃエエわ。なあるほど、しょせんはイマジナリーなアイテムだとのＭＣの説明通りじゃん、なんて。こんな状況だというのに不謹慎にもゲーム感覚に酔い痴れ、舌なめずりしちゃう自分が居る。

なんだか、めっちゃ楽しいなあ、止められまへんわ。とばかりにパンパン、パンパン、無節操に撃ち続ける。って。な、なんだこれは。我ながら危ないぜ。あたし、ひょっとしてトリップしてる？　さしずめガンショット・ハイとでも称すべき？

スカッとする、なんて言うと人間性を疑われること必至だけど、他者の肉体を紙細工みたいにずばずば穿ってゆく感触って、たしかにある種の快感かも。おまけに撃っても撃っても銃弾が無尽蔵なものだから、なかなかキリのいいところで止められない。

いったい何分間、射撃行為に淫していたのだろう。優に百発以上は撃ちまくっていたと思われるが……はっ、と我に返ると。

鞍留滋理事長は、すっかりズタボロの蜂の巣と化して、床に転がり。

その背後には市野瀬君恵先生。頭部や上半身のフォルムが、虫喰い痕さながらに削り取られた前衛芸術的オブジェよろしく両膝から崩れ落ちている。

未練がましく銃をかまえたまま、セメントで固められたかのように突っ立っていたあたしだが、ふっと吐息が洩れて。それが憑きものの落ちる合図だったみたいに、ようやく両腕を、だらりと下ろした。異常に長時間な連射のせいで指先から二の腕までがじんじん、じんじん痺れ切っている。

「あーあ。なんてことでしょうねえ、んとにもう」

辺りいち面、血の海で。そして肉塊の荒野で。まともに立っているのも、五体満足なのも、あたしだけ。この酸鼻《さんび》極まる惨状の、少なくとも半分は悪ノリした己れの責任なのかと思うと、げんなりする。

「や、やっちまったな、こりゃ。我ながら、徹底的に」

けれど、しょうがないじゃん。突然のスプラッタなアクション展開で、パニックに陥っちゃったんだもん。

「ま、まあ、いっか。どうせ誰も、ほんとに死ぬわけじゃないんだし。ね。ね？　そうだよね。死なないんだよね？」

頭上のＭＣへ問いかけたつもりが、応答は背後から返ってきた。

「死ななきゃ問題無し、って話でもない、ような気がするんだが」

井俣広輝先生だ。耳垢を掻き出そうとでもしているみたいに、こめかみ辺りを両手でごそごそ弄りながら、ふらつく足どりでスケルトン階段を降りてくる。

あたしのところまで歩み寄ってくると、ぶるん、と水気を飛ばそうとするみたいに頭部を左右に回す。どうやら首を元通りに、ちゃんと自分の手で嵌めなおせたようだ。

「ド派手にやったもんだね、まったく。あ、いや、ちがうんだ。多久さんのことじゃなくて、お局おイチがさ。以前から彼女、どうも深く静かに、怒りに燃えているんじゃないかなあ、とは薄々思っていたんだが。まさか、ここまで怨《うら》み骨髄《こつずい》だったとはねえ。しかも父娘、揃って……」

「どういうこと。どういうこと？」

そう金切り声を上げたのは、土志田茉莉さんだ。井俣先生に続き、スケルトン階段を降りてくる。

首を斬られた際にまとめて吹っ飛ばされたとおぼしきメガネを掛けなおす彼女のその仕種が、昔あたしが勝手に抱いていたイメージと比べると男っぽいというか、駄々を捏ねている子どもみたい。まあもちろん、こんな異常極まるシチュエーション下なせいもあるんだろうけれど。

この時代の土志田さんを改めて目の当たりにすると、こんなダサい田舎のオバさんタイプの女性がなぜ、あれほど周囲の男どもの煩悩を煽り、惑わせられたんだろうなあ、と不思議でたまらない。おまけに当時はもっと歳を喰っているものと思い込んでいたけれど、一九六二年生まれってことは、一九八九年のこのとき、二十七歳？

にしては彼女の醸すその色香は、若い娘というより、酸いも甘いも嚙み分けた豊艶な熟女のそれに見えてしまう。コンタクトではなく敢えてメガネにしているのも、一歩まちがえるとケバくなりそうな線をぎりぎり踏み留まるためのモテ戦略か？　なんて今回、初めて思い当たったり。

そういう、ある種の土着的な泥臭さでもって己れの肉体の生々しさをさりげなく強調する辺りが、昭和生まれのオトコどもの欲望のツボを絶妙に刺戟する、ってことなのかも。

「どういうことなの、これ。いったいどういうこと？　変じゃない。どうして？　どうしていきなり、こんな、とんでもない展開になっちゃったりするのよお」

「そりゃもちろん、お局おイチの」

「座頭市？　が、どうしたって？」

「じゃなくって、市野瀬君恵先生。彼女と、そのお父上が……」

があああッと土志田さん、まるでビル街をのし歩く巨大怪獣並みに意味不明の咆哮を上げ、井俣先生を遮った。ちょっと正気を疑ってしまうくらい動物的に。

斧でぶった斬られようが銃撃されようが、この世界ではいっさいノーダメージだ、と。いくら理屈でそう承知していようとも、自分の首を切断されるなんて超絶不条理な体験はやはり、そう簡単には精神的に乗り越えられないのだろう。

加えて「お局おイチ」という、当時の男性教職員や生徒たちが陰で共有していた、市野瀬君恵先生への蔑称が、同じ女性としてなのか、あるいは、ともに鞍留滋理事長の新旧愛人という共犯者意識めいた立場としてなのかはともかく、土志田さんにとっては耳障りで不快だったようだ。「座頭市ってなによ、座頭市って。わけの判らないこと言って、ごまかさないで」と、ぎゃんぎゃん、涙ぐむ勢いで責め立てた。

そんな彼女を井俣先生、まあまあまあ、と手慣れた腰の低さで、なだめにかかる。さすが、瘦せても枯れても土志田さんの将来の夫たる貫禄で、余裕綽々《よゆうしゃくしゃく》ですこと。って、一応ここは立てておくか。

「君恵先生のお父上が殺したかったのは、もちろん鞍留滋御大で」

「はあ？　どうして？」

「そりゃあやっぱり、父親としては、さ。娘の人生を台無しにされたんだから」

「って、どういうふうに」

「言ってみれば女盛りの時期を鞍留滋理事長に、骨までしゃぶり尽くされ。その挙げ句、婚期を逃した後は、特にケアも無く。用済みとばかりに、あっさりと棄てられてしまったんだから」

「女盛りとか、婚期とかって。なんですか、その古臭くもアナクロな言い種は。聞いてるこっちが恥ずかしい」

「しょうがないでしょ。当事者たちってみんな、その時代遅れな昭和の人間ばかりなんだから。って。きみもそうじゃん」

「ちがいますッ。断じて、ちがいますから、わたしは。そんなのとは、いっしょにしないでください」

「それはともかく。きみと私が学校を辞めた後、数年も保たず。君恵先生も職場に居づらくなったんだろう、定年より十年も早く。えと。たしか阪神淡路大震災の年とか聞いたから、九五年かな。〈広富学園〉を去ることになったでしょ」

「だから、知りませんてば、わたしは。そんな昔のことは、いっさい」

「君恵先生本人はもちろん、彼女の父親にとっても不本意な末路だったろう。娘の人生を滅茶苦茶にした鞍留滋理事長はもちろん、君恵先生を押し退けるかたちで彼の愛人の後釜に座ったきみも、同じくらい赦し難い仇敵であると。あ、そういえば。説明していて気がついた。とんだとばっちりだ、とばかり思っていたんだが。お父さんて、この私のことも同じくらい赦せなかったのかな？　あんな最低オトコの愛人をありがたく押し戴いて結婚するような輩も同罪だ、とかって。いやいや、ちがいますよ。これは私が言ったんじゃありません。ただ、きっとそうだったんじゃないかなあ、という市野瀬勘治氏の心の叫びの代弁をば」

井俣先生の、尊大なようでいて、基本的に卑屈な太鼓持ち根性の長広舌は続く。

その間、ダイニングホールでは、特殊撮影によるゾンビ映画を彷彿させる復活劇が、あちらこちらで進行中である。

先ずあたしの未来の義姉である塩本晴夏さん。彼女はぐらぐらと、やじろべえのように上半身を揺らしながら、顔面にめり込んだ斧の柄を両手で握り、えいやっ、とばかりに自分で刃をひっぺがす。

我が兄、龍吾はまるでハエの大群にたかられたかのように自分の肩や胸、腕をぱたぱた叩く。そのたびにボロボロと、埃の塊りよろしく弾丸が剥がれ落ち、その傷跡はすべて、みるみるうちに塞がってゆく。

いちばん劇的なのが福森孝吉先生だった。開封されたカプセルトイの容器さながら上半分を削ぎ落とされていた頭部が、まるで風船が膨らむかのように欠損部分の頭髪や肉塊が継ぎ足され、復元されてゆく。

一旦は惨殺されたメンバーたちが、あっちでもこっちでも次々に甦っていた。いや、そもそも誰も死んでいないのだから、生き返るという見方での表現は厳密には正しくないのだろうけど。それぞれの肉体の損壊パーツが魔法の如く順調に修復されてゆく光景は、他にちょっと言い表しようがない。

「ったく。死にゃしないんだから、って、ちゃんと説明してもらってんのによう」

そんな声のするほうへ眼を向けると、章介だ。日本刀が抜かれた後の眼球も元通りで、傷や血痕は全然見当たらない。なのに刺された衝撃の感触が残存でもしているのか、しきりに自分の顔面を撫で回しながら、スケルトン階段を降りてくる。

「こんな、めんどくせえこと、やってくれちゃってまあ。ほんと、困ったひとたちです。もっとさあ、おとなにならなきゃ。ねえ、センセー」

皮肉っぽく章介が、そう語りかけたのは君恵先生だった。といっても彼女は、未だ復活しておらず。無数の銃弾でボコボコになった、前衛的オブジェよろしく跪いたまま。

そんな限りなく物体に近い、つまり反論もなにもできない状態の、君恵先生へ向けられる章介の蔑んだ眼つきに、ある種の嗜虐性を感じ取ったあたしは、ゾッとして。

思わず、こう口走っていた。「……あんたって男は、やっぱり」

「ん？」

「やっぱり君恵先生にも昔、ちょっかいをかけてたんだ」

スケルトン階段の途中で、ぎくり、と章介の足が止まった。

「筋金入りなのは知ってるけど。高校生だてら、自分の母親みたいな年齢の女性、しかも通っていた学校の先生を誘惑しちゃうとは、ちょっと強者が過ぎるんじゃないの」

「え。えええッ？」

驚愕の声を上げたのは章介本人ではなく、井俣先生と土志田さん。ふたりとも未だ頭部に違和感が残っているのか、肩を回すようにほぐしつつ、首の角度をこきこき調整していた動作が、まるで示し合わせたかのように同時に、ぴたりと止まる。

「君恵先生が、長年尽くしてきた鞍留滋理事長にあっさり棄てられ、若い愛人へ乗り換えられた、そのタイミングを狙ったんでしょ。いやもう恐れ入りました。高校生の発想じゃないよね。心の隙間を埋めてやるふりして君恵先生を、くどいたんだ。はいはい、ご立派ごりっぱ。このエロ餓鬼め。そりゃあんた、日本刀で眼ン玉くり抜かれるほど怨まれて、当然ですわ。想像するだけで気持ち悪ッ。君恵先生だって実は、心のなかで死ぬほど後悔していただろうからさ。こんな子どもに、うっかりよろめいてしまった自分のことも赦せなかったでしょうし」

現世での夫への不平不満が溜まりに溜まっていたのだろう、あたしは歯止めが利かず、章介への罵詈雑言の嵐となった。半分以上は当時から校内で囁かれていた噂を流用して、カマをかけただけなのだが。どうやら、ほぼ図星だったらしく、スケルトン階段の途中で章介の足は止まったまま。

たっぷり十数秒間も、静止画像並みに固まっていただろうか。やがて章介は両掌を、のろのろ胸もとから、眼の高さまで掲げて。躊躇いがちに口を開く。

お得意の舌先三寸で言い訳でもするつもりか、と思っていたら。ぐしゅッ。

クルミかなにかを握り潰したかのような、鈍い音が響いた。と、同時に。

章介の左の眼球が、いきなり破裂した。真っ赤な放射状の飛沫とともに。

「あッ？」

誰も指一本、章介には触れていない。なのに、どうして？　なにごと？

ぐらり。伐採された樹木並みの緩慢な動きで身体が傾く。そのまま、でんぐり返しの恰好で章介は、階段から転げ落ちた。

倒れまいと足を踏ん張るとか、受け身を取ろうとかする気配は皆無で。ただ無抵抗に、どすーん、と床へ投げ出される。ガラクタでも大量に詰め込んだ頭陀袋《ずだぶくろ》よろしく。

「な。な。な？　なに？　なに？」

慌てて章介へ駈け寄ろうとしてあたしは、足もとでみるみる拡がる血の海にびびって、後ずさる。そこへ。

うげッ、と頓狂な声が上がった。福森先生だ。その視線を追ってみると。

己れの身体を掻き抱くようにのけぞる土志田さんの傍らに居た井俣先生が、ゆらりと。

上半身が前方へ傾いて……いや。

上半身ではない。首だ。きちんと嵌めなおしたはずの、井俣先生の頭部。

球形のその物体が、ぐるりん、と。肩から上の切断面を、一度こちらへ向けておいてから回転し、落下した。ごとん。ごろん、と床の上に転がる。

それを受け留めようとか、拾い上げようとか慌てるでもなく、井俣先生の両腕は、だらーん、と無防備に垂れ下がったまま。首の無くなった胴体が、ぴゅううううと鮮血のシャワーを噴き上げ、いっそ呆気ない間合いで前のめりに倒れた。

いっぽう土志田さんは、未来の夫の胴体が倒れ込んだ位置とは反対側に居たのだから、避ける必要もなかったのに。脊髄反射的にだろうか、ぴょん、とバネ仕掛けの玩具みたく飛び跳ね、身を躱す仕種。

「なんでッ？　ちょ、ちょっと。なんでよ。なんで？　なんで？」

金切り声を上げるあたしを「お、おいッ、うおいッ」と遮る福森先生も、はたして怒鳴っているのか、はたまた嘔吐でもしているのか、判別がつかないほど痰《たん》の絡んだ、濁った銅鑼声《どらごえ》しか吐き出せないでいる。

「た、多久さん。ちょ。ちょっと、おい、ってば。なあ。たったた、たくさんッ」

「なんですか、なんなんですかもうッ。なんで？　だいたい、なんであたしにばっかり。みなさん、少しは自分で……」

ヒステリー寸前で振り返る。さらに思い切り喚き散らしてやろうと勢い込んでいたあたしだが、福森先生の恐怖に満ちた表情に怯んで、口を噤んだ。

床に倒れている男女。鞍留滋理事長、そして市野瀬君恵先生のふたりを、福森先生は交互に指さして、ぽつり。ひとこと。

「……うごかない」

「え？」

「動かないんだ。理事長も、お局おイチも、ぴくりとも、う、動かない」

「だから、なんだって言うんです」

「い、生き。だから、だからッ。いいい、生き返らない。生き返らないんだよ。ふたりとも、ちっとも生き返る様子が無いんだ。これは。こ、これは、どういうこと？」

「はあ？　いや、ないでしょ、それは。だって、そんなはずは」

「こっちもだ、美那子」

おいおい、今度は龍吾か。「って、兄さんまで、なんなのよもう。こんな変なところでだけ人気者だな、あたし」

「おかしいぞ。ほんとに様子が、おかしいんだ。見てみろ、こちらも」

緊張を孕んだその声が物理的に髪を引っ張ってきたかのようにあたしは、くるりと身体ごと反対側を向いた。兄と晴夏さんの足もとに、市野瀬勘治が倒れている。

その身体が一瞬、ぴくり、と動いたように見えた。なーんだ、ちゃんと生き返りかけてるじゃん、と思ったのも束の間。

ごとんッと鈍い、なにかが床を転がるような音がした。よく見ると、それは市野瀬勘治の頭部で。厳密には、転がったのではなく、仰向けだった顔が横向きに角度を変えた、と言うのが正しい。

その顔面から流れ落ちるように肌の色が消え、みるみるうちに現出したのは、眼窩と鼻孔が黒く穿たれた髑髏《どくろ》だ。無数の糸状の、チーズの塊りが一気に溶けたかのような粘りを曳きずりながら。

「ど……どうなってるの、いったい」

しかもその異変が起こっているのは、市野瀬勘治だけではない。鞍留滋理事長も。君恵先生も。井俣先生も。そして章介も。

みんな、同じように。

倒れたまま五人はその場でどろどろと、陽光の下に曝《さら》された、等身大サイズのアイスクリームが如く溶けてゆく。溶けるそばから皮膜が泡となって蒸発し、その下部から人体模型のような骨格が露出する。

火事の焼け跡にも見える、黒ずんだ床の染みとともにそこに残されたのは、それぞれ着用していた私服やパジャマ、そしてスウェットが搦《から》みついた骨、また骨の山。つまり五人分の白骨遺体のみ。

「死なない……死なないはずでしょ？」

なぜだかやっぱり、あたしがみんなの疑問を代弁しているのが、こんな場合だというのに、いや、こんな場合だからこそなのか、やたらに腹立たしい。

「刺されようが撃たれようが、あたしたち、死なないはずでしょ。たとえ身体をバラバラにされようが。ねえ？　それがいったい、どうして？　こんなのって全然、話が」

話がちがうでしょ。井俣先生なんか斬り落とされた首を一旦、嵌めなおして、けろっとしていたのに。なんで、いまさら？

（いやあ、正直この展開はわたしも、ちょっと読めておりませんでした）

MCの声音は相も変わらず、のほほんとしていた。できればその横っ面を殴ってやりたいくらい。

（とはいえ、完全に想定外という意味ではありません。従って、これに関しては、わたしのほうからはなんの説明もできません。なぜかって？　それはいま、みなさんの眼の前で起こった出来事も含めて、すべてが招待主の意向だからです。そう。どうかじっくりと、お考えください。引き続き、このファイナル・ウイッシュの全貌について。ね）

＊

はっと我に返ると、私は。私は繁華街の雑踏のなかに居た。え？　え。ここは？　ここは……そうか。

眼の前には夜景をバックに、歩道を闊歩する若い娘の後ろ姿が。あれは。

あれは多久エリナだ。

ということは、おっと。やった。

やったぞ。戻ってきたのだ、元の世界へ。あの〈ミューステリオンの館〉から、私は無事に脱出できたのだ。

しかし、なぜ？　なぜ突然？

異次元空間内の出来事とはいえ、首を斬り落とされるという仮想の死を遂げたことによって、あの場所に留まっていられる条件が失効され、締め出された、とか？

よく判らないが、例えばそんな、〈ミューステリオンの館〉独自ルールゆえの事情なのだろうか？

それならとりあえず、よかった。うん。よかったよかった。

あんなワケの判らない、異常な世界から解放されて、とにかくホッとする。

そのいっぽうで、しかし、こんなにもあっさり？　ほんとに安心していいのか？　と若干不安にもかられる。

たしかに、この繁華街の猥雑な雰囲気。無事に二〇二四年の、元の世界へ戻ってきたようではあるのだが。ほんとうに。

ほんとうに、なにもかもが正常に、つまり元通りになったのだろうか？

きっとそうなのだろう。私の首だって、きちんと嵌まっているようだし。多分、だいじょうぶ……なのかなあ。

もやもやと、いまひとつ、すっきり割り切れない困惑を胸中にかかえたまま、私は足早に急いでいた。

たったいま、元の世界へ戻ってきたその瞬間から、すでに。私の身体は勝手に動き続けているのだ。彼女めがけて。

多久エリナの背中めがけ、ずんずん近寄ってゆく。まるで自分自身の意思を無視するかのように。そして。

ドンッ。異次元空間へ転送される直前と、まったく同じ行動を私は執った。

多久エリナの背中を思い切り、突き飛ばしてやったのだ。

彼女はつんのめって、路地から大通りへと投げ出される。そして、乗客降車寸前のメーター稼ぎのために急加速したとおぼしきタクシーに撥ねられる。

これで蒼弥にちょっかいをかける邪魔な娘を始末してやったぞ……と満足感に浸ることが私にはできなかった。

空中へ舞い上がったと見えた多久エリナの身体は、あ？　なんと、こちらのほうへいっ直線に、吹っ飛んでくるではないか。彼女を抱き留めようと身がまえる余裕なぞ、かけらも無い。

激突の衝撃で、仰向けに薙ぎ倒された私は両足の裏が完全に地面から離れ、全身が水平に浮き上がる。その瞬間がスローモーションで、はっきり認識できた。

多久エリナに猛烈なタックルをかけられる恰好で私は、そのまま脳天から〈アナザビジョン〉という店のショーウインドウに、派手に突っ込んだ。

特大の花火が、頭蓋の内部で爆発したかのような錯覚とともに。

私は絶命していた。今度こそ。

ほんとうに死んだ。ショーウインドウのガラスの破片がギロチンよろしく、すっぱり私の首を胴体から切り離し。

ころころと〈アナザビジョン〉店内を転がる頭部。その網膜に、私の生涯最後の記憶として克明に刻まれた画像は、メニューのチョコレートパフェ。

＊

はっ、と我に返った。おいらは息せき切って走っている。え。ここは？

周囲からは繁華街の空気に乗って、通行人たちのざわめきや、救急車のサイレンが聞こえてくる。お、これは。

そうか、戻ってきたんだ、あの日へ。

義兄の龍吾さんは今夜、娘のエリナちゃんがいま付き合っている彼氏と初顔合わせのため、彼女のバイト先の〈スピニッチパイン〉という店へ赴く予定だという。

そうと知った美那子は自分もこっそり、偶然を装って店に立ち寄るべく街へ出てきた。

遠くからエリナちゃんの彼氏を見届けるだけでなく、自らも座に乱入してサプライズに及ぼうという、お茶目な目的で。

そんな美那子の後を、さらにこっそりと、多分に物見遊山的な野次馬根性に任せ、おいらもこうして、しっかりと尾けてきた、って次第。ところが、なんと。

そんな呑気なお遊びに興じている場合ではなくなった。矯正歯科クリニックを出て〈スピニッチパイン〉へ向かっていたエリナちゃんが、途中で何者かに突き飛ばされ、そして車に撥ねられてしまったのだ。

その一瞬、なんという間の悪さだろう。それまで完全に美那子から隠れて移動していたおいらは、よりにもよって、そのどんぴしゃりのタイミングで、彼女と眼が合ってしまったのだ。

そのときの美那子のあの表情……まちがいなく疑念に染まっていた。すなわち、夫がその場に居合わせたのは偶然ではない。姪のエリナを抹殺するため、機会を窺っていて、そしてついに実行したのだ、と。

美那子は、そう誤解している。おいらがエリナちゃんを殺した、と勘ちがいしているのだ。いや、それはちがう。ちがうぞ。

どこへ行った、美那子？　おいらは雑踏を掻き分け、走り回る。

一刻も早く美那子をつかまえて、きちんと弁明しなくては。さっきエリナちゃんを突き飛ばしたのは、おいらじゃないんだ、と。きちんと納得してもらわなくちゃ。

日々の素行不良による理由ならば、妻にいくら軽蔑されようとかまわないが、殺人者だと誤解されるのは真っぴら御免だ。

「あ？」

路地から大通りへと、早足で出ようとしている女の後ろ姿。美那子だ。

「美那子ッ」

自分でも驚くほど鋭く、叱責するかのような声が出た。

彼女は、こちらを振り返った。そんな美那子へ駈け寄ろうとした、そのとき。

どんッ。

何者かが突然、横から飛び出してきた。激しく体当たりされる。

「……え？」

押し倒されまいと、おいらは足を踏ん張った。相手を抱き留めようとしたその掌に、ふいに灼熱の激痛が走る。

さ、刺された？　驚いたり、うろたえたりする余裕も無い。改めて刃先を振りかぶってくるその人物と眼が合った。え？

エリナ？　え、エリナちゃん？　じゃないよ。ちがう。ちがう。

こいつはちがう。さっき車に轢かれた彼女に似ているように一瞬、錯覚したけど、こいつは……だれ、こいつ？　誰だ？

特大のクエスチョンマークとともに、おいらの左の眼球内で特大の火花が炸裂し。脳髄を刃先で抉られ、即死。

OMEGA

「これっていったい全体、どういうルールになっているんだ？　みんなが一旦は同じように殺されて。そのうち四人は、ちゃんと生き返った。なのにあとの五人は、ほんとに死んでしまった。いや、死んだという表現はこの際、語弊が有るかもしれんが。少なくとも我々のように、致死的ダメージから復活する様子が全然無い。どうしてこんなふうに分かれてしまったんだ？　わたしたち四人と、あの五人のあいだには、どういう差が有る？　なにが、ちがっているんだ？」

テレビ画面のなかの兄、龍吾は至って淡々と落ち着いた口ぶりだ。少なくともあたしには、そう聞こえる。内心は余り穏やかではないのかもしれないにせよ。

表情にしても一見、なにもかもが平常で、ほんのついさっき、他ならぬ妹によるマグナムなんちゃらピストルの劇画的かつ冗談すれすれの連射攻撃で全身を蜂の巣にされ、いちじ時は凄絶な死にざまを曝したのと同一人物だとは、とても思えない。

生き残っているメンバーたち。すなわち身体が元通りの状態に復活したほうのグループである福森孝吉先生、土志田茉莉さん、龍吾と晴夏さん。そして唯一最初から無傷のままのあたしの五人は、とりあえず上階の、それぞれの個室へと引き上げた。

なにしろダイニングホールは市野瀬君恵先生と、その父親とおぼしき勘治氏、鞍留滋理事長に井俣先生、そして章介。五人分の遺体で占拠されてしまっている。全員が白骨化しているうえ、うちひとりは頭蓋骨だけ別に、ころころ転がっているありさま。まったく、ぞっとする。

たとえMCの説明通り、この時空に居るあたしたちが実体的な生理とは無縁の、仮想の存在であるとしても、だ。凄惨極まる殺戮の場と化したダイニングホールからは、とりあえず退散しておくに限る。せっかく各個室には互いにリモート通話のできるテレビが設置されているっていうんだから、それを利用しない手はない。

常軌を逸した惨劇の直後ゆえ、各人が独りになる心細さや不安の念が口々に、特に晴夏さんや土志田さんの女性陣から発せられたりもしたけれど。とにもかくにも、みなさん、ゆっくり横になれる場所で、静かに頭を冷やしましょうよ、と。

そう合意を得て、ひとまずそれぞれの部屋へ引っ込む。いや、他のひとたちがどうしたか、ちゃんと確認したわけではない。自分以外の誰かの部屋へ身を寄せるひともいたかもしれないけれど、少なくともあたしは自分に割り当てられた個室へ戻った。

ベッドへ倒れ込もうとして、ふとキャビネットの下の小型冷蔵庫が眼に留まる。なんの気なしに開けてみた。

チョコやグミなどの菓子類。瓶入りや缶入りドリンク各種が、びっしり詰め込まれている。もちろんいまのあたしたちにとって飲食など無用かつ無意味な行為だが、気晴らしにはなるかもしれない。

ビールのロング缶を一本、手に取った。プルタブに指をかけた、そのタイミングを狙いすましたかのように。ピロリン、と電子音が鳴り響いた。

テレビ画面を見ると、『多久龍吾さまからお電話でございます。応答されるなら、リモコンの電源をお入れくださいませ』と表示が出ている。

その無駄に慇懃《いんぎん》な文言に煽られ、イラッとする。眼にも見えず触れることもできない相手に、為す術もなく翻弄されている現状を、否が応にも痛感させられるからか。

手に取ったばかりのロング缶を、テレビ画面へ投げつけてやりたい衝動をかろうじて鎮め、あたしはリモコンの電源を入れた。

「おいおい、美那子。なんだそれ」

画面に映るなり龍吾は、にこりともせず、こちらを指さしてくる。「なにをしているんだ、未成年のくせに」

「は？　あ。これ、ね」

ぷしゅッと泡の音をたて、プルタブを開けた。これみよがしにロング缶を傾け、ひとくち。しゅわしゅわ口のなかで弾けて、ちゃんとビールの味がする。

「そっか。そだね。あたしはいま十八歳か。そうでしたそうでした」

ひさしぶりのツインテールの髪がなんだかいまさら、ちょっぴり重く感じる。「五十も過ぎたババアじゃないんだ、ここでは」

「いまは酔っぱらわないでくれよ。もちろん味だけで、ほんとにアルコールが身体に回るわけじゃないかもしれないが」

「そんなに気になるのなら、ご自分でもお試しになってみればどう？」

肩を竦め加減に、ゆっくり持ち上げた龍吾の右手のなかにはすでに、あたしが飲んでいるのと同じロング缶が一本。

「おい、なんじゃそら。自分を棚に。って、そっか。兄さんはこちらの世界でも二十歳、超えてんだもんね」

たとえ実際には何歳であろうと、この若返った顔のせいで、うっかり兄妹という関係性すら失念し、自分より歳下であるかのような錯覚に囚われがちなあたしもあたしだが。いろいろ厄介な兄である。

「そんなことより、話がある。冷静に聞いてくれ。なんの話なのかは、この状況だ。改めて言わなくても判るとは思うが」

一旦はまったく同じように殺されて、その後、元へ戻れる者たちと、復活せず骨だけになってしまう者たちとの差異はなんだ。なにか法則性でも有って、グループ分けされているのか？　と疑問をぶつけてくる兄。

そんな龍吾をあたしは掌を掲げ、押し止めた。「あのさ、話を進める前に基本的な確認なんだけど。章介たち五人って、ほんとに死んだの？　さっき、語弊が有るって言ってたからには、兄さんとしては、彼らがほんとは死んでいない、って認識？」

「断言していいものかどうかは判らない。だけど正直、あんな地獄絵図を問答無用で見せつけられると、な。ほんとに死んでいるんじゃないか、とは思っている」

「でもさ。この異次元空間でのみんなの肉体は、あくまでも仮の姿で、言わばマボロシのようなモノなんだから。どんだけ滅茶苦茶にされようが死ぬはずない。それはMCも保証してたじゃん」

「じゃあ、なんであの五人は、我々のように元へ戻らない？　どうしてあんなふうに骨だけになってしまったんだ？」

「知らないよ、そんなこと。ただ、章介たち五人の誰も実際には死んでいない。それだけは、たしか」

「おやおや、ずいぶん断言するんだな。根拠はあるのか」

「なにをいまさら。根拠もなにも、あたりまえじゃん。だって、もしもほんとに章介が、ここで。いい？　この〈ミューステリオンの館〉で、だよ。章介が十八歳のままで死んじゃったりしたら、どうなる？　ヤツのその後の三十数年分の人生は？　三度の離婚と四度目のあたしとの結婚は？　それらは、すべて無かったことになっちゃうじゃん。おかしいでしょ、そんなの。歴史がごっそり変わっちゃうでしょ？　あり得ないよ、そんな、とんでもない反則は、絶対に」

「たしかに。いわゆるタイムパラドックス問題という大前提があるよな」

「そう、それ。タイム、え。なんて？」

「過去の事象を、たとえ表面的に書き替えようとしても、確定しているはずの因果関係に矛盾が生じてしまうだけ、って意味」

「頼む。もっと嚙み砕いてくれたまえ」

「ざっくり言えば、歴史を後から変更したりはできません、ってこと。もちろん例えば公式書類などの改竄によって、ほんとは生存している人物を記録上、死者として扱ったりする細工は可能だろうが、だとしても」

「いちいちそういう細かい注釈を入れたりするから、ややこしくなるんだよう」

「いくら後から、そのひとは幼いときに死んだことにしようと策を弄したところで、成人時に物理的に存在する事実は動かしようがないわけだ。要するに今回も、理屈はそれと同じで。章介くんが五十歳過ぎまで生きていることは、すでに確定した歴史なんだから。高校生のときに死んだりするはずはない。あり得ないわけだ」

「だからそれ、さっきからあたしが言っていることじゃん。回りくどいな、もう。ちっとも変わらないね、兄さんは昔っから」

「そうさ。章介くんたちは死んでいないと言われりゃ否定できないし、納得するしかないように思える。でも、だとしたら彼らは、いったいどうなったんだ?」

「元の世界へ戻ったに決まってる」

「え?　なんだって?」

「それしかないでしょ、普通に考えて。つまり、この館では身体的に活動できない状態になったんだから。ここに居られない以上、とりあえず元の世界へ戻されたんだ」

「それは、いや、ちがうような気がする。だって現に、ああして骨が残って……」

「しょせんは仮想の姿じゃん。かたちが有っても無くても、別に関係ない」

「いや。仮に章介くんたちが元の世界へ戻ったのだとしたら、彼らの遺体そのものが、ここから消滅すると思うんだ。完全に」

「え、と。そうお？」

「そうさ。この時空から出ていったのに、あんなふうに骨だけの無惨な屍《しかばね》を曝し続けたところで、なにがどうなる？　なんの意味もないじゃないか」

「言われてみると。うーん」

一理あるようにも聞こえる。けれど、ただいたずらに生産性皆無な理屈を捏ねているだけのような気もする。

「でもさ、だったら章介たちは、どうして兄さんやあたしたちみたいに、元通りに戻らないの？」

「単なる思いつきだが。しばらく謹慎させておこう、ってことなんじゃないか」

「なに。キンシン、って？」

「でかい斧だの日本刀だの剣呑な凶器で大暴れした、あのふたりさ。彼らを招待主は持て余し、困ってしまった。そういう事情なんじゃないか。あんな騒ぎを起こされちゃ誰も、おちおち考えごともできやしない」

「そっか、なるほど。ファイナル・ウイッシュの邪魔になるんだ」

「市野瀬さんだっけ、あのひとたちが何者なのか、にもよるが」

そういえば龍吾は、中高は公立校だったっけ。〈広富学園〉の教職員や内情には全然、疎いんだ。

「市野瀬君恵は、うちの社会科の先生。男のひとのほうはあたしも今回、初めて会ったんだけど。年齢などから推して、君恵先生のお父さんで多分まちがいないかな、と」

「なんだってまた、父娘揃って、あんな狼藉に及んだんだ」

「それは、えーと、多分」

ともに鞍留滋理事長の愛人だった君恵先生と土志田さんとの、新旧交代にまつわる因縁や確執の件などを、ざっくり説明。「君恵先生のお父さんが、いつから娘と理事長の関係を把握していたかは定かじゃないけど。世代的には如何にも、女の幸福は結婚、みたいな価値観だっただろうから。娘の女盛りの時期をしゃぶり尽くし、人生を台無しにしてしまった男を赦せなかった、ってところなんでしょうね、きっと」

「天誅を下さんとする父親の尻馬に乗っかって、当の娘本人も私怨《しえん》を晴らすべく大暴れ、って図か。この際、自分を特権的な立場から蹴落とした若い愛人のほうも痛い目に遭わせてやれ、と」

「君恵先生にとっては鞍留滋理事長よりも土志田茉莉さんよりも、むしろ章介のヤツが、いちばん赦せなかったんじゃないのかな。これは昔っから、都市伝説すれすれの噂ではあったんだけど」

鞍留滋理事長との愛人関係を解消された君恵先生の傷心に、当時学校の生徒だった章介がつけこみ、まんまと彼女と肉体関係を結んだらしい、という逸話を改めて披露。

「そういえば、さっきも階下でなにやら、そんな話をしてたな。あのときは、こんなところで夫婦喧嘩か、みたいな。美那子が章介くんにあらぬ難癖でもつけてるのか、と閉口したが。ほんとのことだったのか」

「あたしも正直、これまではずっと半信半疑だった。いくら天性の女たらしとはいえ、高校生でそれはないでしょ、って。でも、あのときの章介のリアクションを見る限り、どうやらほんとのことだったみたいね」

「ともかく、そんな市野瀬父娘にとって、この〈ミューステリオンの館〉への召喚は絶好の復讐のチャンスなわけだ。しかも、我々みんな、切られようが撃たれようが平気の平左で、身体の復元可能とくるから」

「君恵先生たちにとっては、やりたい放題。殺し放題の、まさにパラダイス」

「しかし、いくら身体をバラバラにされようとすぐに元に戻るとはいえ、MCや招待主としては、市野瀬父娘を野放しにしておくわけにはいかない」

「際限なく襲われちゃうもんね、みんな。身も心も休まる暇が無い」

「そもそもこの館の趣旨である、招待主のファイナル・ウイッシュ進行の妨げになってしまう。なので彼らには、とりあえず遺体のまま、静かにしていてもらうことにした」

「なるほど。謹慎って、そういう意味か。うん。なるほどなるほど。説得力あるね」

「ただ、自分で説明しておいて前言を翻すようだが。そこまでは、たしかに判るんだ。理由として、すっきり納得できる。しかし、だよ。それならば、遺体のままにしておかなきゃいけないのは」

「君恵先生とお父さん、ふたりだけでいいはずじゃないか、と」

「そのとおり。あとの三人は別に、元に戻してやってもいいだろ？　なのにどうして、そうしないんだ」

「ついでに半分にしてみました、ってことじゃない？　招集メンバーの人数を」

「なんだって。どうして半分？」

「だからさ、人数は少ないほうが、あたしたちも落ち着いてファイナル・ウイッシュの謎解きの考察ができるだろう、とか。環境に配慮してくれているんじゃない？」

「配慮、って。自分で勝手に一括で、全員集合させておいて、いまさら？」

「いま喋っていて思い当たったんだけど、例えばね。仮に章介たちが元の世界へ戻されたのならば、つまり、もう完全にこの〈ミューステリオンの館〉からはお払い箱になったのだとしたら、さ。あの五人はみんな、遺体も消えているはずじゃない？　骨や服も、なにもかも。跡形も残らずに」

「あのな。こっちは、まさしくそれを、さっき指摘させてもらったばかりなんだが」

「だったら、なぜあんなふうに君恵先生父娘以外の三人も骨のままで残っているのか？　その理由までは、兄さん、説明できなかったじゃん」

「ほう。美那子はできるのか」

「当然。章介たちは未だ、お役御免にはなっていない、ってことでしょ。招待主は、あの五人にも用が有るんだから」

「つまり、いまは骨だけの彼らも、いずれ復活させて……」

「そういうこと。頃合いを見て、章介たちの身体も元に戻す。そして改めて、みんなをファイナル・ウイッシュに参加させる。招待主は、そういうつもりでいるんだ」

「頃合いを見て、って。いつ？」

「そんなの、あたしに判るわけないじゃん。どういうタイミングで、なんて招待主の気分次第で。章介たちを元に戻そうと思えばいつでも、できるんだろうから」

「いつでも……いつでも？」

龍吾は独りごちるように呟いた。「元に戻せるのか？　ほんとに？」

＊

「どうしてもあなたに、謝らなきゃいけないことがあります、福森先生。どうか。どうか最後まで、ちゃんと聞いてください」

テレビ画面のなかの土志田茉莉は、おれの記憶のなかにあるイメージよりも儚げ、というか、神秘的な雰囲気。それはこうして十数年ぶりに、未だ二十代の彼女の瑞々しい姿を目の当たりにする興奮が大きいのだろうが、それだけではない。

いつになく茉莉は、もじもじしている。譬えるなら、まるで愛の告白レベルの、いち大決心でこのリモート通話に臨んでいるかのような緊張感すら伝わってくるのだ。

むろん「謝らなきゃいけない」と言う以上は、きっとおれにとって不都合な内容なのであろうと察しもつく。その意味に於いて、メガネを何度もなおす仕種を彼女が反復するのは、いつになく神経質そうに映る、と評するのが正解なのかもしれない。

まあいずれにしろ、大した問題ではない。おれにしてみれば、茉莉のほうからリモート通話を架けてきてくれた、ただそれだけで有頂天なのである。

加えて気分が好いのは、あの井俣広輝のクソ野郎が首をぶった斬られたうえ、骨だけになるという、これ以上は無いほど悲惨な死にざまを曝してくれたことだ。いやあもう、愉快ゆかい。ざまあみろ、ざまあみろ。ざまあみろって。

それは鞍留滋理事長も同様だ。あの爺いと個人的に面談したことは一度も無いが、全校集会とか学校関係のイベントで登壇する尊大な物腰を遠くから眺めるたびに、コイツが茉莉の水蜜桃《すいみつとう》のような肉体を思うさま貪っていやがるのか、と身悶《みもだ》えせんばかりに義憤を滾らせたものだ。そんなおれが、鞍留滋理事長が無数の銃弾を浴びて蜂の巣になった挙げ句に炎天下の氷の彫刻が如く溶けてしまう光景に、スカッとしないわけがない。

藤縄章介にしてもその眼球の弾けっぷり、身体の溶解っぷりは、なんとも小気味よかったなあ。なにしろ、いけ好かない生徒だったんだ、アイツは。成績もよければ、年長者の受けもいい。当然のように女の子にもモテるときては、くそったれめ。もうさっさと死んで欲しい要素しか無い。

さきほどスケルトン階段で多久美那子にも糾弾《きゅうだん》されていたが、高校生だてら女性教師と肉体関係を持つだなんてもう、百回くらい処刑しても飽き足りない。お局おイチがそれほど魅力的な女だとは思わないが、十代で早くもちゃっかり童貞を捨てているだなんて、ばかもん。うらやまし過ぎる。じゃなくて、そこがいちばん赦し難いポイントであるおれにとって一連の殺戮劇は、とにかく気分爽快のひとことなのであった。

もちろんおれだって、さすがに、もしもこれが現実世界の出来事だったりしたら、いくらクズ男の井俣やヒヒ爺いの理事長、エロ餓鬼の藤縄たち憎しと言えども、こんなに手放しで快哉を叫んだりはしない。そこまで鬼畜に墜ちぶれちゃおりません。

しかしなにしろ、ここは天下御免の異次元空間、〈ミューステリオンの館〉でございましてな。いくら我々の肉体が損壊されようが実際の生死には関係ないそうなので、こっちも心置きなく溜飲《りゅういん》を下げられる。

たしかに自分自身も、お局おイチの日本刀で、まるで茹で卵かなにかみたく、すっぱーんと頭部を半分に削ぎ落とされたのは、かなり壮絶な体験だったが。そのショックに見合うだけの価値は有った、と言うべきだろう。できれば井俣だけでも、もう一度復活してきて、殺されて欲しいくらい。

あと、これでテレビ画面のなかの茉莉が、もっと本来の彼女らしく艶然と微笑んでくれていれば、もう最高で。言うこと無し、なのだが。

「くれぐれも、ね。福森先生。くれぐれも、どうか落ち着いて。ね」

自分のほうがよっぽど落ち着いたほうがよろしいのでは、とツッコミを入れたくなる所作で、ついに茉莉は、持て余したかのようにメガネを外した。見ているこちらが、フレームが折れてしまうんじゃないかと危惧するほどの無頓着さで。乱暴に毟《むし》り取った、というのが正確かもしれない。

「あのね、いいですか。福森先生。わたし、あなたを殺してしまった」

「は。え」

まさか、茉莉の素顔にこんなアップで対面できる眼福に恵まれるとはなあ、生きていてよかったぜ……などと呑気に、しみじみ感慨に耽っている場合ではないようだ。

「え。いや、あの。なんて？」

「だから、懺悔《ざんげ》なんです、これは。わたしはずっと、そのことをあなたに。そう。あなた本人に、謝りたかった。なのに、願いは叶わず。もちろん死者を相手に懺悔は無理だと重々承知していながらも、ずっと。結果こうして、長い歳月を経てしまいましたが、ようやくこの機会に恵まれ」

「いや。ま。ちょ。ちょっとちょっと。土志田さん、なにを言っているんですか。おれ、いやさ、ぼくは死んじゃいませんよ。こうしてぴんぴんと。あ。殺したのなんのって、さっきの階下での大騒動のことですか？　あれは、だってほら。お局おイチ。いやさ、市野瀬先生たちがやらかしたことで。土志田さんは別に、なんにもしていないし、なんにも悪くないじゃありませんか」

「ちがう。ちがうんだってば。これは元の世界の話なの。二〇〇三年の」

「にせ。ん。え。さんね。え？」

「二〇〇三年の九月に、福森先生、殺されてしまったでしょ？　ほら。学校の近くの、先生の自宅で。あれ、わたし。そう。やったのは、わたしなんです」

「いやいやいや。いきてる生きてる。二〇〇三年の九月にだってぼくは。ぼくは、ちゃんと生きてますって。死んじゃいません。土志田さんにはもとより、誰にも殺されたりなんかしていない。だいいち土志田さんは。あ、そうそう。自宅で、なんて言うけど。土志田さんはこれまで、うちへ来たことすらないじゃありませんか。一度も、ね？　ないはずですよね？」

「そりゃもちろん。だって、いま言っているのは、これからお宅へ伺います、って時点の話なんだし」

「は？　え……えと、あのう」

な、ナニを言っているんだ、茉莉は？　どうもメガネを掛けていない彼女の瓜実顔《うりざねがお》に馴染みが薄いせいか、うっかりすると、いまテレビ画面を通じて自分がいったい何者と対面しているのかを見失いそうになる。

「あ、そっか。判った。そもそも福森先生、自分が殺されるよりも前に、ここへ召喚されちゃったんだね、きっと」

いや、判んねえよ。ちょっと待ってくれって。こっちは五里霧中で、いっこうに話が見えてきません。

「なるほど、だから、か。つまりいま、ここに居る福森先生の意識は、肝心の事件が起こる前のものなのね。だったら、そうか、道理で。自分が殺されたことだって知ってるわけないよね。記憶に無いんだから。なるほど、そういうわけ」

だから、困るんだって。そちらで勝手に、どんどん納得されてもよう。

「ごめんなさい。わたしったら、そういうシステムだと、いまいち、きちんと把握していなかったものだから。なかなか話が嚙み合わなくて、戸惑わせちゃって」

「まって。ほんとに待ってください。頭が、めっちゃ混乱する。そういうシステムだのなんだの、って」

「そんなに複雑に考えなくても、だいじょうぶ。ことは至ってシンプル。福森先生には二〇〇三年以降の記憶が無い。そうでしょ。無いでしょ？　それはね、その年に死んでいるから。わたしに殺されて」

「え、えと。じゃ、じゃあ、ですよ。茉莉さん自身はいつから？　つまり西暦何年から、ここへ連れてこられたんです？」

無意識に彼女の呼び方が苗字から、下の名前へと変わった。「もしかして、だけど。まさか、二〇〇三年よりも後だ、なんて言うんじゃ……」

「もちろん。二〇二四年から」

予想の斜め上の答え、とは、まさにこのことか。「いや。あの、ほんとに。ど」

どこかで転んで、頭でも打ったんじゃないですか？　と口走りそうになるのを、かろうじて思い留まった。「な、ナニを言っているんです、さっきから」

「わたしも勘ちがいしていた。そうなの。至って単純明快な話だったんですね、これは。改めて考えてみるまでもなかった。福森先生が、二〇二四年の世界から召喚されるはずがありません。だって二〇〇三年には、もう死んでいるんだから」

に、二〇二四年。って、そう復唱してみても、さっぱり頭が追いついてこない。「つまり、えーと。あと二十一年も未来の世界から茉莉さんは、ここへ連れてこられた、と。そうおっしゃるんですか」

「それは未来じゃなくて、現代。わたしにとっては、ね。あ。そうだ。こういう例なら、もっと判りやすいかな。あのね。二〇〇三年といえば、中国でＳＡＲＳという、重症急性呼吸器症候群が発生してたでしょ」

「そんなニュースが、えーと」

正直まったく関心が薄い当方、そういや、そんな単語を新聞で眼にしたことがあるような、無いような、って程度。「そうですね。は、はい、あったような気も」

「そちらはわりと早めに終息したけど。それから十数年を経て、今度は新型コロナウイルス感染症っていうやつが全世界で大流行するの。日本でも二〇二〇年の一月に初めての感染者が確認されて。以降、公共イベントや飲食店営業の縮小など、さまざまな感染対策に追われ、国じゅうの経済活動が麻痺状態に陥ってしまうという、たいへんな試練の時代だった。深刻な後遺症に悩まされるひとや死者も多数、出て。でも、ようやく昨年、つまり二〇二三年には規制があらかた解除され。徐々に正常な社会活動が戻ってきている現状なわけ。どう？」

「ど、どう、って。なにが」

「こういう話を聞くと福森先生も、時代の移り変わりのダイナミズムを、うまく実感できそうじゃない？」

いやいや、そんな社会情勢的な例を持ち出されても、こちらは全然ピンとこない。健康や医療問題にはとんと疎いし、茉莉だってその方面にさほど関心の高いタイプだとは思っていなかったんだが。ひょっとして彼女自身もウイルス感染して痛い目に遭い、他人ごとではなくなったから、とか？

そういえば蒼弥くんが以前、ご贔屓の監督作品ということで感染症パニックを題材にした映画のことを熱く語るのを耳にしたことがある。息子がそうなら、きっとおれにもこういう方向性で通じ易い、と茉莉は短絡的に踏んだのかもしれないが。お門《かど》ちがいなんだよな、あいにく。

そもそも世界の歴史が、自分の知見より二十年余りも未来へ進んでいる、だなんて。そんな突拍子もない話、おいそれと受容できるもんか。茉莉がいま並べ立てている与太が、もしもすべて真実だというのならば、このおれはもう、とっくに。

「つまり茉莉さんは、こうおっしゃりたいわけですか。元の世界でのぼくはもう、ちょうど還暦を迎えた年齢である、と？」

「ちがう。全然ちがいますって。さっきから言ってるでしょ。福森先生の人生は、二〇〇三年で終わってるんだから」

「ば、ばかな、そんな」

「四十歳を迎える前に人生にピリオドを打ったあなたには知る由もない。この二十一年間という歳月中の出来事を。そう。だって、わたしが殺してしまったから。ああ、ごめんなさい。でもねでもね、それというのも、福森先生。あなたが悪いんですよッ」

どちらかと言えば切れ長で、眼尻《めじり》が細く伸びている茉莉の瞳が突然、くわっと爆ぜ返るかのように、サイズが三倍くらい膨張する勢いで見開かれた。

「え、怖ッ。って、いや、じゃなくて。急になにを言い出すんですか。ぼくがいったい、なにをした、と」

「とても口にはできない、ひどいことをしたじゃない、蒼弥に」

「え」

茉莉に、ではなく、蒼弥くんに？　って、まったく予想外のことばかり次々にぶつけられるものだから、こちらは気を執りなおす暇も無い。「え。えええ？」

「あ。ちょっと待って。そっか。同じ二〇〇三年といっても、具体的な日時として、どの辺りから福森先生がここへ連れてこられたのか、にも依るわけだよね。そっか」

だからよお、勝手にどんどん納得して、置いてきぼりにしないでくれ、って。

「そのタイミング次第で当然、福森先生の主観的な記憶のなかには無い、つまり自分としては未体験である出来事も出てくるわけか。ひょっとして蒼弥との経緯も、そっちのほうに分類されてる？」

「ぼくに訊かれても困るけど。少なくとも蒼弥くんとなにか個人的なトラブルを起こした覚えは、まったく有りません。ちなみに、ぼくが召喚される直前の最後の記憶は、二〇〇三年の夏休みが終わって。二学期の最初の授業を終えた辺りかな」

「じゃあ、その年の四月に〈広富学園〉の中等部に入学した蒼弥のクラス担任が、他ならぬ福森先生、あなただった、そこんところまではちゃんと認識している？」

「もちろん。ええ」

「そのときから、蒼弥に眼をつけていたんでしょ」

「ほへ？」

「勉強を見てあげるだの、悩み相談にのってあげるだの、甘言《かんげん》を弄して。まんまと学校の近所の自宅へ、蒼弥を連れ込んだ」

「ちょ。ちょっとちょっとちょっとちょっとお」

「同居するご両親が、旅行で不在のタイミングを狙って」

「いやいやいやいやいやいやッ」

「相手が、ものの道理を解せぬ子どもなのに付け込んで。男同士のスキンシップのふりをして、調子に乗って、あんなことや、こんなことまで。口にするもおぞましい、変態行為の数々を」

「冗談じゃない。そんな、そ、そんな。聖職者としてあるまじき」

「こちらがいちいち細かく描写してみせないと、やったとは認めないつもり？」

「やってません、断じて。そんな冒瀆的な真似は絶対に。天地神明に誓って未だ、やっておりません」

ん。あれ？　な、なんだよ、「未だ」ってのは？　なんでそんな、語るに落ちるような言い方をわざわざしてるんだ、おれは。などと臍《ほぞ》を噬《か》んでも、もう遅い。

案の定、茉莉から盛大にツッコミを入れられる羽目になった。

「なるほど。未だ実行はしちゃおりません、とおっしゃる。そりゃあごもっともです。もちろん、そうでしょうとも。だって、福森先生の主観に於いては未だ、これから先に起こるはずのことなんだもの」

いや、これから先もなにも無い。未来永劫あり得ません、と。そう反論しようとしたのだが、声が思うように出てこない。

「でも、蒼弥のことをいま、まさに虎視眈々と狙っている最中なのは認める？　認めざるを得ませんよね。そうでしょ？」

なんとも業腹《ごうはら》だが、指摘されて初めて思い当たった。おれは、たしかに蒼弥に対して妙に、むらむらしていたな、と。

　これまでの人生で、男を性愛の対象として捉えたことは無い。にもかかわらず蒼弥のことを可愛い、と思うのには単純明快な理由がある。おれに懐いてくる彼のその仕種が、母親の茉莉を想起させるからだ。

　ほんの前年まで小学生だったという頑是無さも相俟って、不覚にもその笑顔が心に刺さり、ぐらぐらインモラルな色合いを帯びて揺れてしまっていたことも、この際、認めざるを得まい。しかし、だ。

　当然ながら可愛いと思うことと、実際に手を出してしまうことはまったく別の話だ。おれが清廉潔白を標榜できるような人間じゃないとはいえ、いくらなんでも。そんな鬼畜の所業に及んでしまうほど己れが理性を失う、だなんて。信じられない。

「あなたは蒼弥を弄んで、心に深い傷を負わせた。だから、それ相応の罰を受けなければならなかったんです」

「あのですね、茉莉さん。決して茶化すつもりはないが、なんかそれって、テキトーに言ってません？　これから先に起こるはずの出来事なんて、ぼくが自分では確認しようもないのをいいことに」

「適当に口にしたりなんて、できるわけないでしょ。こんな重大な告発を」

「とても信じられませんね。いや、待ってください。百万歩くらい譲って。いいですか、譲っての話ですよ。ぼくが仮に蒼弥くんとその類いのあやまちを犯したのだとしても、茉莉さんがぼくを手にかけたりするとは、とても思えない。むろん、たいせつな息子さんを穢《けが》されたとしたら母親として、その怒りは尋常ではないでしょう。よく理解できます。けれど、極端な実力行使に出ずとも、対応の仕方ってもんがあるでしょ。少なくとも、いきなり殺すだなんて。そんなこと、ほんとうにできるわけが」

「荒っぽい方法はたしかに手に余る。でも、殺すといっても、殴ったり刺したり、絞めたりするばかりが能じゃない」

「と、いいますと」

「いまも昔も、非力な者の味方といえば、これに決まってる。毒ですよ。毒」

「ど。えッ」

「といっても、厳密には向精神薬。自分用に処方されていたものを服用せず、ずっと溜めてあったの。けっこう大量に」

「け、けっこう、って、そんな。にこにこしながら言うことじゃ」

「それを全部、すり鉢で磨り潰して、飲み物に混ぜ。なに喰わぬ顔で、あなたに勧めた。なにしろ激しい情事の後で、服も着ずに裸のまま虚脱状態だったあなたは」

は、激しい情事って。え。それは茉莉と、おれが？　セックスした？　うひょひょ。できたのかよ、マジで？

「あなたは疑いもせずに、それを一気に飲み干し。そして幸せそうな。ううん、わたしの思い込みではなくって。ほんとに幸せそうな笑顔で、そのまま意識を失って」

＊

「彼女とは、さっき、ちらっと話してみたんだが。どうも晴夏は、その……」

龍吾は言葉を濁し、間を置いた。「いまの彼女はどうも、自分が元の世界では、すでに死んでいることを知らないようなんだ。ということは」

「ちょっと待って」

嫌な予感にかられ、兄を遮ったものの、あたしはすぐに言葉が出てこない。「……お義姉さんがすでに死んでいる、って。どうして判る？　晴夏さんは、不倫相手とかどうかはともかく、誰かといっしょに逐電して、いまも日本のどこかで」

「美那子にとっては、ショッキングな話になってしまうが」

一旦口を噤んだものの、テレビ画面のなかの龍吾の表情は落ち着いている。

「自分の兄が実は、まともな人間じゃなかった、と知ったら、な。だからわたしも一生、秘密にしておくつもりだった。しかし、現状が現状だ。なんのためにこんな異次元世界へ連れてこられているのかを考えるためにも、すべてありのまま、告白しておいたほうがいいだろう、と。そう決めた」

あくまでも恬淡とした口ぶり。「これは、美那子に軽蔑されるどころじゃない。兄妹の縁を切られて当然のような話なんだが。とにかく、すべてを正直に打ち明ける。だから罵るとか批難は後回しにして、とりあえず最後まで聞いてくれ。落ち着いて」

もの静かな態度と声音に気圧されてか、あたしは無意識に大きく頷く。

「ことの発端は、二〇〇〇年。エリナと渓登が小学四年生のとき」

ああ……と一瞬にして、絶望的な気持ちに胸が掻き毟られた。やっぱりこの話題になってしまうのか、と。

「そう。川遊びをしていた渓登が水死した、あの一件だ」と、こちらの胸中を読んだかのように続ける兄。

「美那子もよく知っているように、あれは純然たる事故だった、との結論に落ち着いている。少なくとも公的には。しかし、晴夏とわたしは決して、心の底から納得していたわけではなかった」

それは当時からあたしも、ひしひし感じ取っていたことだ。

「夏休みが始まったばかりの、問題の日。渓登といっしょに川へ行ったのは、同じクラスだった五人の男子生徒たち。学校行事などではなかったので教師や保護者など、おとなは誰も帯同していなかった」

「その五人の同級生たち、事故の瞬間はなにも見ていない、という話だったよね。だから渓登が溺れたことに、しばらくは誰も気がつか。あ、ごめん、口を挟んでしまって」

「五人の誰も、なにも見ていないし、なにもしていない。彼らのそんな証言を疑わなければならない理由は無かった。ところが。渓登の葬儀を終えた頃、匿名の手紙が、わたしたち夫婦のもとへ届いた」

「え。手紙？　って」

「その内容は驚くべきものだった。問題の五人の男子生徒のなかに、渓登を殺した子が居ると、そう告発していたんだ」

初めて知らされる衝撃の事実に、胸のなかがどす黒い不安でいっぱいになる。

「だれッ？　だ、誰がそんなことをしたと、その手紙には」

「名前は書いていなかった。ただ、単独犯ではない。五人全員ではないものの、複数人がかりで。ふざけて渓登を、川に沈めたりしているうちに死なせてしまったのだ、と。その手紙は、そう断定していた」

「それってつまり、その告発者は現場を目撃していた、ってこと？　同行した五人のうちの誰か、なのか。それとも、たまたまそこに居合わせた第三者なのか。ともかくその一部始終を見ていたんだ、と？」

龍吾は、ゆるゆる緩慢に首を横に振った。それが決して「告発者の素性は見当がつかない」という意味ではないと、ふいに思い当たったあたしは、なぜだか無性に嫌な予感にかられた。

「ここから先はさらに、話すほうも聞くほうも精神的にきつい流れになるんだが。要するにわたしは、その手紙の内容を、すべて真に受けてしまったんだ。そんな告発はまったくの虚偽ではないか、なんて当然抱くべき疑いを微塵も抱かず、全面的に」

「真に受け、って、え。まさか」

「そして復讐を誓った。渓登を死に至らしめた犯人を必ず見つけ出し、そいつも同じ目に遭わせてやる、と」

「に、兄さんッ」

「判っている。わたしはいま、おぞましいことを口にしている。だが、その恐ろしさを理解できるのは、いまだからこそ。そのときは自覚なんて、まったく無かった。怒りと憎しみに凝り固まる余り、己れの理性が崩壊していることなぞ露ほども」

二十年以上も経って初めて目の当たりにする兄の心の闇に、あたしは慄然と胸が締め付けられ、泣きそうになった。実際、眼尻には涙が溢れかけていた気がする。

「渓登の無念を晴らしてやる、と。そのためには、問題の五人のうちの誰と誰がやったのか、犯人を特定しなければならない。これが困難だった。結論から言ってしまうと、わたしはその特定作業を諦めた」

「え？　じゃあ……」

「どうせ五人のなかに居るのはまちがいないんだし。直接手を下さなかったやつらにしたって、見て見ぬふりをしていたかもしれないんだから。全員が同罪だ。五人全員に連帯責任をとらせてやる、と」

兄さん、と再び叫ぼうとしたが、声の塊りが喉の奥で詰まり、咳き込んでしまう。息が苦しい。まるで悪夢のように。いや、これはほんとに夢なのかも。あたしは悪い夢を見ているのかも。

「安心しろ。いや、安心しろというのも変だし、そう言ってしまうのは別の意味で、まだ気が早いんだが。わたしは五人の容疑者全員を抹殺する案は結局、実行しなかった」

あたしは思わず吐息を洩らした。音はしなかったはずだが、ひょっとしてテレビ画面の向こうに居る兄のところまで聴こえたんじゃないか、と危《あや》ぶむくらい深く、大きく。

「かなり真剣に準備はしたんだ。なんとかうまく遂行できるように」

「やめてよ、もうッ」

「逮捕され、極刑を受けるのは怖くない。やるべきことをやり終えてさえいれば、な。なにしろ手にかけなければならない対象が五人も居るとくる。わたしにとっていちばん避けなければならないのは、すべての犯行を終える前に、途中で自分が警察に嫌疑をかけられてしまう展開だ。最悪、未だひとりしか殺していないのに逮捕されてしまう事態だって、充分あり得る。その対策として、例えば交換殺人を計画してみたり」

「こうかん？　え。って、それは」

そんな策略まで巡らせていたのか、と兄の本気度に圧倒されるいっぽう、そのドラマティックな単語にリアリティが有るようで無いような滑稽さも感じてしまい、どう反応したものやら悩む。

「それは誰と協力して？」

「もちろん見ず知らずの他人と、だ。なんの接点も利害関係も無い人物とでないと、このギミックは成立しないじゃないか」

「そんなひとを、どうやって探すの」

「行き慣れない夜の店に立ち寄って、これぞと見込んだ者に声をかけてみたり、とか。しかしこの世は、殺したいと思う他人の居るやつで溢れているっていうのに、実際には一度も交換殺人の相談はまとまらなかった。当然といや当然だがな。そんな、まるでサスペンスドラマみたいにとんとん拍子に、ことが運んだりするわけはない」

龍吾は自嘲的な笑いを洩らした。「そういえばこれも、どういう巡り合わせなんだか。そのうちの店のひとつは、エリナの彼氏の勤め先だったりして」

「えと。〈スピニッチ・パイン〉だっけ」

「もちろん当時は、将来のそんな奇縁なぞ想像できなかったし、協力者を探しにいった店もそこだけじゃなかったが。どこへ行っても話に乗ってくるようなやつは見つからなかった。幸いにも、な。だが結局は、それが理由ではなかったんだ、わたしが渓登の復讐そのものを断念したのは」

龍吾の表情に変化は無かった。けれど、嫌な予感に渦巻くあたしの胸中は兄に見透かされている。そんな気はした。

「そもそも告発の手紙の内容が、まったくの出鱈目だった、と判明したんだ。しかもそれ以上に問題なのは、手紙をわたしたちに寄越した人物が誰だったのか、ということで、それは。それは……」

龍吾はそこで初めて息苦しげに、顔を大きく歪めた。そして、こう吐き出した。

「それは晴夏だったんだ」

＊

「なんとなく、だけど。あれ、おかしいな、とは思ってたんだよ。ずっと。うん。なんとなく、ね」

ボクの声は室内で虚しく響く。自分としてはMCへ問いかけているつもりなんだけど、さっきから何度「ねえったら。ねえ？」と答えを促しても梨のつぶて。返答してくれる気配はまったく無い。

完全に独り言にされちゃってるよ。でも、こちらは喋り続けるしかない。

「おかしいんだよ、絶対。だってさ、ほんとなら未だ生まれていないボクが、一九八九年の舞台に居る。それはこうしてママの姿かたちを借りてこそ可能だと。そういう理屈なわけでしょ。ね。ここまではいいかな？　まちがっていないよね？」

相変わらずのノーリアクションにイラッとして、ちッと舌打ち。その拍子に、電源を切っているテレビの黒い表面に映り込んでいる女性と、ふと眼が合った。

それはもちろんボク自身なんだけど、姿かたちが二十三歳のときの塩本晴夏。つまりボクのママなものだから。どうにもこうにも、自分自身の鏡像と顔を合わせている実感が湧かない。ヘンな気分。

「では、なんでこの時代なのか、その理由はさて措くとして。そんな屁理屈をこじつけてまで、ボクが召喚されなきゃいけないのであれば、渓登もいっしょのはずでしょ？　双子の弟なんだから。ね。渓登も、ここに居なきゃいけない。そうでしょ？」

喋っているうちに、予想以上の説得力を自説に感じて気持ちが高揚したのか、自然に声が大きくなった。

「ママの身体を借りて生誕前の過去へ自我を遡行させられる仕組みだと言うなら、ボクだけが、ってのは、おかしいじゃん。どう考えてみても、さ。渓登の意識もいっしょに、いまここに居ないといけないはず。ね。なのにどうして、そうなっていない？」

相変わらず反応は、いっさい無し。思わず溜息が出てしまった。

頭を掻きかきベッドの周辺を、うろうろ歩き回る。なんだか動物園の檻のなかのクマにでもなったような気分。

「それとも、ただ単にキャパの問題？　ママの身体は、ひとつだから。心もそのなかに、ひとり分しか入らない？」

（いいえ、そういうことではありません）

「あーッ。あああ。やっと」

ついガッツポーズが出ちゃって。黒いテレビ画面のなかでママが、はしゃいでる。「やっと答えてくれたよもう。んとに、もったいぶっちゃってさ」

（わたしの立場もどうかご理解ください。個別対応は原則、お受けできない。その理由はお判りになるでしょ。そんなつもりはなくとも、やりとりのなかで、うっかりヒントを与え過ぎになったりしたら、公平性に欠ける結果になる。このファイナル・ウイッシュの趣旨に反する。招待主の意向に添えなくなるかもしれないわけです）

「あのさ。その招待主の正体だけど。ほんとは、あなたなんじゃないの？　ＭＣでーす、とかって、すっとぼけといて？」

（ちがいます。わたしは十人のメンバーの、どなたの意思とも無関係で。完全なる中立の部外者。これは保証いたします）

「どうもいまいち、信用できない」

（そこはもう、無条件に信用してもらうしかないですね。わたしは、少なくとも嘘はつきません、みなさまに対して。なぜなら、さきほど申し上げた、個別対応は原則不可、と同じ理屈です。もしもわたしが出まかせを言っちゃったりしたら、それを鵜呑みにしたみなさまの考察や意見に、どんな悪影響があるかも判りませんから。ね？）

「そんな、もっともらしいだけの胡散臭《うさんくさ》いロジックで煙に巻こうったって、そうはいかない。もしもあなたが、ほんとに嘘をつけないのだとしたら、さっき言ってたことも、ほんとに、ほんとなわけ？」

（さっき、というのは、どれのことをおっしゃっているんでしょうか）

「キャパの件だよ。キャパ。ママの身体のなかには、ひとり分の心しか入れないってわけではない、っていう。それは、まちがいないの？」

（まちがいありません。キャパの問題ではないので、塩本晴夏の身体のなかに潜もうと思えば、ひとりじゃなくて、ふたりであってもだいじょうぶ）

「ほら、おかしい。だったら、さっきから言ってるように、渓登もここにいっしょに居なくちゃいけないはずでしょ？　絶対に、そうだよね。そもそもボクたちはふたりいっしょに、ママのなかで生を享けたんだもん。だからこそ双子として生まれてきたわけだもん。ね？　なのに、それがいま、ボクしか居ないなんて。変じゃない？　これじゃあこの先、渓登は抜きで、ボクひとりで生まれてくる、なんて歴史上の事実とは異なる未来にもなりかねないわけで」

（なかなか厄介な理屈を持ってこられる。なるほど。言われてみればまさに、おっしゃるとおり）

「でしょ。そうでしょお？　ね。ボクのほうが正しい、って認めざるを得ないでしょ。だから、信用ならないんだよなあ、あなたが言うことって」

（たしかに、たしかに。通常のケースであれば、つまり意識が過去へとタイムリープするだけの設定であるならば、あなたといっしょに、あなたの弟さんも、ここに居ないといけない。まったくそのとおり）

「だったら、どうして」

（最後までお聞きください。たしかに理屈はそうだけど、この舞台設定がそもそもファイ

ナル・ウイッシュであることの意味をもう一度、よくお考えになってみては）

「意味？　って、どういう」

（要するに、この場に於ける事象はすべて、招待主の意思が優先される、ということ。あなたがここに居るのは、つまりあなたの意識がこの館へ召喚されたのは、招待主があなたを必要としたからです。そう。理由は至ってシンプルで、あなたが呼ばれたのは、招待主があなたに用が有ったから。これに尽きる。よろしいですか。つまり）

「つまり？」

（あなたは呼ばれた、にもかかわらず、双子の弟の渓登さんが呼ばれなかった理由。それは単に、招待主が渓登さんには用が無かったから、に他ならない）

「用が無い？　渓登には、って」

（ここへ呼ばれるのは、招待主が用の有る人物に限られる。換言すれば、用の無い者は呼ばれない。条件の相違は、ただそれだけなんです。ね。至ってシンプルでしょ？）

＊

「それだけじゃないの。まだ有るんです、わたしが犯してしまったあやまちは」

テレビ画面のなかで茉莉の長広舌《ちょうこうぜつ》は続いている。延々と、と言うより心なしか、だらだらとした趣きで。

通常ならうんざりして、とても付き合っていられないところだが。内容が内容なので、うっかりリモコンでリモート通話を切るわけにもいかない。かといって、なかなか口を挟ませてもらえる気配も無い。

元の世界での二〇〇三年に、おれを殺してしまった、と彼女は懺悔する。が、大量の向精神薬を磨り潰して呑ませたのが仮に事実だとしても、その結果おれは、ほんとに死んだのか。これは判らないではないか。

例えば病院へ救急搬送され、なんとかいち命を取り留めたとか、そんな可能性だって有るだろう。いやいや、おれの死亡をきっちり自分の眼で確認したうえでこのように告白しているのだ、と茉莉は主張したいのかもしれないが、少なくともこちらにはその真偽を判断する術は無い。

彼女の言い分がどこまで真実であると譲歩するかは別として、いろいろ反論したいことが山ほど有る。なのに訴えるタイミングをつかみそこねていると、さらに茉莉は、とんでもない爆弾を投下してきた。

「実は、あなただけじゃないの、福森さん。あなただけじゃないんです、わたしが殺してしまったのは」

「は」

「もうひとり居るんです。わたしが殺してしまったひとって」

「だだだ誰を。いったい誰のことを、おっしゃっているんです」

「鞍留滋」

「り。え。理事長を？」

「ほんとはご本人に謝らなきゃいけないんだけど。こんな大騒動になっちゃった。再度のトライもめんどうそうで、というか。ご本人がね、あの様子じゃ、どうにもこうにも。手のつけようがない、というか。会話もままならないだろうから。お爺ちゃんの代わりに、というわけじゃないけど、せめてこういうかたちで。彼への分の懺悔も聞いておいてもらえるとありがたいなあ、と」

「なんでぼくが理事長の代理で、そんな謝罪を受けなきゃ。って。いやいやいや。じゃなくって、どういうことですか、それは。なにがあったんです？」

「だから殺してしまったの、わたしは。鞍留滋理事長を」

「なぜ、そんな？　なぜ茉莉さんが理事長を手にかける、なんて。おふたりの関係からして、やっぱ、あれですか。その、いわゆる情痴のもつれ的な？」

「そんなんじゃなくって。あ。えっと。うーん。たしかにあれも、いわゆるひとつの情痴のもつれ、みたいに第三者には見えちゃうかな。あのお爺ちゃんったら歳甲斐もなく、いきなりわたしのこと、乱暴に押し倒して、淫らな真似に及ぼうと」

は？　いや、でもさ。そもそもあなたは彼の愛人だったんだからね。想定内という表現が適切か否かはさて措き、それはある意味、当然の成り行きなのでは？　と指摘するべきか、少し迷う。

「しかも、施設のなかで」

「しせつ？　え。というと？」

「特養ホーム。お爺ちゃん、〈広富学園〉からも、それ以外の事業からもすべて引退した後、身心ともにすっかり弱っちゃって。認知症も、だいぶ深刻だったみたい。要介護4か5って話だったかな。それで」

「理事長が？　え、と。ちょ、ちょっと。それって」

「お見舞いにいったんです、わたし。ね。一応お世話になった身だし。きちっと仁義は切っておこうと。そしたらお爺ちゃんったら、わたしが個室へ入るなり、いきなり。信じられる？　いきなり、ですよ？　パジャマのズボンを半分ずり下ろしながら、むしゃぶりついてきたりして。もう、信じられないッ。いつ他の職員のひとたちが部屋へ入ってくるかもしれないのに」

「待ってください、ま、茉莉さん。ちょっと待って。それは、あの、いつ頃のお話なんでしょうか。つまり、鞍留理事長が引退したのは？　特養ホームへ入所したのは？　だいたい西暦何年頃の」

「あれは、えーと。二〇一一年だっけ。そうだ。東日本大震災の後」

「に、にせん、じゅういち、って」

東日本大震災ってなんのことですか、と訊こうとして、おれはなんだか酷い徒労感に襲われ、思い留まった。

「だから当時お爺ちゃんは、もうとっくに八十を超えていて」

「あ、あのですね、茉莉さん。さきほどのお話によれば、おれは二〇〇三年に死ぬんですよね。茉莉さんがそう言ったんだから、そうなんですよね？　であるならば、鞍留理事長の引退時に、おれはとっくにこの世には居ないわけじゃないですか。それなのに、理事長に謝りたいからだのなんだの言われても、おれにはなんにも、やりようも判りようも無。ま、まあ、いいやもう」

唐突に厭世的《えんせいてき》な気分に襲われ、なにもかもが虚しく、めんど臭くなってしまった。茉莉の前で「ぼく」という一人称から「おれ」に変わったのも無意識のまま。

「ここまで与太に付き合ったんだ。毒を喰らわば皿までじゃないけど、最後までお話を伺いましょうかね。特養ホームの鞍留理事長の個室を見舞ったら、いきなり彼に襲われて。で、どうしたんですか？」

「思わずお爺ちゃんを突き飛ばしちゃった。フツーそうするでしょ？　誰だって、ねえ。急に抱きつかれて胸をまさぐられたり、顔を舐め回されたり、股間に手を入」

「はいはい。その辺りでね、その辺りで。それ以上、詳しく描写しなくてけっこう。茉莉さんは理事長を突き飛ばした、と。で、どうなりました」

「お爺ちゃん、自分がそれまで寝ていたベッドの上に、ころんと引っくり返って。それっきり。動かなくなっちゃった」

「頭でも打った、とか？」

「判らない。とにかくわたしは慌てて、職員のひとたちを呼んで。一一九番通報してもらったんだけど。結局お爺ちゃんは、たすからなかった」

「警察は？」

「来てもらったけど。急性の心不全で、事件性は無い、と判断された」

「なあんだ。自然死ってことじゃありませんか、それじゃ。別に茉莉さんが殺したわけでもなんでもない。驚かさないでくださいよ、もう。やれやれ」

「あなたは知らないのよ、わたしのことを。全然。判っちゃいない。わたしの、ほんとうの恐ろしさを」

急に芝居がかった科白《せりふ》を吐くが、それまでの茉莉の表情や口調と比べ、特にこれといった変化も無かったため、不穏な内容のわりには妙に間延びして聞こえる。

「なんですか、いったい。茉莉さんの、ほんとうの恐ろしさって？」

「それは、ね」

「おっと。実は鞍留理事長以外にも、まだあと何人か、うっかり殺しちゃったひとたちが居るんでーす、なんて。衝撃の告白だったりして」

もちろんおれとしてはカマをかけたつもりなぞまったく無く。ほんとにほんとに、ただの軽口に過ぎなかったのだが。

きょとんとしていた茉莉は一転、悪鬼のような形相になった。

「どうして知っているの？」

＊

「晴夏さんが？　どうして？　どうしてそんな、虚偽の手紙なんかを。いえ、待って。ちょっと待って」

首を横に振りながら無意識に、頭を掻き毟ろうとした手が、ふとツインテールの髪に触れる。普段なら特にどうってこともないはずのその髪の感触が酷く煩わしく、こんなヘアスタイルを選んだ十代の頃の己れに対し、妙に理不尽な苛立ちを覚えた。

「それって、たしかなことなの？　その告発の手紙って、ほんとに晴夏さんが捏造したものだったの？」

「少なくとも本人は、そうだと認めた。当初は、とぼけていたんだが。嘘をつき通せないと観念したんだろう、結局。ただ、手紙の内容は完全な出鱈目ではない、と最後まで言い張ってはいたが」

「それってどういう根拠で？　晴夏さんは、なにか具体的な心当たりが有って、そう主張していたの？」

「エリナから聞いた話らしいんだが。日頃からクラス内で渓登に、ちょっと度の過ぎた、ちょっかいをかけてきていた同級生男子が何人か居る、と」

「それだけ？　え。それだけなの？　だとしたら、それほど明確な根拠だとあたしには、とても思えないけど」

「エリナと渓登は、小学校で別々のクラスだったしな」

「え。だったらなおさら、当てにならないんじゃない？　エリナちゃんがいい加減な発言をした、って意味じゃないよ。でも、いくら双子の姉弟とはいえ、校内で四六時中いっしょだったわけでもないのなら」

「たしかに。エリナにしても、弟に対するイジメがあった、と明言していたわけではないらしい。ただ当該男子のひとりが問題の日、川遊びのメンバーのなかに居たことはまちがいないようだが」

「言うところの日々ちょっかいをかけてた男子生徒が、その延長線上で渓登を死に至らしめた可能性は有る、と。エリナちゃんの話を聞いた晴夏さんは、そう判断した。そして匿名の告発者を装い、手紙を書いた。そういう経緯だった、ってこと？」

なぜだか龍吾は、頷きもしなければ、かぶりを振ったりもしない。ただ意味ありげな沈黙が下りるだけ。

これはどう解釈すべきか。ひょっとして龍吾は、匿名の手紙を書いたのが晴夏さんでまちがいない、とはいまひとつ、確証を得られていないのでは？

手紙は自分が書いたものだ、と晴夏さんが認めたとしても、それが真実であるとは限らない。彼女はなにか思惑が有って嘘を吐いたのでは？　そんな疑念が湧いてくるし、それはあたしだけじゃなく、龍吾も同様だったような気がするのだが。兄のこの無表情を、どう切り崩したものやら。

「仮に確信があったのだとしても、なぜ匿名の手紙なんて迂遠な方法で？　渓登の死が単なる事故じゃない、と考えるのなら、堂々と自分の口からそう声を上げればいい。晴夏さんはどうして、そうしなかったの？」

「晴夏には、きっと別の思惑があったんだ。わたしが当時、不倫相手と深みに嵌まっていたものだから」

その兄の口調に、依然として煮え切らないものをあたしは感じ取ったが、とりあえず話を前へ進めるしかない。

「相手は女性？　男性？」

「そのときは女性だった。いや、美那子がなにを考えているかはだいたい察しがつくが、そういうことじゃないんだ。晴夏は基本、夫の婚姻外恋愛には寛容だった。その相手が女性であろうと男性であろうと、な。ただそのときは間が悪かった。やはり息子を失ったショックが大きくて、精神的に不安定になっていたんだろう。喪失感に圧し潰されそうになり、その分、家族への依存や執着の傾向が強くなった。特に夫の関心は、なるべく自分のほうへ向けておきたい。そのためには、わたしの意識が常に渓登のことから離れないようにしておかなければ、と。そういう意図だったんじゃないだろうか」

「だから偽の告発の手紙を書いた？　兄さんの気持ちが、妻や娘以外のところへは向かわないようにするために？」

「その効果は有った、と言うべきだろう。いや、有り過ぎた。晴夏の想定を遥かに凌駕してしまったんだ」

「兄さんが容疑者候補の男子生徒五人、全員を抹殺する計画を立てていると知って、晴夏さんは驚愕した。まさか、そこまで極端に走るなんて夢にも思わなかった。夫にそんな罪を犯させるわけにはいかない、なんとか頭を冷やしてもらわなければ、と晴夏さんは、告発の手紙は自分が書いたものである、と正直に打ち明けた?」

龍吾は相変わらず、頷きもしなければ、かぶりを振りもしない。

「それで? 手紙を寄越したのが晴夏さんだと知って、兄さんはどうしたの」

「端的に言えば、度を失った。もちろん晴夏の心情も、いまなら理解できる。が、そのときは、なにもかもが裏目に出た。すべてを愚弄《ぐろう》されたような怒りで、わたしは己れの感情のコントロールが利かなくなった。口論の末に晴夏と揉み合いになって、はっと我に返ったときには、すでに彼女は、ぐったりしていたんだ。この手のなかで」

憤怒と錯乱状態のまま、晴夏さんの首を絞めてしまった、ということなのか。

「あとは美那子も知っているとおり。渓登の死が原因で夫婦仲がぎくしゃくしたという事実を少し歪曲、誇張し、夫を見限った晴夏が別の男といっしょに失踪したというストーリーを、でっち上げたんだ。彼女の筆跡を真似た書き置きを添えて」

「じゃあ晴夏さんは、いま?」

その晴夏さんとは先刻、階下のダイニングホールで顔を合わせたばかりだ。しかも二十歳そこそこの若い姿で、普通に動いている彼女の立ち居振る舞いが脳裡に浮かんできて、なんとも妙な心地に囚われる。おそらく龍吾はもっと複雑怪奇な感覚に襲われているだろうが、顔には全然出そうとしない。

「彼女の遺体は？　死なせてしまった後、晴夏さんをどうしたの」

「自宅の床下に……」

そこで初めて龍吾の表情に変化があったようだ。が、それをこちらが見極める前に兄は俯いて、軽く首を横に振る。これ以上はかんべんしてくれ、とでも言いたげに。

「前置きが長くなってしまったが」

顔を上げたときには、すでに龍吾はもとの無表情に戻っている。

「本題は、このファイナル・ウイッシュだ。ずばり、招待主の正体は晴夏なんじゃないかと、わたしは思う」

「へえ？　なんで？」

「晴夏ならば、こんな茶番をセッティングするのも頷けるだろ」

「そうかな。どんなふうに？」

「このわたしに言い遺したことがあるんだ、彼女は。あるいは怨みごとの類いかもしれない。具体的な内容はともかく」

「いや、ちがうでしょそれは。どう考えたって。だってさ」

「判っている。だとすれば、わたしだけが召喚されるはずだ、と言うんだろ？　だがそれにも、ちゃんと説明がつく。晴夏は自分の意図を、わたしに悟られたくない。だから真の目的は夫であることを隠すために、無関係な八人を適当に加え、みんな同時に呼び集めたんだ。カモフラージュのために」

「そういう問題じゃないって。よーく考えてみてよ。仮に晴夏さんが今回の招待主だとしたら、ファイナル・ウイッシュが発動されたのは彼女の死亡時の二〇〇一年だった、ってことになるでしょ。そうだよね？　てか、むしろそうじゃないとおかしい。なにしろ、いまわの際の最後の願いなんだから」

龍吾は眼をしばたたいた。兄のこういう困惑の表情を目の当たりにできる機会というのも、滅多に無い。

「だったら、あたしたちだってみんな、二〇〇一年の段階でのそれぞれの自我がここへ召喚されるはず。そうでしょ？　そういう理屈になるよね、どう考えたって」

「それは、う、うむ、言われてみれば。なるほど、たしかに」

「でも実際には、あたしが召喚されたのは二〇二三年の世界からで……」

ふと、自分でもわけの判らない胸騒ぎにかられたあたしは衝動的に、テレビ画面に向かって身を乗り出した。

「ね。いまさらかも、だけど。兄さんが召喚されたのも二〇二三年から、だよね？　まちがいなく？」

「そうだ。二〇二三年」

「の師走？」

「うん。十二月」

＊

「ちゃんと経緯を最後まで聞いてください。わたしだって、殺したくて殺したわけじゃない。ちがうんです。正当防衛なの。立派な正当防衛」

百年の恋も醒めそうな、鬼気迫る茉莉の形相が迫ってくる。いまにも呪術系ホラー映画さながら、その上半身がテレビ画面のなかから物理的に這い出てきそうだ。

「少し落ち着いてください、茉莉さん。どうか落ち着いて。今度は誰を殺してしまった、と言うんです」

「市野瀬先生」

「へ」

「と、彼女のお父さん。そのふたり」

「ちょ。え。それはい、いつのこ……」

「だから同じ。二〇一一年。お爺ちゃんが亡くなった後で」

さも、そんなの当然でしょ？　とでも言わんばかり。その無駄に押しつけがましい口吻にこちらは、いささか辟易。

「まあ聞いて。こういうことだったの。先ずわたし、市野瀬先生に呼び出されて」

「どちらのほうへ」

「それは判らない」

「なに言ってるんスか、ナニを。判らない、ってことはないでしょ」

「連れてゆかれた場所が、なんていうところなのかが判らないの。ほんとに、未だに。最初は市野瀬先生と、学校の近くで待ち合わせたんです。そのときは彼女とわたしの、ふたりだけで。そこから市野瀬先生の運転する車で、どこか山間部のほうへ」

「どこの山です」

「だからさ、それが判らないんだってば。別にチェックしなきゃいけないお店が在るわけでもないのに、山の名前なんか知るもんですか。とにかく山の奥の、ずーっと奥の。それまで行ったこともないところに在る、古ぼけた洋館に連れ込まれて」

「おいおい、待った。ちょっと待った。そもそも茉莉はどういう口実で、お局おイチに呼び出されたんだ？」

奇抜かつ仰天な告白の釣瓶《つるべ》打《う》ちで鼻面《はなづら》を引き回されるのに、いい加減、おれも嫌気が差してきたのか。ついに苛立ちが不安を上回り、気がつくと、さん付けから茉莉のことを呼び捨てにしている自分が居た。おまけにかなり、ぞんざいなタメロで。

「お爺ちゃんのことを聞かせて欲しい、って言うんだもん」

「鞍留滋理事長のことを？　なんでお局おイチが、いまさら」

「お爺ちゃんと最期に言葉を交わしたのが、このわたしだったから。そのときの様子を、なるべく詳しく話してもらうことで故人を偲ぶよすがとしたい、とかなんとか。そういう意味のお願いを市野瀬先生にされて」

「変に人情噺クサいのはまあいいとして、最期に会った、つったってさ。茉莉はいきなり理事長に押し倒されそうになって、思わず突き飛ばしたら死んじゃったんだろ。え？　そんなんで、爺さんとのんびり言葉を交わしてる暇なんか有ったんかよ」

よけいな揚げ足とりなのにはまだ眼を瞑るとして、彼女に対する口調をもう少し柔らかく改めておかないと後悔しそうな予感が、なぜかこのとき、ちらっと頭をよぎった。しかしおれをフォローしてくれるべき理性の良識回路はダウンしたまま。

「わたしだってそう思ったけど。断れなかったんですよう。だってだって。どうしてもどうしてもお願い、って懇願されちゃったうえに。そのうえに、ですよ。市野瀬先生が生前のお爺ちゃんに、婚姻外の道ならぬ恋愛感情を長年ずっと抱き続けていた、なんて切ない乙女心を打ち明けられちゃったりしたら、もう、ね？　とても断れないでしょ？　ねえ。そうでしょぉ？」

はあ？　おいおい、なんのギャグだそれ。笑かそうとしてんのなら、ちっとも笑えませんぜ。新旧世代交替で理事長の愛人の座をお局おイチから奪い去ったご当人が、まさか、まさかのカマトト発言。

おれの知っている茉莉は、どちらかと言えば口数の少なさで神秘性を担保するタイプ、というか。あまりこういう、ブリッ娘ふうの話芸で押すイメージは抱いていなかったんだが。まあ、いまはいろいろ非常事態だしな。普段は覗かせない一面がうっかり露呈するのも致し方なしか。

「茉莉の気持ちは判るよ。うん、よく判る。でもさ、彼の最期の様子を聞かせて欲しい、と頼まれたところで結局、ほんとのことは言えないわけじゃん。理事長にいきなり襲われそうになって、思わず突き飛ばしたら死んじゃった、なんて。いや、皮肉でもなんでもないからね、これは。仮にありのままを伝えられたところで誰も幸せにはならないじゃん、って話さ。な。そうだろ？　そういう理の当然が茉莉の頭にはそのとき、まったく浮かんだりしなかったのか？」

「まあそこらへんは、ね。なにかテキトーに美談臭く話をでっち上げれば、なんとかなるだろうと。市野瀬先生にも満足していただけるだろうと。はい、判ってます。甘かった。我ながら軽率でした。だけど、まさか。まさかあんなことになるなんて夢にも思わないじゃない？　わたしだって、わたしだって、もしも拉致監禁されて、殺されそうになる、だなんて、もしも知っていたら」

「ら。え？」

「もちろん断っていましたよ、ええ。どんなに市野瀬先生に切々と懇願されようが、絶対に。もしも問題の別荘に彼女の父親が待ちかまえている、だなんて知っていたら。お断りしていましたとも」

「な、なんて。え。ちょっと。ら、らららち、かん、きんって？」

「さっきから言ってるでしょ。市野瀬先生ひとりじゃなかったんです。彼女の父親も共謀して。別荘へ着くなり、ふたりがかりで、むりやりわたしを縛り上げて。むりやり、ですよ？　ふたりがかりで、ですよ？　そして思うさま凌辱の限りを」

「りょ。え。りょ、りょりょりょりょりょ」

そのときおれを襲ったのは、狂気じみた笑いの衝動。全身の血液の八割がたが股間に雪崩れ落ちたかのような錯覚とともに、意識が途切れそうになった。

「拘束され、抵抗できないわたしに、とても口にはできないような、おぞましい。あんな行為や、こんなことまで。ふたりして、よってたかって」

＊

「こちらの仮説も、ちょっと聞いてもらえるかな。実は、まったく別の考えを持っているんだ、あたし。今回のファイナル・ウイッシュの招待主の素性について」

変に力んでいる己れに気づき、少し逡巡《しゅんじゅん》を覚えた。兄の龍吾がかなり突っ込んだ告白をしたその勢いに、ついこちらも感化されてしまっている。そんな側面に思い当たったからだ。が。

お互いこの〈ミューステリオンの館〉では一蓮托生《いちれんたくしょう》の身だ。この際、差し障りの有る秘密も含めて、あたしのほうからもいろいろ兄に、ぶっちゃけておいたほうがいい。そう決意し、改めて腹腔《ふくこう》に力を込めた。

「心当たりが有るのか？」

眉根を寄せる龍吾だが、テレビ画面のなかのその表情は、あたしがこう切り出す展開を予想していたように見えなくもない。なにしろ先読みに長けた兄だ。デリケートな情報を妹からうまく引き出すための誘い水として、先ず自分が赤裸々《せきらら》な告白の先陣を切ってみせた、とか？　あるいはそんな可能性もあるのかも。などと龍吾とは付き合いの長い分、こちらもつい勘ぐってしまうが、この状況下では穿ち過ぎかも。

「うん、大有り。あたしの旦那だよ、多分。招待主は」

「え？」

さすがに龍吾も、これには意表を衝《つ》かれたようだ。「旦那って。え。章介くん？　彼がこの館の招待主？　いや、まさか。それはないんじゃないか？　だって彼はいま、ああして骨だけになってしまっていて。なんにもできないし」

「そもそも論だけどさ、よく考えてみてよ。招待主って、この舞台で自由に動き回れる人物でなければならないの？　そんな理由なんて有る？　例えばルールとして、招待主の正体は最後まで骨にならなかった人物です、とか決められてんの？　ちがうでしょ。少なくともあたしたちは、そんな条件、聞かされていない」

「たしかに。うん」

「これまた、そもそも論だけど。ファイナル・ウイッシュって、元の世界でのその瞬間に死亡直前だと運命が決定づけられているひとの願望を叶えてあげる。そういうシステムなんでしょ。だったら、この異次元空間の舞台に於いて、招待主が人間の姿かたちを保っていなければならない必然性なんて、なにも無いじゃん。骨のまま狸寝入《たぬきね》り《い》していたって、なんの不都合もない」

「狸寝入り、って。いやまあ、もちろん言いたいことはよく判るが」

「一見いまの章介には、〈ミューステリオンの館〉の現状を認識する手だてが無いように思える。けれど、それはあたしたちが勝手に抱く錯覚だよ。ＭＣと同様に招待主は、こちらからは検知できないところからちゃんと、みんなの動向を見守っている。そう考えるべきでしょ」

「なるほど。なるほどな」

「でしょ。決まりだね、これは」

「まて待て。わたしが納得したのはあくまでも、いま白骨化によって活動停止を余儀なくされている五人のメンバーも招待主候補者リストから外せないぞ、彼らのなかにだって招待主が紛れ込んでいる可能性が有るんだぞ、という指摘について、だ」

「だからこそ、あたしの旦那の仕業なんだ、としか考えられない」

「この時空の大前提を忘れちゃいけない。二〇二三年十二月の段階で、章介くんは未だ生きているだろ。ＭＣの説明を全面的に信ずるなら存命中、もしくは当面死ぬ予定の無い人間にファイナル・ウイッシュの資格や権限が与えられる道理は無い。それとも、もしかしてわたしが把握していないだけで、実は元の世界での章介くんは、すでに死亡していたりするのか？」

「あたしがここへ召喚された時点で章介は、たしかに生きていた。なにしろ彼、殺人を犯している真っ最中だったし」

「なんだと？　おい、それは」

「言いまちがえてもいない。勘ちがいもしていない。章介は、ひとを殺したんだ」

「いったい誰を」

「エリナちゃん」

龍吾は眼を瞠《みは》る。めずらしく妹の正気を疑う色がそこに浮かんでいて、あたしは逆にホッとした。ホッとしたというのも変だけど、多少なりとも兄の人間臭い反応に接するレア体験のように感じたのだろうか。少なくとも喋りやすくはなった。

お蔭で自分でも意外なほど、淡々と説明することができる。章介がエリナちゃんに、なにをしたか、その罪の全貌を。

「……エリナを突き飛ばし、車に轢かせた、だって？　交通事故に見せかけて、って。いったいなぜ、そんなことを？」

章介が、なぜ義理の姪に殺意を抱くに至ったか。彼の動機について説明するのは、舌が多少は滑らかになったものの、やはり心理的にきつい。あたしが章介についた嘘の件から始めなければならないからだ。龍吾がひそかに宝籤の超高額当選を果たしていたという、あの噴飯ものの嘘八百。

新型コロナの後遺症で離職せざるを得なかったこと。そして先行きの不安から、なんとか夫の関心を自分に繋ぎ留めておけないものかと腐心する余り思いついた出鱈目だったこと等々。すべて兄に打ち明けたあたしは、底の知れぬ虚無感にさいなまれた。

嫌でも、さきほど聞かされたばかりの晴夏さんの一件を連想してしまう。龍吾の関心を少しでも家族へ向けさせるべく我が子の死に関する不穏な内容の告発状を捏造したという義姉。その図らずも、章介の関心を繋ぎ留めておこうとしたあたしとの時空を超えたシンクロニシティがなんとも切ない。

「財産目当ての殺人、とはまた。刑事ドラマとかで、たまに観るが。なんとも現実味に欠けるというか。そもそも章介くんがそんな動機で、未だ父親の遺産を相続してもいないエリナを先ず狙う、って。短絡的に過ぎやしないか、いくらなんでも？」

「セオリーとしては、まちがっちゃいない。遺産を独り占めしようと企むなら予め、他の相続権者を減らしておくのが王道でしょ。被相続人が生きているうちに」

「エリナの後でわたしを亡き者にして。そして兄の遺産を相続した美那子を殺す。最終的に財産はすべて美那子の配偶者である彼のものになる、と。ざっとそういう段取りだと言うのか？　理屈としては一応もっともらしいが、どうも回りくどいというか、手順が多すぎるような気が」

「だって、いきなり兄さんを殺してみたところで、遺産が章介のものになるわけじゃないでしょ。むしろエリナちゃんよりも早く龍吾が死んでしまうほうが、章介にとってはリスクが大きい」

「どういうふうに？」

「決まってるでしょ。もしも兄さんが死んだ段階で、すでにエリナちゃんが結婚していたらどうする？　って話。龍吾の遺産を相続したエリナちゃんには夫という、章介にとっては目障りなコブが付いてしまう。夫は義理の父の遺産を直接相続するわけじゃないけど、妻のものになったということは、その夫のものにもなったも同然で」

「もしもほんとに章介くんがそんな善からぬ思惑を巡らせていたのなら、彼にもちゃんと知らせておいてあげれば、あるいは馬鹿な真似を思い留まれていたのかな」

「なんの話？」

「エリナの結婚のことだ。彼女には付き合っている男が居て」

「知ってるよ。バイト先の〈スピニッチパイン〉のマネージャーさんでしょ。兄さん、そのひとを紹介してもらう予定になっている、って言ってたじゃない。クリスマスイヴに。そしてまさにその日に、エリナちゃんは章介の手で」

「実は、もう入籍済みなんだ」

「は？」

「だからその彼とエリナは、もう戸籍上は夫婦になっている」

「へ。へええ？」

「それをわたしが知っているということを、エリナは知らない。交際している彼氏を紹介するという名目で店へ招待した父親に、自分たちの婚姻届受理証明書かなにかを見せて、びっくりさせてやろう、という心づもりなんだ。ところがこれ、実際にはエリナのほうへ仕掛けられた逆サプライズでね」

「エリナちゃんのほうへ仕掛けられた？　って言うからには。実はその彼氏は兄さんとグルだ、ってことになるよね。え。じゃあ兄さんはもう、エリナちゃんの彼氏さんてひととは、かなり親し。いや、ちょっと待って。そのひとって何者？　兄さんとはいったい、どういう関係？」

「どこから説明すべきかな。土志田蒼弥とわたしとの付き合いは、彼が〈スピニッチパイン〉で働き始めてからだから。そろそろ五年近くになるかな」

「ほんとに待ってちょうだい。なんだか妙な怪しい雲行きを感じるんだけど。そもそも兄さんて、くだんのお店とはなにか、つながりでもあるの？」

「この際だから、すべて正直に打ち明けておこう。わたしは〈スピニッチパイン〉のオーナーなんだ」

「はあ？　で、でも、さっき」

「交換殺人の協力者を探しにいった二〇〇〇年頃は未だ、そうじゃなかった。ほんとにただの客だった。が、その後、ひょんなことから店の当時のオーナーが昔の同級生だったと判って。詳細は割愛するが、とにかくいろいろあって、癌による余命宣告をされていたそいつから店の経営権を譲り受けることになった」

「ナイトラウンジの経営権、って。兄さんには似合わないというか、畑ちがいとしか思えないんだけど。どうして急に、そんな気になったの」

「打診されたとき、たまたま泡銭《あぶくぜに》が手もとに有ったものだから。それで」

「あぶくぜに？」

「さっき美那子が自分で言っていたじゃないか。宝籤の高額当選」

「え。ええッ？」

「冗談のような偶然だが、あれは美那子の法螺じゃないんだ。ほんとうに当てていた。なもんだから正直、いま話を聞きながら内心ドキドキしっぱなしで。おやおや？　美那子は章介くんについた嘘だと言ってるが、実はちゃんと承知のうえで、当てこすっているんじゃないか？　なんて」

「ほ、ほんとに。な、ななおく？」

「金額は、ちょっとちがうが」

「それより少なめ？」

小首を傾げる龍吾の仕種で、あたしは確信した。こりゃ当選金額はもっと多いなと。同時に、なるほどと納得もしていた。新型コロナ禍の打撃で家業のクリーニング店を畳んだ龍吾がその後、特に再就職もせず、隠居老人みたいな生活を送っていたのには、こんな裏が有ったのか、と。

「偶然といえば、エリナちゃんがその店でバイトすることになったのも」

「そちらは偶然ではないんだ。といってもエリナ本人は気がついていないだろうが」

「やっぱり。密かに父親が裏で手を回してたのか。それは如何にもフィクサーな、兄さんっぽいエピソードだ」

「なんだかひと聞きが悪いな。娘のことが心配だっただけなのに。なにしろエリナときたら、同じバイトするならコロナ禍だから接客業は暇そうだ、みたいに安易な気持ちなのがバレバレで。まあ実際、バイト募集をしている店が多くなかった時節柄《じせつがら》も幸いしてか、それとなく〈スピニッチパイン〉へエリナを誘導するのは思ったほど難しくなかった。うちも、ほんとは新規雇用の余裕なんか無かったが。彼女が面接にきたそのときだけ、スタッフ募集を臨時で掛けていたんだ。言わばエリナを一本釣りするために」

「親に財力が有ると過保護の在り方も、ひと味ちがいますのう。自分の息のかかっているお店なら、娘の動向もつかめて安心だと。もちろんエリナちゃんは、バイト先と父親との裏の関係なんか知る由も無い」

「さりげなく、〈スピニッチパイン〉がゲイバーだと勘ちがいしてますアピールをしておいたから。それくらい父親は事情に疎い、と思い込んでいるだろう」

「でもさ。なんで、そこまでして秘密にしておく必要が有るの？」

「そんなつもりも無かったんだが。そもそも店のオーナーになったのだって、思いがけず転がり込んできた泡銭を、なるべく無意味なことに散財してやる、くらいの投げ遣りな気持ちだったんだし」

さらりと流す口ぶりの龍吾だったが、そのくだりで、あたしはピンときた。

「兄さん」

「ん」

「……もう遺書も用意してあるんだね？」

顔をしかめた拍子に龍吾は一瞬、片眼を閉じる。意図したわけではないだろうが、それが茶目っけたっぷりにウインクしているように見えなくもない。

「その遺書のなかで、自分が晴夏さんになにをしたかを告白して。彼女が自宅の床の下で永遠の眠りに就いていることも含めて、すべて懺悔して。あとはこの世の舞台から降りるための、然るべきタイミングを見極めるだけの状態。そうなんだね？」

「美那子のこと、見くびっていたのかな。いや、まってくれ。いまの指摘を否定するわけじゃないが。しかしいま、人生の潮目《しおめ》が少しばかり変わっていることもたしかで」

「というと」

「彼と出逢ったことで、すべての風向きが変わって」

「誰のこと？」

「さっき名前が出た、土志田蒼弥」

「それは、あ。エリナちゃんの彼氏さん？　じゃなくて、もう夫か。兄さんは、そのトシダさんとは……えと」

トシダさん？　え。事務の土志田茉莉さんと同じ苗字ということは、彼女の縁者だろうかと、ちらっと思ったものの、そちらの詮索は後回しに。

「その土志田さんてひとは、どういう存在なの？　兄さんにとって」

「彼とは養子縁組をしようか、と検討したこともある」

その意向をどう解釈するかはさて措き。龍吾にしては受け答えのテンポが若干性急なように感じたのは、あたしの気のせいか。

「しかしその後、彼がエリナと恋仲になったから。娘と結婚して、息子になってくれるのなら、それでもいいかな、と」

こちらが口を挟もうとしたわけでもないのに、間を置かず、畳みかけてくる。

「美那子が指摘したとおりだ。たしかに遺書は用意してある。ただし、いまとなっては、晴夏の生命を奪った罪の償いのために、というくだりについては、削除はしないまでも多少書きなおしたほうがいいかもしれんが。そんなことはともかく。つまるところ章介くんの懸念は当たっていた。ただし手遅れだったわけだが、まあ致し方ない。エリナたちがすでに入籍済みであることは、美那子ですら知らなかったんだから」

土志田蒼弥と自分との関係については、なるべく簡潔に切り上げてしまいたい、という態度を隠そうともしない。こんな、いろんな意味で露骨な龍吾はめずらしい。

「いや、話を逸らそうってわけじゃないんだが。そもそも美那子がそんな嘘を、章介くんにつかなければならなかった理由を、こんな局面で知ることになるとは忸怩たる思い、というか。ときおり車で病院への送り迎えもしていたんだから、もっといろいろ察してやるべきだった。なのに、いくらコロナの後遺症とはいえ、いずれ快復するだろう、程度に軽く考えていた。まさか、そんなに美那子が苦しみ、追い詰められていたとは。知らなかったとはいえ。いや、知らなかったこと自体が恥ずかしい。兄として」

「ともかく、妻を精神的に追い詰めている自覚も無く章介は、短絡的にエリナちゃんの生命を奪った。だいぶ横道に逸れちゃってたけど、やれやれ。ようやく元の話へ戻ってこれた。問題は章介がエリナちゃんを突き飛ばして車に轢かせた、その後」

我知らず声音が、ささくれ立っている。それが兄の言葉全般に感じる、誠実そうでいてどこか底意めいた、しらじらしさゆえなのか。それとも、これから自分が言及すべき要点への忌避ゆえなのかは判然としない。

「犯行後、逃げ隠れしようとする章介を、あたしは追いかけたんだ、と思う」

「思う？　ってことは」

「あたしがここへ召喚されたのは、エリナちゃんが車に撥ねられるところを目撃した瞬間から、だから。いま喋っているのは、その後に元の世界で起こるはずの、言わば未来の出来事。型破りな時系列の論理を、もちろん兄さんも一応は承知していると思うけど。重々そのつもりで聞いてちょうだい」

「ああ」

「そうなんだよね。単なる想像だと言ってしまえば、そのとおり。すべて想像に過ぎないんだ。自分すら未だ実際には体験していない出来事だもん。でもあたしは自分が、章介の犯行を目撃した後、きっとそういう行動をとったであろうことを確信している」

「確信、か。言い切ったもんだな」

「自信あるもん。エリナちゃんを突き飛ばして逃げようとした章介を、あたしは追いかけていったんだ」

一旦開きかけた口を閉じた龍吾は、ゆったり腕組み。

「彼に追いつき、捕まえて。そして死に至らしめてしまった。具体的な方法は判らない。おそらく揉み合うかどうかして、なにかで殴ったとか、あるいは首を絞めたとか。そんな感じで、結果的に」

「美那子が章介くんを殺した、と？」

「正確には、これから殺すことになる、と言うべきだけど」

「しかし、だぞ」

「指摘したいことは判ってる。あたしの論点は、これから起こるであろう想像上の予定事項に立脚し、さほどの根拠も無く既成事実化している。それはちょっと反則なんじゃないか、って思ってるでしょ」

「忌憚なく言わせてもらえば、な。それがありなら、なんでもありじゃないか。それに、いまさらな指摘だが。章介くんがエリナを突き飛ばして車に轢かせたことが、仮に事実だとしても、その結果エリナが死んだとは限らない。少なくとも美那子はそれを確認していないんだから」

「もちろん。だけどエリナちゃんが命びろいしていたとしても、それはこの議論には関係ないんだ。要はあたしが、どう考えたか、だから。エリナちゃんが章介に殺されたと、その場で判断したとしたら、あたしが取るべき行動はひとつ。さっき、根拠も無く想像を既成事実化していると謙遜したけど、根拠なら有るんだ。それは、あたしのこの性格」

「エリナを手にかけた男を、それがたとえ自分の夫であれ、美那子が見逃し、赦しておくはずはない、か」

「加えて、それまでにも章介に対する不平不満が日々鬱積《うっせき》していた、その反動も原因としては決して小さくないでしょうけど」

「うむ」

「あたしの直情径行型の性格は兄さんもよくご存じでしょ。それに鑑みれば、たとえ未だ実際には起こっていない仮定の話であろうとも、あたしが章介を手にかける蓋然性は極めて高い。そう。この結論って、言ってみれば理詰めで辿り着けるものなんだ。ファイナル・ウイッシュの招待主はあたしたちに、考えてみろ、って指示しているんだから。己れの心情と直感に忠実に推理してみせること自体が正解なのよ、きっと」

「では、章介くんが招待主だとしたら、この奇妙なパーティーはいったい、なんのためだ？目的はなんなんだ」

「彼のメインディッシュは、このあたし」

「美那子が？　具体的にはどういう」

「章介は、冥府へ旅立ってしまう前に、あたしを呼び寄せたかった」

「それがわたしたちと、どういう関係が有るんだ」

「あたし以外の八人はシンプルに、カモフラージュで集められた。だから、ほんとは用は無い。けれど章介としては、自分の狙いがあたしだってことを、そう簡単には悟られたくない。そのために煙幕《えんまく》を張ったんだ。これはさっきの兄さんの仮説も同じロジックに裏打ちされてたじゃん」

「美那子をこんなところへ呼び寄せて章介くんは、なにをしたいんだ？　それに、どうして一九八九年なんだ？」

「一目瞭然。章介は要するに、十八歳のあたしに会いたかった」

「十八歳の。え。どうして十八？」

「歳上キラーのイメージが先行している章介だけど、なんだかんだ言って若い娘が好きなんだよね。だからこそ、高校生のときの多久美那子には大いに未練たらたら」

「それはどうだろうな。あ、いやいや。決して美那子の魅力にケチをつけようとか、そんな了見じゃないんで。くれぐれも誤解しないように」

「はいはい」

「例えば章介くんが日頃から、自分が死ぬ間際には若々しく魅力的な女子高生の姿を拝んでおきたい、と。そういう趣旨でファイナル・ウイッシュのプランを練っていた、というのはたしかに興味深い仮説だ。面白い、なんて言い方は皮肉に聞こえるかもしれないが、真面目な話、充分あり得ると思う」

「でしょ。そうでしょ」

「だけど、どんなものかな」

「なにが」

「もしも章介くんの死がさっきの想像通り、美那子の犯行だとしたら、だぞ。いくら彼でも、自分を殺した女にもう一度会っておきたい、なんて願うものか？」

「そりゃあ、だって。まさか自分の人生が、あたしに殺されて終わり、だなんて予想していなかっただろうからさ。ひょっとしたら章介のやつ、死ぬ間際に、しまった、同じ女子高生でも美那子じゃなくて別の娘にしときゃよかったぜ、なーんて悔やんだかもしれないけど。おあいにくさま、死ぬときは一瞬なんだから。細かい追加修正依頼も間に合いません。それまでずっと練ってきたプランが、本人の意思に関係なく発動し、実行されてしまったってわけよ」

「まとめると、つまりもともと章介くんが、いまわの際に召喚したいと願っていたのは美那子ひとりだった、と」

「章介にとっては五十過ぎのあたしと、女子高生時代のあたしとでは、まったく別人なんだ。長年生きてきて改めて、多久美那子の女としての価値は十代のときにしか見出せなかったなあ、って実感したんでしょ」

「仮にこの〈ミューステリオンの館〉が、女子高生の美那子に対する章介くんの執着の産物だとしたら、だぞ。美那子がここへ召喚されたのが、車に撥ねられるエリナを目撃した直後というのは、おかしくないか？」

「なんでよ」

「ちょっと発動が早すぎないか、ってこと。そうじゃなくて、美那子が章介くんを手にかけた直後に召喚される、というほうが段取りとしては理に適っていないかな」

「え。えと、それは」

「何度も言うようだが、これはファイナル・ウイッシュなんだから。もしも章介くんが招待主であるならば、彼本人が己れの死をちゃんと自覚したうえで、じゃないと。発動されようがないいんじゃないか？」

＊

ひょっとして茉莉って、これまでおれが知らなかっただけで、相当メンタルのヤバい女なのか？　テレビ画面のなかで延々と熱弁をふるう彼女を見ているうちに、だんだん怖くなってくる。いま自分が対面しているのは、まともな人間ではないかもしれない。そう薄気味悪くなってくる。

トレードマークのメガネを外しっぱなしの素顔で迫ってくる茉莉という、おれにとってはあまり馴染みの無い眺めなのも思いの外、ホラーだ。串に刺した白玉団子かなにかみたいに、くるくる、ひくひく上下左右に忙しなく揺れ動く三白眼《さんぱくがん》が、口角泡を飛ばす彼女をさらに人工物めいて白茶けた、異様な形相にしている。

またその口から次々と吐き出される内容のショッキングなこと。お局おイチと勘治父娘に、何処とも知れぬ山奥の洋館に拉致監禁された彼女は、ふたりがかりで凌辱の限りを尽くされた挙げ句に、危うく殺されそうになった、と切々と訴えてくるんだが。

それがほんとか嘘かはこの際、関係ない。本来ならば、こんな三文官能小説もどきの、えげつないストーリーを他ならぬ茉莉の口から聞かされた日には、もう。おれは鬼が如く興奮し、速攻で彼女の部屋へ突撃。極限まで硬直した怒張《どちょう》でもってドアを破壊してでも、茉莉に襲いかかっていただろう。ところが、豈《あに》はからんや。

いまのおれときたら、むらむら劣情を催すどころか、泣きべそをかく寸前レベルで怯えている始末だ。あれほどまでに憧れ、恋い焦がれ、そのイメージで自慰行為に何万回お世話になったか判らない茉莉なのに。

その彼女が身体の自由を奪われ、高齢のわりに精力絶倫の男とディルドを装着した女、ふたりがかりで足腰が立たなくなるほどめちゃくちゃ犯されたんだと主張するシーンを、うっかり想像しても、ちっともエロくない。ひたすら萎える。

普通に萎えるだけなら、まだマシかもしれない。勃つとか縮むとか以前に、おれはまるで雪山で遭難でもしたかのように身体の芯から冷え、凍えちまいそうだ。

「ね。ひどいでしょ。福森先生。ひどいでしょぉ？　ね？　ね？」

いまにも我と我が胸を揉みしだき始めるんじゃないかと危ぶむくらい、両掌で自分の顎から喉もとにかけてを撫で回し、身をくねらせる。茉莉本人は男の庇護欲《ひごよく》をそそり立てる悩殺ポーズのつもりかもしれないが、おれには新種の妖怪にしか見えない。

「わたしを殺すのが目的ならさ、ひと思いに息の根を止めてくれればいいじゃない？　でも、あのふたりったら、行きがけの駄賃《だちん》とばかりに、裸にしたわたしを後ろ手に縛り上げて。腹這いにさせたわたしの踵を、ひとりが片方ずつ持ち上げて、まるで割り箸でも割ろうとするかのように」

わーもう、やめろ。聞きたくねえ。このテレビには自動倫理適正チェックとかそういうハイテク機能は付いていないのかよ。頼むから、放送禁止用語だらけの茉莉の放言を全部ピー音で削除してくれ、と真剣に祈った。

「さんざん嬲《なぶ》りものにして満足したら、さあて。あとはわたしのことを切り刻んで死体を山のなかに埋めてやるだけだ、ときた。このまま黙って、なにもしないでいたら、ほんとにこのふたりに殺されてしまう。だけどそんな極限状況で、わたしがフツーに逃げられるわけないでしょ。ね。そうでしょ。こちらも攻撃しなきゃ。でないと、わたしのほうが殺されてたんだもん。正当防衛よ。まさに喰うか喰われるかのデスマッチ一本勝負。で、勝ったのはわたしだった。ふたりとも結局は、貧相な裸体の屍を曝して」

サイレント映画の活動弁士よろしく、茉莉はノリ乗りだ。絶体絶命の窮地に陥った自分が如何にして、お局おイチとその父親勘治の隙を衝いて反撃し、ふたりの息の根を止めてやったか。その一部始終を微に入り細を穿って、かたること語ること。

お局おイチが護身用に携行していたとおぼしき刃物を奪った後は、やれ彼女の腹部を切り裂いてやっただの、その父親の局部を抉ってやっただの。自主規制なぞ何処の国の言葉かと言わんばかりのグロ描写のオンパレードに、こちらはほとんどパンチドランカー状態である。気が遠くなりそうだ。

「ね、福森先生？　これでお判りいただけましたよね？　不可抗力だったの、すべては。わたしには他に、どうしようもなかった。自分が生き延びるためには、市野瀬先生父娘を殺すしか。あ。でもねでもね」

こりゃマジで失神するかもしれんな、と脱力し切っていたおれだったが。茉莉の次の科白で、はっと我に返った。

「言っておくけど、あの女は殺していませんからね、わたしは」

「へ？」

「彼女は殺していないの」

「いや、あの。誰のことです？」

いっとき茉莉に対して、ぞんざいなタメロを吹かしていたおれだが、いつの間にか敬語に戻っている。これも恐怖心の為せる業、というか、ヤベえヤツは無駄に刺戟しないに限る、との無意識の用心か。

「その彼女というのは？」

「えーと。この館の並びで言うと、わたしの部屋の、向かって右隣りの」

「ああ。塩本さん、でしたっけ。多久美那子の、えと。義理の」

塩本晴夏なる女性が、美那子の兄の将来の妻だと確認したわけではないが、先刻のダイニングホールでのふたりの親密そうな様子からして、多分そのような関係性であろうと想像される。

「義理の姉になるひとかな？　よく知らないけど。彼女がどうしたんです」

「だからわたしは、あのひとは殺していないんだってば」

いや、意味不明な弁明を、脈絡も無く始められたりしても困るんだがな。そんな理不尽な糾弾は誰もしていないぞ。おれに、どうしろってんだ？

「そもそもあのひとに、わたしはここで初めて会うのに。どういう脈絡で召喚されたのかが、さっぱり。あ、そうだ。そういえば、あの女だけじゃなかった。あの男のひとも。ほら。福森先生の隣りの部屋の」

「え、えと。井俣先生のことですか？　ひょっとして」

あのね、もしもし。一九八九年の時点で、たしかにあなた、未だ彼とは結婚しちゃいませんよ。とはいえ、なんなんスか、その他人行儀は？　もう井俣とはとっくに男女の仲になってるでしょうが、と。そう皮肉ってやりたいのを、ぐっと堪える。

「どうかしたんですか、井俣先生が」

「あのひとも殺しちゃいないんですよ、わたしは」

だからよお。誰もそんなシュールな断罪なんかしちゃおりませんて。もうワケ判らん。ついに決定的にご乱心かと、ドン引きしているこちらを尻目に茉莉はただただ一方的に、まくしたててくる。

「そう。殺していない。だから、あのひとには用なんか無い。なのに、ここへ来ている。この〈ミューステリオンの館〉へ」

「用は無い？　って、井俣先生に？」

「おかしいでしょ、呼んでもいないのに。なんでここに居るの、あのひと？　ルール違反じゃない？　わけが判んないし、気持ち悪いから、さっきの騒動に紛れて、あとの四人といっしょに彼には消えてもらった。とりあえず骨だけにして。そこまではよかったんだけど、なぜか彼女のほうは消えない。消えてくれないのよ、塩本晴夏は。なんで？　彼女にだって井俣広輝と同じくらい、わたしは用なんか無いのに。消えろ、つってんのに。どうしても消えてくれない。我がもの顔で居座り続けている。どういうことよ。どういうことなのよお？」

「ま。あ、あの。ま。ままま。ま」

自分が「茉莉」と彼女の名前を呼ぼうとしているのか、それとも「待ってくれ」と頼もうとしているのか一瞬、激しく混乱。結局、おれが口にしたフレーズは、そのどちらでもなかった。

「ま……まさか。え？」

自分が、なにを彼女に指摘しようとしているかを認識した途端、頭の後ろが、すうっと氷嚢を当てたみたいに冷たくなる。

「ま、まさか、茉莉さんが？　茉莉さんがそうなんですか？　この〈ミューステリオンの館〉の招待主？」

「あら。いけない」

それまで彼女が放散していた妖気や邪気が嘘のように引っ込むや、幼女のようにあどけなくも無邪気な笑顔が、テレビ画面いっぱいに拡がった。

「あらあらあら、どうしましょ。ごめんなさーい。わたしったら、うっかり者お。てへ。ちょっと調子に乗ってズルしちゃった。あ。じゃなくて正確には、ズルさせちゃったわ、福森先生に」

「ず。ずる、って」

「なぜみんなが、ここへ呼ばれたのか、各人がじっくりご自分でお考えになってみてね、ってお願いしておきながら。福森先生にだけ答えを、こちらから、ぺらぺらと」

「ちょ。ど。どういうことですかッ。こた。え。答え、って？」

「でもまあ、いいか。よしとしましょ。目的は一応、果たせたんだし」

「茉莉さんの目的、って。目的？　それはなんのことを、おっしゃって」

「おまけに福森先生ってば、寛大にもご自分の分だけじゃなくって。鞍留お爺ちゃんや、市野瀬先生たちの分まで引き受けてくださって、ほんとにどうも、ありがとお」

「って、だから。いったいなんの話をしてるんだよ、おまえは？」

「とにかく。これにて福森先生。あなたの回は無事に終了でーす」

「しゅ。だ、ちょ」

「はい。さよおならあッ」

ぷつッと間の抜けた電子音とともに、テレビ画面はブラックアウト。

「おいッ。茉莉。待て。おいおいおい、待てったら。おいッ」

キャビネットに置いてあるリモコンへ、おれは手を伸ばした。すると。

「……え？」

一旦は持ち上げたはずのリモコンが、滑り落ちた。床の上で、かたんと跳ねる。

「え。え。ええええ？」

手が。おれの手が？　まるで湯煎しているチョコレートのように溶け……え。えええええええッ。と。溶けてゆく？

な、なんだこれは。パニックに陥るおれを尻目に、どろどろの奔流は止まらない。スウェットの袖口がまるでホースに変貌したかのように、どくどく、どくどくと褐色の液体が溢れ返。わ。うわわわッ？

ほ、骨が。流れ落ちるように削げた皮膚の下から、手の甲の骨が現れて……「ぎゃあああああああッ」

＊

ＭＣに助言のつもりは無かったかもしれない。けれどファイナル・ウイッシュの招待主が、多久エリナには用が有るけど、その双子の弟の渓登には用の無い人物だ、というのはちょっと、いや、かなり重要なヒントでしょ。まちがいなく。

なぜ招待主は渓登には用が無いのか？　考えられる理由。それは彼もしくは彼女は、渓登に会ったことがないから。それどころか、かつてボクに双子の弟が居たこと自体を知らないんじゃない？

つまり招待主とは、ボクが子どものときではなく、おとなになってから知己を得た人物なんじゃない？　うん、そうだ。きっとこれだよ、って気がする。

もしもこの考えが的を射ているとしたら、いま骨だけになってしまった五人を除けば、〈ミューステリオンの館〉のメンバーのなかで該当する人物は、ただひとり。蒼弥くんのお母さん、土志田茉莉だ。

彼女ならば、具体的な内容はともかく、なにかボクに用が有るんだろうな、って気がする。しかも余り好ましくない類いの。

真っ先に考えつくのは、茉莉さんはおそらく、自分が死んだ後の息子の女性関係を憂えていただろう、ってこと。母親の不在をいいことに蒼弥くんに近づこうとする不届き女を自分の眼でたしかめておかなきゃ死んでも死に切れないわ、って。常日頃からファイナル・ウイッシュのシナリオを練り上げていた、ってのは大いにあり得そう。

多久エリナが息子と結婚する、とまで予見していたかどうかはともかく。蒼弥くんの周辺をうろちょろする目障りな小娘め、ってことで、召喚リストの筆頭にボクの名前を記していたとしてもおかしくないかも。

そこまではまあ、いいとして。じゃあ、あとの八人は？ どういう因縁で召喚されたんだろ。きっと生前の茉莉さんと、なんらかの接点が有ったんだろうけど。ボクには、まるで見当もつかない。

特にパパと美那子叔母さん、章介さん以外の五人については、今回ここで初めて会うひとたちばかりだしさ。論外というか、真面目に考えても無駄だよね。ボクはただ、ボク自身が召喚された理由だけ推察するしかない。

問題は、それで招待主が満足してくれるかどうかで。とりあえずパパと美那子叔母さんに、いろいろ話を訊いてみたい。仮にふたりとも、もしくはどちらかが茉莉さんとの因縁に心当たりが有るのなら、なにか参考になるかもしれない。

で、さっきからずっとテレビのリモコンを操作して、リモート通話を試そうとしているんだけど。パパも美那子叔母さんも、どちらもお話し中。どうやらふたりで、なにか話し込んでいる模様。

なかなか終わる気配が無い。なにこれ。リモート通話って、ふたり限定なの？　複数でミーティングできるグループ交信機能も付いていないわけ？　リモコンを弄りながら、イラッとする。

　でもまあ、よくよく考えてみれば、律儀に個室に留まっていなければならない義理も無いわけか。他のひとの部屋へ出向くことだって別に禁じられていないし。

　うん、そうだ。パパか美那子叔母さんか、どちらでもいいから直接、話しにゆこう。とりあえず、ここから近いのはパパの部屋のほうだな。

　リモコンを放り出し、出入口のドアに触れた。するとその動作が、タブーを冒しているかのような後ろめたさを引き起こしたものだから、我ながら呆れてしまう。ひょっとして自覚する以上に、この荒唐無稽な館の雰囲気に毒されているのかな？　そう思うと、なんだかひどく忌まいましい。

　その反動でかボクは、ことさら乱暴に、ほとんど蹴り飛ばさんばかりの勢いでドアを開けた。すると。

「う。うあああおおおぐううぅッ」

　野獣の咆哮のような叫びが通路に響きわたる。が、ボクは意外に平静だった。

　さきほどの阿鼻叫喚の修羅場のせいで、多少の事態には免疫が出来ちゃったのかも。なにしろ、自分の顔面に特大の斧の刃を叩き込まれる、だなんて。滅多に体験できるもんじゃないしね。ちょっとやそっとのことでは、もう驚きませんよっと。

改めてドアを大きく開け放ち、通路へ出てみた。「ぐおおおおッ」と耳を塞ぎたくなるような叫びは続いている。

その声の主は、吹き抜けを挟んで、向こう側の通路に居た。頭から、肌色と灰色が混ざったペンキでも被ったかのような風体で、よろよろと手摺りに寄りかかっている。スウェット姿のその人物は、上向こうとして、がくんッ。ボールを取り落とすかのように頭部が、ずり落ちた。その拍子に顎の部分が手摺りに、がつんッと激突。

脳天から顔面へかけて、頭髪や皮膚が流れ落ちる粘液のように消えてゆく。誰なのか、判別がつかない。が、その人物が姿を現してからずっと半開きになったままのドアは、福森孝吉という男性の部屋だ。

剝き出しの頭蓋骨になった眼窩の奥から、血走った眼玉《めだま》がボクのほうを、ひたと睨みつけてきた。

唇もその周辺の肉も爛《ただ》れ落ち、歯茎だけになった口が、かたかた上下に動く。なにやら必死で声を絞り出そうとしている。しかし、そのたびに泥のような塊りが飛び散り、階下のダイニングホールへとぼたぼた、五月雨の如く落下してゆくだけ。両眼も、歯のあいだから覗いていた舌も、すべてがどろどろ溶け落ちてゆく。

全身が完全に骨だけになり、ごろり。がくん、と通路の床の上にうつ伏せに倒れた。手摺りの隙間から覗くその溶解人間の頭蓋骨の脳天部分を、ただ為す術も無く見つめているボクの左側で、カチャリ。

どこかの部屋のドアが開く音がした。そちらのほうを振り返ろうとして一瞬、間に合わない。バリバリバリッ、バリッ。

吹き抜けの天井が剝がれ落ちてきそうな、激しい雷鳴のような銃撃音が轟いた。

「痛ッ」

ボクの頬や額に、いきなりデコピンを喰らったかのような痛烈な衝撃。しかも、ひとりではなく大人数がいっぺんにピシッバシンッと、よってたかって、こちらに指を弾いてきているかのような猛烈な連打で。

「あいたッ。た。たッたたたたッ」

ボクが喰らっているのは、デコピンなんて牧歌的なモノではない。銃弾だ。

思わず両腕で顔面を覆って防御姿勢をとるが、肩といわず腹部といわず、次々に激痛が走る。怒濤の連射に堪え切れず、ボクはその場で引っくり返った。

「痛ッ」

ごーん、と普通なら絶対に生きちゃいないよってな勢いで、後頭部が床を直撃。

「い。痛。いいい、いったあああーいッ」

腕や脚が胴体から、もげ落ちたんじゃないかと危ぶむくらい痙攣し、眼が回った。

「どういうことなの、あなた」

上半身を起こそうと必死に足搔くボクに、そんな怒声が飛んでくる。

「どうしてあなたは、そこに居るの？　どうして消えないの？」

ずんずんとこちらへ迫ってくるその声は、土志田茉莉。なんとか首だけ起こして見上げる。一瞬、別人かと思ったが、それは彼女がメガネを掛けていないせいだ。

「さっさと消えて。そして元の世界へ戻ってちょうだい」

茉莉は、アクション映画のなかでしかお目にかかったことのない、ごっつい仕様のアサルトライフルを、これみよがしにかまえなおす。おいおい、マジかいな。

彼女の容姿については五十代のほうに馴染みの深いボクにとって、二十代の茉莉のそのサディスティックなたたずまいは、文字通り異世界転生バトルもののダークヒロイン並みに圧倒的なヴィジュアル。

「わたしは、あなたをここへ呼んだ覚えはないんだから」

冷たくも張りのある彼女の声が、頭上から降ってくる。ボクの眼と鼻の先に茉莉の足が在る。彼女が気まぐれで、ひょいと爪先を持ち上げただけで、こちらの顔面を蹴り上げられそうなほど近……ん？

なに、この靴？　男物みたいな。しかもこれ、なんだか見覚えがあるような気が。などと、のんびり考えている暇は無かった。

どごッ。いきなり側頭部に激しい衝撃。視界が黒く、放射状に爆発する。

「あッつ。たッ」

茉莉の靴で踏まれたのかと思ったが、ちがう。至近距離で撃たれたのだ。

「いッ。たいたいたッ。痛いってば」

ボクが両手を突いて立ち上がろうとするたびに、どかどかと容赦なく銃撃される。しかもアサルトライフルの銃口を、こちらの身体に直接当てて、だ。遠慮も慈悲も無い。かけらも無い。

「いたッ。たたた。痛い。いたい、つってんでしょお。くそッ。やめろ、ばか」

びしッばしッと銃弾がめり込むたびにボクの身体は、手の先やら爪先があっちこっち、出鱈目な方向へ跳ね回る。為す術もなく仰向けに倒れ込んだまま、銃声のリズムに合わせて腹部と胸部がエアバッグのように膨らみ、跳ね上がる。

「おかしいでしょ、こんなの」

一旦発砲を止めると、茉莉は数歩、後ろへ退がった。いや、「おかしいでしょ」は、こっちの科白だ。

「ねえ、MCさん？　おかしくない？　呼んでもいないひとたちが、なんでふたりも、ここに居るの？　ルール無視？　これって重大な契約違反なんじゃないの？　ねえ。おまけに、あなた」

頭上を仰ぎ見ながらも茉莉は再び、銃身をボクの鼻面へ突きつけてくる。

「あなたときたら。あの男のように、溶けておしまいッと念じても、消えてくれない。ならばと、こうやって撃ち殺そうとしても、消えてくれない。どうしろって言うの？　どうしたらあなたはわたしの眼の前から消えて、元の世界へ戻ってくれる？」

「お、おまえ？　やっぱり」

鼻腔《びこう》を撃ち抜かれて口のなかへ転がり込んできた弾丸を、ペッとボクは吐き出した。もはや目上の女性を「おまえ」呼ばわりするのは如何なものか、なんて忖度している場合じゃない。

「やっぱりおまえか。おまえが、ファイナル・ウイッシュの招待主なんだな」

茉莉は答えず。代わりにアサルトライフルのトリガーをさらに、めったやたらに引きまくった。

ボクはといえば、起き上がろうと奮闘する努力も虚しく、無数の銃弾によって完全に床に縫いつけられてしまう。

「やれやれ。これだけやっても未だ消えてくれないの？　まあ、いっか。いつまでもあんたに、かかずらっていてもしょうがない。そもそも、あんたなんかに用は無いんだし。わたしの本来の目的が果たせれば、どうせすべては消えて失くなるんだから。この〈ミューステリオンの館〉ごと」

「ま、まて。待てッ」

じたばた藻掻《もが》くボクの頭上を、ひょいと跨《また》いだ茉莉は、かつんかつん、と靴音を鳴らしながら歩き去ってゆく。必死で首を起こし、その背中を追ってみると。

茉莉は通路の奥の、端っこの部屋へ向かっている。パパの部屋へ。

＊

「そういえば兄さんは？　兄さんの場合は、元の世界で、どういう状況下から、ここへ召喚されたの？」

遠くのほうで、雨粒がガラス窓を叩くような音が断続的に響いていたが、あたしは気にも留めなかった。テレビ画面のなかの龍吾も特にそちらに反応を示したりしない。

誰かが銃を乱射しているのかな、とは思ったものの、それで別に死傷者が出るわけでもないしな、と高を括って。我ながら完全にスレちゃってる。どれほど非科学的で異常なシチュエーションであろうと人間の環境順応力とは、かくも恐ろしいばかりに高い。

「美那子と同じく、クリスマスイヴだ。さっきも言ったように、エリナに蒼弥を紹介してもらう、という口実で〈スピニッチパイン〉へ行くことになっていたからな。自宅で準備していて。そろそろ出かけようかな、というときに……」

ふと、龍吾らしくない唐突さで言葉が途切れる。逡巡するかのように視線が一瞬、虚空を泳いだ。

「出かけようかな、というときに？」

「玄関のチャイムが鳴って。宅配便かなにかかと思って、出てみたら」

「誰だったの？」

「蒼弥だ」

「お店へ行く前に、彼に会うことになってたの？　エリナちゃんへの逆サプライズの最終の打ち合わせかなにか？」

「いや、そんな約束はしていなかった。が、蒼弥は、時間はちょっと早いが、迎えにきたとかなんとか言」

ドゥダッ。ダッ。ダダ。ダダダダッ。龍吾の言葉を遮り、壊れた脱穀機のような騒音が轟いた。何処から聴こえてきたのかと一瞬、戸惑う。独特の響き方。それはテレビ画面のなかと、あたしの部屋の外の通路との両方から囲い込むように迫ってくる、サラウンドシステムのようだ。

「な。え？」

龍吾は顔をしかめた。テレビ画面の外の、どうやら自室の出入口のほうを向こうとしたらしいと思った刹那、彼は眼を剝いて。

「わッ」と、のけぞる。あとずさった。

踵を返して逃げようとしたとおぼしき兄の頭部が、パンッ。真っ赤な飛沫の残像とともに、叩き割られた西瓜さながら破裂した。

龍吾はそのまま、ぐらり。ゆっくり仰向けに身体が傾いて。テレビ画面から姿が消えるや、どすんッ、と石像かなにかが転倒したような衝撃が伝わってきた。

「あ。ごめんごめん、龍吾さん。つい、やっちまった。やだもう。ダメじゃん。あなたを撃っちゃダメじゃん、わたし。あなたに謝ってあげなきゃいけないんだから。なのに、さっきの流れで、ついつい。勢いがついちゃって。ごめんなさーい」

頓狂な嬌声とともに、何者かが兄の部屋へ闖入《ちんにゅう》してきたようだ。姿はテレビ画面に映っていないが、土志田茉莉にまちがいない。さきほどの銃声は彼女が、問答無用で龍吾の部屋のドアの鍵を破壊したときのものらしい。

「ごめんなさいね、龍吾さん。あなたにはフツーに謝らなきゃ、お話にならないのに。って。あら、これじゃあ、ごめんなさいの自乗になっちゃうね。けれど、まあとにかく、ごめんなさーい」

テレビ画面には相変わらず土志田茉莉の姿は映らず。ただ彼女のきんきん声だけがスピーカーから流れてくる。

「他の連中はともかく、あなたにこそはちゃんと謝らせてもらわなきゃ。ね。そうでなきゃ、そもそも、ここへ来てもらった意味が無いんだから。このまま消えちゃうのはナシだよ。せっかくのファイナル・ウイッシュが台無しになっちゃうもん。さあ、やりなおしましょ。ほら。起きてちょうだい、龍吾さん。今度こそ互いに顔を突き合わせてさ、きちんとあなたに謝ってあげるから。ええ、ゆっくりと。心ゆくまで」

べらべら意味不明の茉莉の独白を背中で聞きながら、あたしはクローゼットを開け、さきほど階下で乱射したばかりのマグナムなんちゃらハンドガンを引っつかむ。部屋から通路へ跳び出した。

すぐ斜め向かいの龍吾の部屋。ドアが穴だらけで、半開きのまま。というより、もはや残骸が室内へ倒れ込む恰好で、ほぼ真っぷたつに割れている。

「兄さん」と呼ばわりながら駈け出そうとした、そのとき。

「お。叔母さあああんッ」

そんな絶叫に、あたしの足は、ぴたりと止まった。

「美那子叔母さあああんッ」

「えッ？」

吹き抜けを挟んで、斜め向かい側のほうの通路へ眼を向けると、誰かが手摺りに寄りかかっている。銃撃されたのか、全身が蜂の巣になっていて、人相が崩れかけていたが、それは明らかに。

「晴夏さん」

「ちがうッ」

「え？」

「エリナなの。叔母さん。ボク、ママじゃないんだ。エリナなんだよ」

「え。なに。な？　なにを言」

「ボクはエリナなの。判ってる、ママにしか見えないのは。でも、ボクなの。エリナなんだよ。ママじゃないんだ」

フェイスパックを何枚も何枚も、次々に剝ぎ落とそうとするかのように、晴夏さんは自分の顔面を両掌で拭った。ぼろぼろ、めり込んでいたとおぼしき銃弾がこぼれ。ばらばらばらッと雨粒が如く階下のダイニングホールへ落ちてゆく。

「ママじゃないんだ、ボクは」

「どういうこと。どういうことなの？」

「あいつはママに用は無いんだ。渓登にも用は無い。だから、なんだ。だからママも渓登も、ここには居ないんだ。用が有るのはボクだけだから」

「なにを言っているの、晴夏さん？　なにを言っているのか、ぜんぜん」

「なーるほど。そういうことだったのか。なるほどね」

突然、第三者の声が割って入ってきた。土志田茉莉だ。アサルトライフルをかまえ、自分の下半身にまとわりつくドアの残骸を蹴り飛ばしながら、兄の部屋から出てくる。

彼女の後に続いて龍吾も現れるんじゃないか、と思ったのだが。いっこうに、その気配は無い。兄は、どうなったのだろう？

無意識に視線が右のほうへ泳いだ。鞍留滋理事長の部屋を挟んで、あたしの部屋から、ひとつ右隣りの部屋の前の通路で、中味が溶け落ちて萎んだスウェットの上下が手摺りに搦みついている。骨だけになってしまったその姿は福森孝吉先生？　てことは、もしかして龍吾も？

もしかして階下の五人や、そして福森先生と同じように、すでに龍吾も肉体が溶解し、部屋のなかで骨だけになってしまっているのでは？　なぜか、そんな妄想めいた不安が胸に渦巻いた。が、龍吾の様子を確認しにゆく余裕は無い。

「エリナちゃん、だったのか、きみは。そうか。そうだったんだ、道理で。塩本晴夏なんて女を呼んだ覚えは無いのに、なんで居るのかと不思議だったけど。エリナちゃんなら判るよ。井俣のように消してやろうとしても、あっさり消えるわけはないよね。きみはちゃんと、ここへ招待されたゲストなんだもん。うん。きみには用が有る」

「あんた、や、やっぱり？」

「きみには、きっちり謝ってあげなきゃいけない。そのために、この〈ミューステリオンの館〉へ来てもらった。だってさ、ぼくはきみを」

「そ、蒼。蒼弥くんなの？」

「きみを殺したんだから。ごめんね。でも、ほんとは、そんなつもりじゃなくって」

「その靴。まさか、気のせいかとも思ったけど。見覚えがあるはずだよ。ボクが蒼弥くんにプレゼントしたやつじゃん」

「最初は、そんなつもりじゃなかったんだ。ほんとだよ。入籍したからって、きみを殺す予定なんかさらさら無かったさ。むしろエリナちゃんには生きていてもらわなくちゃいけなかった。だって、そのためにわざわざお金を出して、歯並びをなおしてもらったりもしたんだもん」

「ど。どういうこと？　なにを。な、なにを言ってるの？」

「きみには、ぼくの身代わりになってもらうはずだった。そのために服装のセンスや歯並びなど、女装したときのぼくに、なるべく似せなきゃいけない。そのためだったに決まってるだろ。そのためにこそお金を使った。少なくない投資したんだから」

「身代わ。み、身代わり？」

「そうさ。きみは雛人形なんだ。ぼくの代わりに災厄を引き受けてくれる、だいじなだいじな身代わり」

「災厄って、なに。な、なんの話」

「世のなか、危険だらけでさ。みんながみんな、ぼくを狙ってる。福森も、鞍留のヒヒ爺いも、市野瀬父娘も。わらわら変態どもが湧いて出て、襲ってくるんだ。ぼくのこの身体を目当てに。挙げ句に生命を奪おうとするヤツまで居る。これまでのところ、なんとか全員を撃退できているけど。幸運はそうそう、いつまでも続くわけじゃない。だから身代わりが必要なのさ。ぼくの代わりに穢され、殺されてくれる雛人形がね」

「なに、ワケの判らないことばっかり。頭、おかしいんじゃない？」

「きみがその雛人形になるはずだったんだ、エリナちゃん。そんなだいじなきみを、ぼくが自らの手で殺そうだなんて、夢にも思うはずないだろ？　そうさ、エリナちゃん。ぼくはきみをだいじに、だいじにして。いつも傍に居てもらうつもりだった。なのに、どうして殺しちゃったのかって？　それはね、だいじな身代わりといったって、しょせんは、いつ起こるかも判らない災厄に備えての雛人形に過ぎない。そんな不確実な保険より、眼の前の十億円じゃん？」

「ワケ判んないよ、もう。なにを言ってんのか、さっぱり」

「同じ将来の備えって言うんなら、眼の前の十億円さ。誰だって、しょぼい雛人形なんかより、そっちを優先するでしょ？」

「判らない。なにを言っているのか全然、判んないよ。雛人形って、なに。だいたいなんで、あたしが蒼弥くんの身代わりなんかにならなきゃいけな」

「だから、それを台無しにしちゃったんだ、ぼくは。せっかくあの口うるさい母も、これぞと見込んだ逸材だったのにさ。そのエリナちゃんを自らの手で殺してしまった以上は、きっちり謝らせてもらわないとね。そのために、こうして来てもらったんだ。ごめんよ、エリナちゃん。ほんとに、ごめん。きみを殺したりして」

「判らない。判らないよ。もっと、ちゃんと説明して」

「もう充分、説明したとも。きみへの用は、もう済んだ。じゃあね」

「ど？　ど、どういうこと。蒼弥くん。蒼弥くんてば。ねえ。これはあた」

言葉が終わらないうちに、晴夏さんの顔面の下半分がぽろりと千切れ、床へ落下した。がっくり膝をついたかと思うや、上半身が傾き、みるみるうちに全身が溶けてゆく。そして骨だけになった。

その骸骨《がいこつ》に、ほんの一瞬、別の女性の面影がオーバーラップしたような気がした。あれは、ほんとに？

「……エリナちゃんだったの？　ほんとにあれは、晴夏さんの姿かたちを借りた、エリナちゃんだったの？」

「そのようだね」

土志田茉莉の姿かたちをしたそいつは、骨だけになった晴夏さんのほうへ視線を据えたまま。あたしに語りかけてくる。

「逆に、そうでないとおかしい。エリナちゃんが召喚されずに終わるという、本来の目的から外れた結果になりかねない」

「どうしてこんなややこしい建て付けになったの。あなたがこの館の招待主で、エリナちゃんに用が有るのなら、彼女が本人の姿で登場できる舞台にすればいいじゃない」

「うっかりしていたと言えばたしかに、うっかりしていた。エリナちゃんが未だ生まれていない時代に〈ミューステリオンの館〉を建てられてしまったのは、凡ミスです。ファイナル・ウイッシュの構想段階で細部を詰め損なったがゆえの、凡ミス」

そこでようやく、土志田茉莉のようなそいつは、あたしのほうを振り返った。

「そう。凡ミスだったのさ。ぼくはただ、人生最期の願いが叶うのなら、母の姿でやりたいと常々願っていただけで。まさか、その希望に合わせるためだけに、母の懐妊時期である一九八九年という絶妙な時代設定が選ばれるなんて、思いもしなかった」

「なぜ？　なぜあなたは土志田茉莉の姿かたちで、最期の願いを叶えたかったの」

「決まってるでしょ。ぼくの美意識に照らせば母以上のヴィジュアルは、この世にふたつと無いもの。完璧だからだよ」

「あ、そうなんだ。そういう理由」

「なに。その拍子抜けした顔」

「別に。ただ、ホラー映画の主役でもなんでも、殺人鬼はすべからく自分の母親に化けちゃうんだなあ、って思って」

「オマエも王道を踏襲しただけかい、って当てこすり？　たしかにぼくは、あなたのことも殺したけどさ」

その告白にあたしは、もっと驚くべきだった。しかしなぜか、やっぱりそうか、という絶望感が圧し寄せてくる。

やはり、このあたしも元の世界では、これから殺されることが決まっている。そう運命づけられているのだ。

「あなたも、ほんとならここへ招待されるようなひとじゃなかったんだよ。多久美那子さん。ぼくがあなたに会ったのは、あの日が初めてだったんだし。でもさ、そのタイミングが悪かった。ぼくは、あなたの口封じをしないわけにはいかなかった」

「口封じ？」

「あなたは目撃したでしょ。ぼくがエリナちゃんを、車に轢かせるところを」

彼のその犯行直後に、つまりこいつに殺される寸前に、あたしは〈ミューステリオンの館〉へ召喚されてしまったわけか。

「それじゃ、あれは……エリナちゃんを突き飛ばしたのは？」

すでにあたしはその真相を推察していたように思うのに、改めて事実を突きつけられると声が裏返ってしまう。

「あれは……あれは、章介がやったことじゃなかったんだ」

「しょうすけって、藤縄章介か。もうひとりの目撃者だね。そうだよ。エリナちゃんを殺したのは彼じゃない。彼はただ、現場に居合わせただけさ」

「章介もまた、あのとき、あなたの犯行を目撃した。だから」

「そう。だからぼくは、彼の口も封じるしかなかったのさ」

章介が殺されるのも、あたしの件と同様、元の世界ではこれから先に起こるはずの出来事なわけだ。ということは、つまり。

あ……と至極当然の論理の帰結に、いまさらながら思い当たり、頭を殴られたような激しいショックを受ける。

ということは、骨だけになった章介は、二〇二三年のクリスマスイヴの日へと意識が戻された途端、生命を奪われてしまう運命なのだ、と。いや、彼は元の世界軸に於いて、すでに死んでいる。

章介だけではない。このあたしも、もう死んでいるのだ。ふたりとも、すでに土志田蒼弥に殺されている。それこそが歴史上の既成事実なのだ。

「あなたと藤縄章介の場合、ぼくの犯行は純粋に突発的なものだった。例えば、なにか怨みを抱いていたとか、そんなややこしい背景は、いっさい無し」

「じゃあ他のひとたちについては、言うところの、ややこしい背景が有ったの？　それなりの動機が有って殺したんだ？」

「たいていは正当防衛さ。特に市野瀬父娘と鞍留のヒヒ爺いは。殺らなきゃ、こっちが殺られてた。福森のやつは確実に死ぬかどうか判らなかったが、ちょいと薬づけにして、度の過ぎた変態趣味を懲らしめてやるつもりだった。そしたら翌日のニュースで、福森の遺体には無数の打撲傷が認められると報じられていて、びっくりしたな。パソコンかなにかで滅多打ちにされたらしい。ぼくが立ち去った後で強盗でも押し入ったのか、それとも福森が他の誰かからも怨まれていたのか、それは判らないけどね」

「それなら、その後から来た何者かが、本物の犯人なのかもしれないじゃない？　つまり福森先生の死因が、例えば外傷性ショックとかだったとしたら、あなたが彼を殺したことにはならないんじゃない？」

「関係ないよ、ほんとの死因とかそんな瑣末事《さまつじ》は。福森孝吉に大量の向精神薬を呑ませたのは事実なんだ。従って彼はこのぼくが殺した、という意識がなにより重要で、それが彼をここへ召喚したんだから」

「龍吾の場合は？」

そのひとことに、質問をしたあたし自身が激しく動揺してしまった。そうだ。この流れでゆくと当然、兄も元の世界で、こいつに殺されていることになる、と。

「……さては。兄が密かに用意している遺書を、あんた、悪用したな？」

アサルトライフルを小脇にかかえ、土志田茉莉ならぬ蒼弥は、こちらへ拍手する真似をして寄越した。

「妻の晴夏さんを死に至らしめてしまった過去の罪を告白した兄が、自殺したように見せかけた。そうなんでしょ？」

「龍吾さんの縊死《いし》を偽装して、これで彼の遺産は娘のエリナちゃんのものになる。彼女を殺すのは、その手続きが済んでからでも遅くない、と当初は思ってたんだけど。これで十億円はぼくのものだ、と気が昂《たかぶ》っちゃってたのかな。龍吾さんの家を後にしたその足で、興奮もそのままに。〈スピニッチパイン〉へ向かう途中、矯正歯科クリニックから出てきたエリナちゃんの後ろ姿を見た途端、矢も楯もたまらなくなっちまって。ああもう。我ながら、なさけない。ばかだよね」

蒼弥はアサルトライフルをかまえなおし、こちらへ銃口を向けた。

「我ながら拙速にもほどがある。もうちょっと慎重に、ことを運ばなきゃ。お蔭で、エリナちゃんを突き飛ばすところを藤縄章介やあなたに目撃されてしまう、なんてお粗末になっちまった」

「殺人の上に、また殺人を重ねる泥沼に嵌まったってか」

「その場でとっさに、ね。迷っている暇は無かった。どうでもいいことだけど、犯行の順番は先ず藤縄章介、そしてあなたです。だから藤縄美那子さん。いや、いま十八歳のあなたが未だ旧姓で、多久美那子さんだってことはちゃんと判ってる。だけどここは敢えて、藤縄美那子さんと呼ばせてもらう」

「なぜ？　こんな修羅場で、なぜそんな些細なことにこだわるの、あんた？」

「単純明快。ぼくがあなたを殺したとき、あなたは藤縄美那子だったからさ。藤縄さんとして謝ってあげなきゃ意味が無いでしょ。さて。じっくり謝らせてもらいますよ、藤縄美那子さん」

「章介には？　ちゃんと謝ったの？」

とっさにそう口走ったものの、一連の被害者たちに謝罪するという行為が、茉莉の姿かたちをした蒼弥にとって如何なる意味を持つのか？　この時点であたしは、完全に理解しているわけではなかった。ただなんとなく、これまでの流れで、そう糾弾せずにはいられなかっただけで。

「彼があんなふうに骨だけになってしまってるからには、あんた、章介にもちゃんと謝罪済みだ、ってこと？　だけどそんな暇、いつ有った？」

「いいや、残念ながら。藤縄章介についてはそんな、悠長な真似はしていられなかった。市野瀬父娘と要らぬトラブルを起こすひとには、さっさと消えてもらいました。さ。もういいでしょ。あなたの番ですよ」

「ほう。このあたしに、ちゃんと頭を下げてくださるんですか？」

単なる勘だったが、蒼弥にとって「頭を下げる」と「謝る」との意味や重要性は、必ずしもイコールではないのではないか。そんな気がした。

「謝りますよ、ぼくは。あなたにちゃんと、申しわけなかったね、と」

案の定と言っていいかどうかはさて措き、蒼弥は微妙な表現に留め、決して頭を下げようとはしなかった。

「そういえば、いちばん肝心なことを、あんたに訊き忘れてた」

「まだなにかあるんですか」

「そもそも、こうして昔の母親の身体を拝借してまでファイナル・ウイッシュの招待主になった以上、元の世界での土志田蒼弥は死んでるわけだよね。それはいつ？　どうして死んじゃったの？」

「え？」

「嫌な質問をしますね、あなたも。それがなんとも癪《しゃく》な話なんだけど、交通事故で」

「龍吾さんとエリナちゃん、そしてあなたたち夫婦を殺してすぐ、年明けに。女装して出勤中に、酔っぱらいだと思うけど、誰かが後ろからぶつかってきて。歩道から車道へ押し出されたかと思うや、そのままタクシーに撥ねられた」

「ほんとに事故なの、それ？　誰かに、わざと突き飛ばされたんじゃない？　なにしろあんた、同じ手口でエリナちゃんを殺したんだから。まさに因果応報ってもんで」

「んなわけないでしょ。ぼくを口惜しがらせようとしたって無駄ですよ。もう雑談はこれくらいにしましょ、藤縄美那子さん。さあ、ほんとにあなたの番だ。あなたにきっちり謝ってあげれば、用は済む。そしたら、さっさとここから消」

ガシャンと突然、激しい金属音。アサルトライフルが通路の床の上で跳ねた。

蒼弥が取り落としたのだ。彼の、いや、身体は土志田茉莉だから彼女の、と言うべきだが。その両腕。

どちらも肩の付け根辺りから、どろどろ溶け始めている。

「え。な、なに。なに？」

アサルトライフルを拾い上げようとした蒼弥は、しかしそのまま両膝が、床に埋まってしまいそうな勢いで崩れ落ちた。顎から倒れ込みながら必死で、母親の眼球を動かし、頭上の気配を探ろうとする。

「ちょ、ちょっと？　なにこれ、どういうこと？　早くない？　未だだよ。未だ終わっていない」

（いやいや。終わりました）

ご託宣が如くMCの声が降ってきた。

（土志田蒼弥さん。以上をもちまして、あなたのファイナル・ウイッシュは、すべて完了いたしました）

「え？　え？　えええ？　そんな、ばかな。終わっていない。終わっていないよ。ぼくには未だ謝っていないひとが居」

（前半の五人についてなら、あなたご自身が権利を放棄しましたでしょ。お忘れですか。先ず市野瀬勘治と君恵父娘。彼らは鞍留滋以下、他のメンバーたちへの処罰感情が爆発するまま暴れまくって手に負えない。なので早々とご退場を願うしかなかった。鞍留滋は認知機能に問題がある状態のまま、こちらの異次元空間へ連れてこられたため、彼に謝罪したところで話が通じるとは考えづらく。彼にもご退場を願った。ところで、藤縄章介に関しては、あれほど性急に消去しなくてもよかったのでは？）

「だからそれ、さっき言ったじゃん。彼も、市野瀬父娘とごたごたしているメンバーのひとりだったから。そのまま置いていたら、めんどうなことになりそうで」

（市野瀬父娘を消去してしまえば、藤縄章介については、それ以上めんどうなことは無かったのでは？）

「そう言われりゃたしかに、そうなんだけどさ。あんな騒ぎの後だと、実質初対面の彼にうまく応対できるか、とか。要するに、めんどくさかったんだよ、いろいろ。だから藤縄章介は、さっさと消した。どうせ井俣広輝も消去しなくちゃいけなかったんだから、ついでに彼とまとめて」

（どうしてです？）

「え？」

（井俣広輝のほうは、別に慌てて消去する必要は無かったでしょ）

「有ったよ。だってぼくは、あのひとを呼んだ覚えはない。あ。ちょっと待って、ＭＣさん。念のためにお断りしておくけど、彼がぼくの実父であることは、ちゃんと承知していますよ。うん。だけど、だからって彼を召喚しなきゃいけない理由にはならないよね。だってぼくは井俣広輝を、殺したりなんかしていないんだからさ」

（たしかにあなた自身には、その覚えが無いでしょう。少なくとも主観的には）

「主観的にでも、客観的にでも同じだ」

（しかし、元の世界で井俣広輝を死に至らしめた原因を作ったのは、まちがいなくあなたなんです。たとえそれが間接的というか、玉突き事故的な現象であったとしても）

「なにを言っているんだ。どうでもいいよ、あの男のことなんか。それよりも、この。このひと」

茉莉はあたしのほうを向いた。その顔が心なしか男のように見えてきたのは、こちらの思い込みか。元の世界で土志田蒼弥と対面したことは無いが、実際の彼もこんな業の深そうな風貌をしていたのだろうか。

腹這いの体勢のまま蒼弥は、あたしを指さそうと懸命になっているようだ。しかし、すでに骨だけになっている両手は、だらりと床に伸びたまま。思うように動かない。

「このひとには未だ謝っていいな」

いや、それより龍吾は？　うっかり聞きそびれてしまっているが、兄はいま、どうなってるの？　いっこうに自分の部屋から出てくる様子はない。ということは蒼弥は、すでに龍吾には謝り終えている？

兄はすでにこの館からは消滅し、元の世界へと戻されて、そして……自殺に偽装された縊死遺体として自宅で発見されている？　そういうことなの、ほんとに？

「この女のひと。藤縄美那子は藤縄章介と同様、ぼくの犯行を目撃した。だから殺した。なのに未だ謝っていな」

（土志田蒼弥さん。あなたは彼女に謝る必要はありません）

「え？　な、なんだって？」

（そもそもファイナル・ウイッシュの対象外ですから、藤縄美那子は）

「なにを言っている？　だって。だ、だってぼくは、たしかにこの手で」

（ほんとは対象外なのに、あなたは勘ちがいして、彼女を召喚してしまった。つまり井俣広輝とは逆のケースです）

「ぎゃ。ぎゃく？」

（井俣広輝は本来召喚されるべくして、ここへ連れてこられたのに。あなたときたら、彼は対象外だ、MCが手配ミスをしたんだ、と早とちりして。さっさと井俣広輝を消去してしまった。そういうことです）

「ばかな、そんな、ば、ばかな。そんなはずは。そ、そんなはずはな」

蒼弥の声が萎み、茉莉の黒眼の部分がピンポン玉のように白くなった。ふたつ揃って溶解したかと思うや、歯茎が剝き出しになった口の周辺を下に敷き込むかたちで、茉莉の頭部だった髑髏が、ごろん。

床に転がり。そしてMCのほうから終幕のひとこと。

（はい。これにて、すべて終わりました。ほんとうに、すべてが）

＊

なにも見えない。眼を瞑っているわけでもないのに。ただ一面、のっぺりと鈍色のカーテンに視界が覆われている。上下の感覚が無い。自分がいま立っているのか、それとも逆立ちしているのかも、判らない。

なにも見えない。と思っていたら唐突に、ぼやっと視界が拓けて。

（……戻った）（え。まさか？）（まさかそんな）（いや、ほんと）（ほんとに）

ざわざわ、ざわざわと。ひとの気配を感じると同時に、なにやら話し声らしきものが周囲を飛び交い始める。

それに伴い、自身の感覚も戻ってくる。あたしはいま仰向けに寝ている。

（信じられない）（きせき）（すごい）（奇蹟です、ほんとに、これは）

興奮を孕んだざわめきが、どこか遠くのほうから聞こえてくる。その模糊とした距離感は、ちょっとMCを彷彿させる。こちらは男女さまざまな声音に分かれているが。

そうか。あたしは病院に居るんだ。その実感が徐々に固まってくる。

ベッドの上。身体を動かせない。全身を覆う、むず痒いような感覚。そして、あ。髪が短くなってる？〈ミューステリオンの館〉では女子高生時代のツインテールだったあたしの髪が、どうやら元の五十代のそれに戻っているようだ。

いろいろ感覚が回復するにつれて、記憶も甦ってくる。自動車に撥ねられたエリナちゃん。そして章介の顔が。

エリナちゃんを突き飛ばしたのは章介だとばかり勘ちがいしていた己れが、ひたすら悔やまれる。あれはあの女。いや、女に化けた土志田蒼弥の仕業だったのに。

そして？

あの後、どうなったの？

エリナちゃんを殺し、章介とあたしの口封じに及んだ土志田蒼弥はあの後、どうしたのか。ファイナル・ウイッシュの招待主になっていた以上は死んでいるはずだが。そういえば事故で車に撥ねられた、とかどうとか言っていたのは、ほんとなんだろうか。

それらの疑問はやがて、病室を訪れた警察官によって解消されることになる。

「県警の纐纈《こうけつ》と申します」

私服姿で、三十そこそことおぼしき女性刑事だ。「主治医のほうから、ようやく面会の許可をいただきましたので。未だお身体がたいへんな折に、まことに恐縮ですが。少しお話を伺ってもだいじょうぶですか」

彼女のその言葉が、じんわり胸に染みる。あたしは改めて、己れの生還が如何に奇蹟的であったかを実感した。

藤縄章介に続きその妻の美那子の息の根も止めてやった、と土志田蒼弥は思い込んでいただろう。実際、病院へ搬送された時点でのあたしは意識不明の重体で、もはや絶望的な状況だったにちがいない。

しかしこうして、なんとか生き延びた。あたしは、たすかったんだ。

「先ず、ことの経過を少し、おさらいしておきましょうか。去る十二月二十四日の午後四時頃。渡海町《とかいまち》にて藤縄章介さん、当時五十二歳が何者かに頭部を刃物のような凶器で刺され、死亡。そしてあまり時間を置かず、その直後と思われるタイミングで藤縄章介さんの妻、美那子さん、当時五十二歳も腹部を刺され、意識不明の重体で、この病院へ搬送された。一時は絶望視されていたものの、こうして奇蹟的に快復されました。確認ですが、藤縄美那子さん。これら一連の出来事をご記憶でしょうか？」

あたしは、ひと呼吸、ゆっくり間を置いてから「はい」と、ほとんど空気のような掠れ声を発した。

「いずれも同一人物による犯行と思われ、凶器のサバイバルナイフは近くの飲食店のゴミ箱のなかから発見されました。藤縄さんは加害者の顔をご覧になりましたか？」

「はい。あ、すみません。彼の顔を、はっきり見たわけではなくて」

「彼。というと、犯人は男だった？」

「ええ。それはまちがいなく。でも」

犯行時には女装していたかもしれない土志田蒼弥のことをどう説明しようか、頭のなかを整理していると。

「単刀直入にお伺いします。それは美那子さんのお兄さんでしたか」

「え？」

「あなたを刺したのは多久龍吾氏ですか」

一瞬なにを問われたか理解できず、混乱する。「りゅ。兄が。え？　あたしを、って。え。そんな突然。ど、どういうことですか、それはッ？」

「どうか落ち着いて。聞いてください。多久龍吾さんは、お亡くなりになりました」

判っていたことだったが、改めてショックが襲ってきて。我知らず眼をぎゅっと瞑る。目蓋の裏に赤く細い稲妻が走った。

「順番にご説明いたします。藤縄さんご夫婦が刺され、死傷した事件の捜査で、わたしたちは多久家のほうへ、お話を伺いにゆきました。そこで、縊死している龍吾氏のご遺体を発見したのです」

兄が首吊り自殺を偽装して殺されたこともすでに知っているあたしだったが、ここはかたちばかり、「なぜ？」と呟いてみせた。

「遺書が見つかっており、どうやら自殺であると考えられます」

それも〈ミューステリオンの館〉での兄の告白通りだが、あたしとしてはやはり「まさか」と定型的に呟いてみせるしかない。

「なにかお心当たりは？」

「まさか、とは思いますが。もしかして義姉の。晴夏さんのことで」

女性刑事は表情を変えることなく、ただ簡潔に「もう少し詳しくお願いします」と促してくる。

「あたしも、その、決して確証とかが有ったわけではないんだけど」

異次元空間に建てられた〈ミューステリオンの館〉などという突拍子もない物件は抜きにしても、兄の告白をすべてありのままに打ち明けるのは、やはり心理的抵抗が大き過ぎる。微妙にぼやかすしかない。

「いまから二十数年前。二〇〇一年のことです。晴夏さんは兄と感情的いきちがいから決裂して、家を出て。別の男性と、かけおちしたとされています。消息不明になったまま失踪宣告をされているけれど。ひょっとしてそこに、なにか兄の作為が働いていたのではないか、と。そんな最悪の事態を想像をしたことが正直、これまでに一度も無かった、とは言えなくて。でも、まさか？」

「妻の晴夏を二〇〇一年に死に至らしめ、その遺体を自宅の床下に埋めた、と。龍吾氏の遺書にはそう記されていました。我々が当該室内の畳を上げて、掘り返してみたところ、たしかに人骨が発見された。崩壊が進み過ぎていて、性別や死因を特定することはほぼ不可能ですが」

「その遺体が晴夏さん？　だとしても。兄はなぜ、いま頃になって？　遺書というかたちで告白に及んだのは、己れの罪を悔いて自ら死を選んだからだとしても、どうして二十年以上も経って？」

「龍吾氏が己れの罪を悔いた、というのはそのとおりだろうと考えられますが。その罪とは、どうやら妻の晴夏さんの件だけではないようなのです」

「義姉の件だけではない？」

「もしかしたら龍吾氏は妻のみならず、別の殺人を犯していたかもしれない」

「は……え。えええッ？」

「昨年のクリスマスイヴに、しかも三人もの生命を奪。いえ、落ち着いてください。これはあくまでも遺書の内容からして、そんなふうにも類推できる、という話です。というのも、どうもここはストレートに記述していないのではないかと見受けられる箇所が有りますので。どうしても推測上の話になってしまう。そのおつもりで聞いてください」

「どういう意味です？　ストレートに記述していない、って」

「なにか重大な仄めかしをしているようではあるものの、曖昧で。いまいち真意を解しにくい、というか」

「その遺書って。待ってください。その遺書というのは、たしかに兄が書いたものなのですか？」

「筆跡鑑定の結果、おおむね多久龍吾氏の直筆でまちがいない、と考えられる。内容は、さきほどおっしゃったように、二十年以上前に妻の晴夏さんを死に至らしめた、という罪の告白でした。この部分に関してはさして疑念の余地は有りません。ただ、龍吾氏の署名の下の末尾に、たった二行ですが、追加文がありまして。これが言うところの、ストレートに記述していないと思われる、重大な仄めかしの部分です」

「追加……」

すぐにあたしはピンときた。それは蒼弥の仕業だ。龍吾の用意していた遺書に後から、蒼弥がなにか意図をもって、あらぬことを書き加えたにちがいない。

「なんて書いてあったんです？」

「曰く、蒼弥、おまえだったのか。美那子、すまない。その二行だけ」

なるほど。それくらい短い文ならば、なんとか兄の筆跡を真似ることも、ぎりぎり可能だろう。

「紙やインクの状態からして、遺書はかなり以前に用意されていたものと思われる。なのに、その末尾の二行のみが明らかに、つい最近、書き足したものだった。先ず、蒼弥、おまえだったのか、とはどういう意味なんでしょう？　蒼弥とは誰なのか」

「土志田蒼弥です。兄がオーナーで、娘のエリナがバイトしていた〈スピニッチパイン〉というナイトラウンジのマネージャーで。彼はつい最近、エリナと入籍している」

「多久龍吾氏にとっては義理の息子、という続柄になっていたわけですか。それが、おまえだったのか、とはどういう？」

「多分、ですけど」

あたしは高速で頭を働かせた。蒼弥に成り切るつもりで犯罪計画を組み立て、彼の思惑の全貌の再現を試みる。

「刑事さん、先ずお断りしておきます。遺書はたしかに兄が書いたものでしょう。しかし末尾の二行は、そうではない。別人が後で書き加えたものです。悪意をもって」

むろん、とっくにその可能性は検討済みなのだろう。纐纈刑事は、頷きもしないが、お義理にも表情を変えない。

「その人物の目的は、兄に別口の殺人の罪を被せることだった。先ずエリナが、そいつに殺されました」

エリナちゃんが何者かに背後から突き飛ばされ、車に撥ねられる瞬間を章介とあたしが目撃した件を、ざっと説明する。

「エリナを殺した犯人は、それを兄の犯行だと偽装しようとしたのです。ただし犯人の書いたシナリオによれば、兄はそのときエリナではなく土志田蒼弥を殺したつもりだった、という複雑な設定になっている」

龍吾が蒼弥に殺意を抱いた理由は、二〇〇〇年に当時小学生だった渓登くんが水死した一件だ。息子が水死する原因をつくった同級生のひとりが蒼弥である。詳しい経緯はともかく、そうと知った龍吾は、自ら妻を死に至らしめる遠因となった事件の元凶である蒼弥を赦すことはできなかった、と。

「ざっと、そういうシナリオです」

ちょっと想像過多ではありませんか、と指摘されかねないほどのストーリーの拡がり方だったが。「おまえだったのか」との文言から類推できる過去の因縁は甥《おい》の渓登の一件以外、あり得ない。

喋っているうちに蒼弥に対する怒りがふつふつ沸いてきて興奮したのか、思わず身を起こしかけた。そんなあたしを纐纈刑事は、やんわり押し留める。

「そのシナリオはこう続く。女装して〈スピニッチパイン〉へ向かう途上の蒼弥の背後から兄は、こっそり忍び寄り、背中を突き飛ばした。走ってきた乗用車に首尾よく蒼弥を轢かせたまではよかったが、自分の犯行を目撃されてしまう。しかも妹の夫、藤縄章介に。龍吾はとっさに、所持していたサバイバルナイフで章介を刺殺。運の悪いことは続くもので、その現場もまた別の通行人に目撃されてしまった龍吾は反射的に、その女性も刺してしまった。ところが、なんと。それは自分の妹、藤縄美那子だった、と」

我ながら喋っていて、ずいぶん荒唐無稽だと思わなくもないが、これはあくまでも蒼弥が捏造した筋書きであって、あたしが引け目を覚える義理は無い。そう了解のうえで聞いてくれているかどうかはともかく、纐纈刑事は一見冷徹なようでいて、包容力の有る眼差しをこちらへ注いでくる。

「すっかり動揺した龍吾は自宅へ逃げ帰る。が、自分がやってしまったことは、もはや取り返しがつかない。二十余年前の妻殺害の件に書き加えて、すべてを遺書のなかで懺悔し、首を吊った。ざっと、そんな感じのストーリーです」

「二十年以上も昔の息子さんの水死の責任が土志田蒼弥にあると、龍吾氏はどうやって突き止められたのでしょう。正確に言えば、問題の遺書に加筆した人物はその点に、どういう理由を付けるつもりだったのか」

「偽の筆跡のボロが出ないように、末尾の加筆文はなるべく短くしておきたかった犯人にとっては、警察の方々がいろいろ想像を逞しくしてくれる展開を期待するしかなかったでしょう」

仮に渓登を死なせた同級生男子というのがほんとうに蒼弥だったとしたら彼は、あるいはそれらしい証拠を自ら提示することもできたかもしれない。だが蒼弥は、二十数年前の川遊びに同行していたか否かはともかく、渓登の死とは無関係だ。渓登がエリナちゃんとともに〈ミューステリオンの館〉へ、晴夏さんの身体を借りるかたちで召喚されなかった事実からも、それは明らかである。

「だから簡潔に、蒼弥、おまえだったのか、との短文に留めた。なるほど」

「犯人のシナリオのポイントは、兄は自分が蒼弥を殺したつもりだが、実際に殺したのは娘のエリナちゃんだった。なのに標的を取りちがえたことに気づかないまま、妹夫婦まで殺害してしまった悔恨《かいこん》と良心の呵責《かしゃく》に堪え切れずに自殺した、という点です」

「改めて、ですが。その遺書に加筆した真犯人とは誰のことを想定されています？　やはり問題の土志田蒼弥ですか？」

「ええ、もちろん」

「だとすると、極めて興味深い。というのも年明けの一件もそれに関連して、思わぬかたちで解明できそうなので」

「年明け、っていうのはなんの。え？　まってください。いま。えと。いまって、いつです？　二〇二三年ではなくって？　ひょっとして、もう二〇二四年？」

「はい。一月十日です」

まさか、すると。あたしは実に二週間以上もの長期間、生死の境いを彷徨っていた、ってこと？　医学的な詳細はよく判らないものの、俄かには信じられない。主治医や看護師のひとたちが口々に「奇蹟だ」と騒いでいたのも宜なるかな。

蒼弥もまたすっかり、美那子の息の根を止めてやった、と勘ちがいしていた。そして、実際にはこうして生き延びているのに、ファイナル・ウイッシュの対象だと思い込んだまま言わばゴリ押しで、あたしの身柄も〈ミューステリオンの館〉へ召喚したわけだ。自分が死ぬ間際に。

「今年の一月五日。渡海町で、ひとりの男性がタクシーに撥ねられ、死亡しました。目撃者によれば、被害者は何者かによって故意に突き飛ばされたようだ、と。この被害者は当初、女性だと思われていたが、実は女装した男性で、他ならぬ土志田蒼弥でした」

なんだ、やっぱり蒼弥のやつ、あたしが言ったとおり、因果応報だったんじゃないか。本人は、自分が殺されるなんてあり得ない、とばかりに鼻で嗤っていたが。

「犯人は？　判明しているんですか」

「井俣広輝という男です」

「え？　ほ、ほんとに？　彼が？」

「ご存じですか。調べてみるとこの男、なんと土志田蒼弥の実の父親であることが判明した。といっても蒼弥の母親とは三十年以上も昔に離婚していて、父子間の交流も途絶えていたようですが」

「なぜ先生が？　あ。昔、母校の講師だったんです、彼。なぜ井俣は、自分の息子を手にかけるような真似を？　本人は、なんと申し開きをしているんです？」

「それを問い質そうにも彼はもはや、なんにも答えられない。井俣広輝は死亡しているのです。冗談のように聞こえるかもしれませんが、井俣に突き飛ばされてタクシーに撥ねられた土志田蒼弥は、その弾みで、歩道のほうへ押し戻された。その身体に体当たりされる恰好になったのが他ならぬ井俣自身で。近くの店舗のショーウインドウに激突し、ガラスが粉々に砕け散った拍子に頸部を切断されてしまった。ほぼ即死だったようです」

　あたしは笑い出しこそしなかったものの、たしかに冗談のような話だ。MCが言っていたとおり、井俣広輝は間接的にしろ、土志田蒼弥によって生命を奪われた、という見方は成立するわけだ。蒼弥本人に井俣を殺害した覚えは無かっただろうけれど。

「井俣は対象者だった。館へ召喚される条件を具えていたんだ」

「はい？」

「ごめんなさい。なんでもないの。ちょっと頭が、ぼーっとして」

「話が少し、とっ散らかり気味なので整理させていただくと。先ず、昨年の十二月二十四日に多久エリナを、交通事故を装って殺したのは土志田蒼弥だった。これが事実なわけですよね？　いっぽう、その蒼弥が龍吾氏の遺書への加筆によって我々に想像して欲しかったのは、龍吾氏が他ならぬ自分の娘を土志田蒼弥だと思い込んで突き飛ばしてしまった、という偽のストーリーだった、と。こういうまとめ方でよろしいですか？」

「そのとおりです」

「偶然にも、それと二重写しの構図になるのが、今年一月の件です。井俣広輝が自分の息子である土志田蒼弥を突き飛ばして殺したのは、彼のことを別の人物と取りちがえていたからだ、とは考えられませんか」

「父親が絶対に息子を手にかけたりしない、とはもちろん言えないけれど。そちらのほうがありそうですね。でも、誰と取りちがえたんだろう」

「例えば、多久エリナと」

「そのときに蒼弥が女装していたから、ですか。なるほど。たまたま彼女に、すごく似ていたから」

エリナちゃんはぼくの雛人形云々という蒼弥の言葉を憶い出したあたしにとって、それなりに説得力は有る仮説だった。しかし。

「でも、ですよ。それだと井俣にはエリナを殺害する動機が有った、ということになる。あたしもよく知りませんけど、そもそもふたりは知り合いだったのかな」

「断定はできませんが、もしかしたら多久エリナが土志田蒼弥と入籍したことと、なにか関係があるのかも」

「いや、それ以前の問題として。今年の一月の段階でエリナは、すでに死亡している。そのことを井俣は知らなかった、って理屈になりませんか？　もしも女装した自分の息子をエリナと見まちがえたのだとしたら？　そんな、仮に地方ニュースにならなかったのだとしても、あり得ないような気が」

「あり得たかもしれない。おそらく井俣は知らなかったのではないでしょうか。ちなみに多久エリナ死亡の件は昨年のクリスマスに、ちゃんと報道されている」

「それにもかかわらず、ですか？」

「ちょっと調べてみたところ、井俣はスマートフォンを解約していた。経済的理由からなのか、新聞購読はおろかテレビの電源も切って、まったく観ていなかったようなので。世間の話題には、まったく疎くなっていたのではないでしょうか」

＊

あたしは改めて〈ミューステリオンの館〉について考えてみた。正確には招待主である土志田蒼弥がこだわった、招集メンバーたちの共通項、すなわち「蒼弥が自らの手で殺めたうえで謝罪しようとした相手」という条件について、だ。

対象外だったあたし以外の八人が、それぞれどういう経緯や動機で殺害されたのかはこの際、重要ではない。それは、あたしにとってではなく、土志田蒼弥にとって重要ではない、という意味だ。

すべてを厳密に理解することなど到底不可能で、ただ想像を逞しくするしかないが。どうやら土志田蒼弥にとって他者を亡き者にする行為とは、その被害者への謝罪とワンセットだった、ということのようだ。切っても切り離せないペアとして。

彼にとって殺人とは、相手の息の根を止めると同時に、詫びることで完遂する。常人には理解し難いメンタリティだが、そうしておかないと気が済まない。

むろん謝罪といっても、それは被害者に対するさらなる辱めに他ならない。適当な譬えかどうか判らないが、それは子ども同士の喧嘩で相手を一方的に痛めつけておきながら「あーごめんごめん」と心にもなく、さらに傷口に塩を擦り込むような加虐的な揶揄《やゆ》を吐く行為にも通じる。蒼弥は、ある種のサディストだったのだ。

ただ当然ながら、犯行のたびに、そのプロセスを実際に完結できる時間的余裕が彼に有るはずもなかった。たいてい謝る前に、相手が死んでしまうからだ。

それがずっと不満だった蒼弥は死後のファイナル・ウイッシュとして、自分が屠った者たちを招集し、異次元空間のなかで、むりやり謝罪を押しつけたうえで完全消去しようとした。つまり、あたしたち九人が〈ミューステリオンの館〉へ召喚されたのは、殺されるためではない。

その時点で現世では、すでに蒼弥の手によって殺されている者たちばかりが集められていたのだ。

土志田蒼弥とは稀代の殺人鬼だったのか。それとも殺人淫楽症の類いか。彼本人にもいろいろ言い分は有るかもしれない。が、それはさて措き。

あたしは悔やんでいる。

自分の人生に、土志田蒼弥という男を関与させてしまったことを。そう。

多分すべては、あたしのせいなのだ。

龍吾やエリナが殺害されたのは、とどのつまり、宝籤で高額当選した金を蒼弥に眼を付けられたからだが。

そもそも龍吾が蒼弥と知り合うきっかけとなった〈スピニッチパイン〉は、最後は自らオーナーにまでなったとはいえ、本来ならばアルコールなど滅多に嗜《たしな》まない兄は生涯、たとえ気まぐれでも足を踏み入れるはずのない場所だった。

なのに、わざわざ立ち寄った。そんなことさえしなければ龍吾には一生、土志田蒼弥なんて男とのかかわり合いは出来なかったかもしれないのに。なぜそんな、らしくもない店へ兄は行ったりしたのか。それは交換殺人の協力者を探すため。

その原因をつくったのが二〇〇〇年、渓登の葬儀の後に龍吾と晴夏さん夫婦のもとへ届いた告発の手紙。あれは。

あの手紙は、あたしが書いたのだ。

まるで出鱈目の内容を、悪意をもって。

晴夏さんはやっていない。彼女が捏造を認めたのはひとえに、取り返しのつかない復讐計画をなんとか夫に翻意《ほんい》してもらいたいがため。晴夏さんも、実際には誰が手紙を書いたのかは知らないままだっただろう。実は、あたしの仕業だったのだが。

その理由は、ただひとつ。

渓登といっしょに川遊びにいった同級生のなかに、あの女の息子が居たから。

あの女。といっても実はあたしは名前も知らない。ただ、仕事はヨガのインストラクターをしていた、ということくらいしか。

その女は章介の二番目の妻だった。客室乗務員の女とようやく離婚したかと思ったら、ちゃっかり次の年増に乗り換えるとくる。そんなお調子者の章介を、あたしは赦せなかった。処罰感情でいっぱいだったのだ。

ひとの気持ちも知らないで、のうのうとヒモ人生を満喫し続けるゲスの章介に断固お灸をすえてやる、とか。そんな明確な攻撃の意思を抱いていたのかどうか。当時の己れの心情は、もはや理解できない。

ただ、告発の手紙を受け取った兄は復讐心に駆られ、なにかしら激しい加害意識を抱くだろう。うまくいけば、あのヨガインストラクターの女の息子に危害を加え、当時の章介夫妻を地獄の底へ叩き堕としてくれるかもしれない……などと。そんな邪悪な期待を、あたしが抱いていた事実は否めない。

いや、あるいは否めるのかしら？　ファイナル・ウイッシュのギミックを知ってしまった、いまからなら巧妙に。

兄夫婦に告発の手紙を出した事実自体を変えることはできない。でもそんな卑劣な真似はしていない、と念じ続けていれば、いまわの際に、それは主観的真実となる。
あたしは悪くない。あたしは全然、悪くなかったんだ、と。

本書は書きおろしです。

使用書体
本文――――A P-OTF 秀英明朝 Pr6N L＋游ゴシック体 Pr6N R〈ルビ〉
柱――――A P-OTF 凸版文久ゴ Pr6N DB
ノンブル――ITC New Baskerville Std Roman

星海社
FICTIONS
ニ5-01

ファイナル・ウイッシュ　ミューステリオンの館《やかた》

2024年9月17日　第1刷発行　定価はカバーに表示してあります

著　者 ―――― 西澤保彦《にしざわやすひこ》

発行者 ―――― 太田克史《おおたかつし》
編集担当 ―――― 太田克史
編集副担当 ―――― 前田和宏《まえだかずひろ》

発行所 ―――― 株式会社星海社
〒112-0013 東京都文京区音羽 1-17-14 音羽 YK ビル 4F
TEL 03(6902)1730　FAX 03(6902)1731
https://www.seikaisha.co.jp

発売元 ―――― 株式会社講談社
〒112-8001 東京都文京区音羽2-12-21
販売 03(5395)5817　業務 03(5395)3615

印刷所 ―――― TOPPAN株式会社
製本所 ―――― 加藤製本株式会社

ISBN978-4-06-536716-2　N.D.C.913 316p 19cm　Printed in Japan

ラインナップ

『永劫館超連続殺人事件 魔女はXと死ぬことにした』

南海遊

Illustration／清原紘

「館」×「密室」×「タイムループ」の三重奏《トリプル》本格ミステリ。

「私の目を、最後まで見つめていて」

そう告げた“道連れの魔女”リリィがヒースクリフの瞳を見ながら絶命すると、二人は１日前に戻っていた。

母の危篤を知った没落貴族ブラッドベリ家の長男・ヒースクリフは、３年ぶりに生家・永劫館《えいごうかん》に急ぎ帰るが母の死に目には会えず、葬儀と遺言状の公開を取り仕切ることとなった。

大嵐により陸の孤島《クローズド・サークル》と化した永劫館で起こる、最愛の妹の密室殺人と魔女の連続殺人。そして魔女の“死に戻り”で繰り返されるこの超連続殺人事件の謎と真犯人を、ヒースクリフは解き明かすことができるのか──

『涜神館殺人事件』

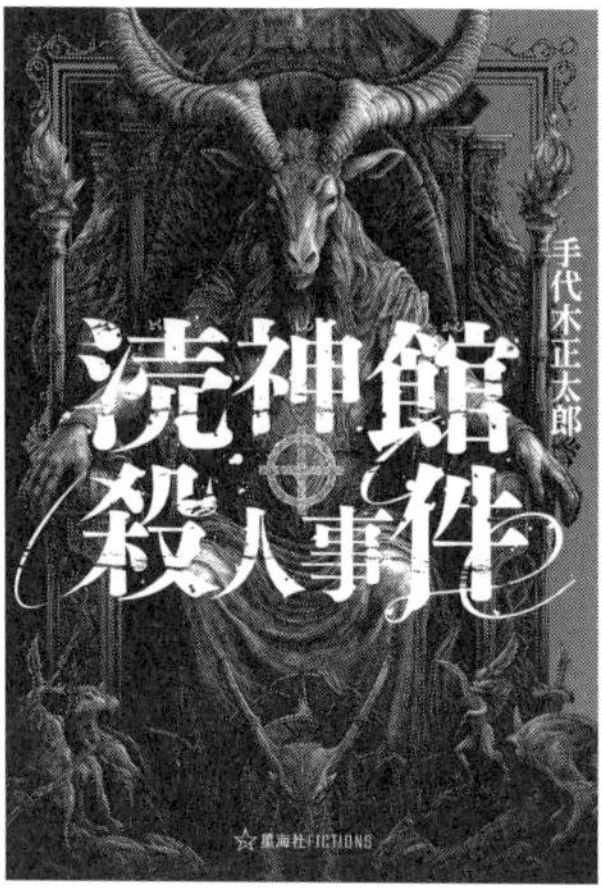

手代木正太郎

超常現象渦巻く
悪魔崇拝の館で始まる、
霊能力者連続殺人事件！

“妖精の淑女”と渾名されるイカサマ霊媒師・グリフィスが招かれたのは、帝国屈指の幽霊屋敷・涜神館。悪魔崇拝の牙城であったその館には、帝国が誇る本物の霊能力者が集っていた。交霊会で得た霊の証言から館の謎の解明を試みる彼らを、何者かの魔手が続々と屠り去ってしまう……。この館で一体何が起こっていたのか？　この事件は論理で解けるものなのか？　殺人と超常現象と伝承とが絡み合う先に、館に眠る忌まわしき真実が浮上する――‼

SEIKAISHA

星々の輝きのように、才能の輝きは人の心を明るく満たす。

その才能の輝きを、より鮮烈にあなたに届けていくために全力を尽くすことをお互いに誓い合い、杉原幹之助、太田克史の両名は今ここに星海社を設立します。

出版業の原点である営業一人、編集一人のタッグからスタートする僕たちの出版人としてのDNAの源流は、星海社の母体であり、創業百一年目を迎える日本最大の出版社、講談社にあります。僕たちはその講談社百一年の歴史を承け継ぎつつ、しかし全くの真っさらな第一歩から、まだ誰も見たことのない景色を見るために走り始めたいと思います。講談社の社是である「おもしろくて、ためになる」出版を踏まえた上で、「人生のカーブを切らせる」出版。それが僕たち星海社の理想とする出版です。

二十一世紀を迎えて十年が経過した今もなお、講談社の中興の祖・野間省一がかつて「二十一世紀の到来を目睫に望みながら」指摘した「人類史上かつて例を見ない巨大な転換期」は、さらに激しさを増しつつあります。

僕たちは、だからこそ、その「人類史上かつて例を見ない巨大な転換期」を畏れるだけではなく、楽しんでいきたいと願っています。未来の明るさを信じる側の人間にとって、「巨大な転換期」でない時代の存在などありえません。新しいテクノロジーの到来がもたらす時代の変革は、結果的には、僕たちに常に新しい文化を与え続けてきたことを、僕たちは決して忘れてはいけない。星海社から放たれる才能は、紙のみならず、それら新しいテクノロジーの力を得ることによって、かつてあった古い「出版」の垣根を越えて、あなたの「人生のカーブを切らせる」ために新しく飛翔する。僕たちは古い文化の重力と闘い、新しい星とともに未来の文化を立ち上げ続ける。僕たちは新しい才能が放つ新しい輝きを信じ、それら才能という名の星々が無限に広がり輝く星の海で遊び、楽しみ、闘う最前線に、あなたとともに立ち続けたい。

星海社が星の海に掲げる旗を、力の限りあなたとともに振る未来を心から願い、僕たちはたった今、「第一歩」を踏み出します。

二〇一〇年七月七日

星海社　代表取締役社長　杉原幹之助
代表取締役副社長　太田克史